Janette Oke

Liebe wächst wie ein Baum

Janette Oke

Liebe wächst wie ein Baum

Verlag Schulte + Gerth Asslar

Die amerikanische Originalausgabe erschien unter dem Titel
„Love comes softly“ im Verlag Bethany Fellowship, Inc.,
6820 Auto Club Road, Minneapolis, Minn. 55438

Aus dem Amerikanischen von Beate Peter

Best.-Nr. 15 364
ISBN 3-87739-364-0
1. Auflage 1984
2. Auflage Februar 1985
3. Auflage November 1985
Umschlaggestaltung: Bethany House/Gisela Scheer
Satz: Typostudio Rücker & Schmidt
Druck und Verarbeitung: Mohndruck, Gütersloh
Printed in Germany

Es ist ein Schnitter

Die beinahe grellen Strahlen der Morgensonne verhießen einen ungewöhnlich warmen Oktobertag. Mühsam wachte Marty nach einem unruhigen, von Alpträumen gequälten Schlaf auf. Was war nur mit ihr los? Sie begrüßte doch sonst jeden neuen Tag voller Schwung und Abenteuerlust! Langsam kam ihr alles wieder zum Bewußtsein, und sie ließ sich voller Schmerz auf ihr Lager zurückfallen. Ihr schmaler Körper wurde von Schluchzen geschüttelt.

Clem war nicht mehr bei ihr! Der starke, fröhliche, jungenhafte Clem, der ihr Herz so stürmisch erobert hatte. Es waren nicht einmal zwei Jahre her, daß sie ihn zum ersten Mal gesehen hatte. So selbstsicher war er aufgetreten, daß er beinahe großtuerisch gewirkt hatte. Vierzehn kurze Monate später war sie eine verheiratete Frau auf dem Weg nach Westen an der Seite des Mannes, den sie über alles liebte – bis gestern, als ihre ganze Welt zusammenbrach.

Gestern waren ein paar Männer zu ihr an den Planwagen gekommen und hatten ihr ohne große Umschweife berichtet, Clem sei tot. Sein Pferd war gestürzt. Er war gleich tot gewesen. Das Pferd hatten sie erschießen müssen. Ob sie mitkommen wollte?

Nein, sie würde hierbleiben.

Sollte einer von ihnen seine Frau zu ihr rüberschicken?

Nein, sie würde schon allein zurechtkommen.

Sie würden die Leiche versorgen. Die Frauen verstanden etwas davon. Die Nachbarn würden dann die Beerdigung vorbereiten. Zum Glück im Unglück war der Pastor gerade in der Gegend. Er hatte eigentlich heute weiterreisen wollen, aber bestimmt würde er einen Tag länger bleiben. Wollte sie wirklich nicht mitkommen?

Nein, nein, sie wollte lieber hierbleiben.

Aber sie war doch ganz allein.

Das war schon recht. Sie wollte allein sein.

Also gut, dann würden sie morgen wiederkommen. Sie sollte sich nicht sorgen. Es würde schon alles in Ordnung gehen.

Vielen Dank. –

Und dann waren sie losgeritten und hatten ihren Clem mit genommen. Sie hatten ihn, in eine Decke gewikkelt, auf dem Pferd eines Nachbarn festgebunden. Der Nachbar hatte das Pferd vorsichtig am Zaumzeug geführt.

Und jetzt war es Morgen, und die Sonne schien hell. Warum schien die Sonne bloß? Warum stimmte die ganze Natur nicht in die düstere Kälte ein, die ihr Herz frösteln ließ?

„Oh, Clem! Clem!“ rief sie verzweifelt. „Was soll ich jetzt bloß anfangen?“

Es kam ihr nicht einmal in den Sinn, daß sie mitten im Herbst mutterseelenallein hier im rauhen Westen war, daß es kein Zurück für sie gab, daß sie keinen Menschen kannte und daß sie Clems Baby unter ihrem Herzen trug. Ihr ganzes Denken und Fühlen war nur ein einziger dumpfer Schmerz.

Clem war so begeistert nach Westen losgezogen.

„Dort im Westen gibt's alles, was das Herz begehrt! Land kann sich jeder nehmen, soviel er will.“

„Ja, aber die wilden Tiere? Und die Indianer?“ hatte sie bange gefragt.

Er hatte sie bloß ausgelacht und sie mit seinen starken Armen durch die Luft gewirbelt.

„Und 'n Haus haben wir auch nicht. Bis wir da sind, ist es doch fast Winter!“

„Dazu gibt's doch Nachbarn. Ich hab' gehört, da draußen hilft einer dem andern."

Und das hätten sie auch getan. Sie hätten sogar notfalls ihre reife Ernte stehen- und liegengelassen, um einem Neuling tatkräftig zu helfen, weil sie nämlich die eisigen Winde und Schneestürme des strengen Winters am eigenen Leibe erfahren hatten.

„Es wird schon alles gut werden. Zerbrich dir nur nicht den Kopf!" hatte Clem zuversichtlich gesagt.

Sie hatten an einem Farmhaus hier in der Nähe angehalten, um sich nach den örtlichen Bodenverhältnissen zu erkundigen. Bei einer dampfenden Tasse Kaffee hatte der freundliche Farmer ihnen erklärt, daß er das Land bis unten an den Fluß bewirtschaftete, aber daß das fruchtbare Land dahinter, bis hin zu den Bergen noch niemandem gehörte. Clem hätte am liebsten einen Luftsprung gemacht. Der bloße Gedanke, seinem Traum so nahe zu sein, wollte seine Begeisterung schier übersprudeln lassen. Voller Aufregung trieb er die Pferde zur Eile an, doch der mehrmals geflickte Wagen konnte dem Tempo nicht standhalten. Kurz vor dem Ziel brach ein Rad, und es sah so aus, als sei der Wagen jetzt endgültig nicht mehr zu reparieren.

Sie hatten an Ort und Stelle ein Lager für die Nacht aufgeschlagen. Clem hatte Steine und Aststücke unter dem Wagen aufgeschichtet, um ihn halbwegs gerade zu halten. Zu allem Unglück mußten sie am nächsten Morgen entdecken, daß eins der beiden Pferde sich über Nacht losgerissen hatte und davongelaufen war. Sein durchgerissener Zügel hing lose an dem Baum, an dem Clem es angebunden hatte. Auf dem anderen Pferd war Clem dann losgeritten, um Hilfe zu holen, und jetzt würde er nie wiederkommen! Kein Stück Land würde je seinen Namen tragen. Er war nicht einmal dazu gekommen, sein eigenes Haus zu bauen.

Geräusche von draußen rissen sie aus ihren Gedanken. Mit tränenverschleierten Augen lugte sie unter der Plane hervor. Vier Männer mit ernsten Gesichtern schaufelten in der Erde unter der größten Fichte ein Loch. Erneut brach der Schmerz in ihr auf. Clems Grab! Was die Männer da aushoben, war Clems Grab! Sie hatte nicht geträumt. Es war alles wahr. Clem war tot. Sie war allein, und jetzt sollte ihr Clem auf geborgtem Boden begraben werden.

„Oh, Clem, was mach' ich bloß?“

Sie weinte sich aus, bis keine Tränen mehr kamen. Die Männer schaufelten noch immer. Jedes Scharren versetzte ihrem Herzen einen neuen Hieb.

Auf einmal hörte sie mehr Stimmen. Das mußten die anderen Nachbarn sein. Wenn sie sich nur zusammenreißen konnte! Clem würde sich sonst für sie geschämt haben.

Sie stand von ihrem Lager auf, strich sich über das zerzauste Haar und zog ihr dunkelblaues Überkleid an. Das schien ihr das einzig angemessene Kleid zu sein. Ein besseres hatte sie nicht. Mit einem Handtuch und einem Kamm in der Hand kletterte sie vom Wagen und ging zum Brunnen hinüber, um sich das rotgeweinte Gesicht zu kühlen und ihr wirres Haar in Ordnung zu bringen. Dann straffte sie die Schultern, hob den Kopf und ging ihren neuen Nachbarn entgegen.

Alle brachten ihr eine stille Teilnahme entgegen. Marty spürte es. Das war kein gespieltes Mitleid, sondern ein aufrichtiges Verstehen. So war es im Westen. Das Leben war nicht einfach hier. Fast jeder der Nachbarn hatte selbst einmal Schweres erlebt. Man ließ sich durch so etwas nicht unterkriegen; man durfte sich einfach nicht unterkriegen lassen. Das Leben ging weiter. Für Gefühlsduselei hatte hier niemand weder Zeit noch Kraft. Mit den schweren Zeiten mußte man irgendwie fertigwerden. Der

Tod war etwas ganz Natürliches, und wenn es auch nicht leicht war, mußte man sich aufraffen und weitergehen.

Der Reiseprediger hielt die Grabrede. Er sagte etwas von trauernden Hinterbliebenen, die in diesem Fall aus einer einsamen, schmalen Person und ihrem ungeborenen Kind bestanden.

Der Prediger sprach Worte des Trostes und der Ermutigung. Die Nachbarn hörten in stillem Mitgefühl zu. Jeder von ihnen hatte irgendwann einmal ähnliche Worte gehört. Nach der kurzen Grabrede drehte sich Marty um und ging zum Wagen zurück, während die vier Männer mit den Schaufeln Erde auf den einfachen Holzsarg häuften. Mehrere Nachbarn hatten die halbe Nacht damit zugebracht, Clems Sarg zu tischlern. Als Marty gerade im Gehen begriffen war, trat eine der Frauen auf sie zu und legte ihr die Hand auf die Schulter.

„Ich bin Wanda Marshall“, sagte sie. „Wir haben zwar nur ein Zimmer, aber Sie können gern für ein paar Tage bei uns wohnen, damit Sie nicht so alleine sind.“

„Vielen Dank“, antwortete Marty kaum hörbar, „aber ich will Ihnen nicht zur Last fallen. Ich glaub’, ich bleib’ einfach erstmal hier in dem Wagen. Außerdem brauch’ ich Zeit zum Nachdenken.“

„Ja, das kann ich gut verstehen“, sagte die Frau und ging weiter.

Marty hatte ihren Wagen noch nicht erreicht, als die weiche Hand einer älteren Frau sich ihr entgegenstreckte.

„Ist nicht einfach, so was! Hab’ ich selbst mal durchmachen müssen. Hab’ meinen ersten Mann vor Jahren auch unter die Erde bringen müssen.“

Sie hielt inne, bevor sie weitersprach.

„Sie haben sich bestimmt noch keine Gedanken gemacht, wie’s jetzt weitergehen soll, oder?“

Wortlos schüttelte Marty den Kopf.

„'ne Schlafstelle kann ich Ihnen nicht bieten; unser Haus ist voll bis unters Dach. Aber was zu essen, das können Sie bei uns kriegen. Wenn Sie Ihren Wagen neben unser Haus stellen wollen, helfen wir Ihnen gern mit Ihren Sachen, und mein Ben, Ben Graham heißt er, der bringt Sie dann in die Stadt, wenn Sie soweit sind."

„Danke", sagte Marty leise, „aber ich glaub', ich bleib' fürs erste hier."

Wie hätte sie auch gestehen können, daß sie keinen blanken Heller in der Tasche hatte und daß sie sich ohne Geld in der Stadt keinen einzigen Tag halten konnte? Und wer würde schon eine junge, ungelernte Frau in ihren Umständen einstellen? Gab es überhaupt eine Zukunft für sie?

Ihre bleischweren Beine trugen sie zum Wagen. Sie hob die Plane und kletterte unter das Verdeck. Am liebsten hätte sie sich vor aller Welt verkrochen, um nur ja nie wieder einer Menschenseele begegnen zu müssen.

Es wurde Mittag. Die glühende Hitze legte sich wie eine schwere Decke auf sie. Alles drehte sich vor ihren Augen. Schließlich kletterte sie wieder aus dem Wagen und setzte sich ins Gras neben das zerborstene Rad. Die ganze Welt erschien ihr so trügerisch, unwirklich; dann schlug der dumpfe, lähmende Schmerz wieder wie eine Ozeanwelle über ihrem Kopf zusammen. Verzweifelt versuchte sie, Klarheit in ihre Gedanken zu bringen, als eine Stimme sie plötzlich aufschreckte.

„Ma'am."

Sie sah auf. Vor ihr stand ein hochgewachsener Mann. Verlegen drehte er seinen Hut in seinen braungebrannten Händen. Sie erkannte ihn als einen der Nachbarn, die das Grab ausgehoben hatten. Er war breitschultrig, und aus seinen Augen sprach eine Weisheit und Einsicht, die den jungen Gesichtszügen zu widersprechen schienen. Sie sah ihn einfach nur an, ohne seine Anrede zu erwidern.

„Ma'am, ich weiß, jetzt ist nicht die beste Zeit für so was, wo Ihr Mann kaum unter der Erde ist, aber ich kann's mir nicht leisten, auf 'ne andere Gelegenheit zu warten."

Er räusperte sich und sah ihr ins Gesicht.

„Übrigens, ich heiße Clark Davis", beeilte er sich zu sagen, „und ich meine, Sie und ich könnten einander jetzt gut gebrauchen."

Marty holte tief Luft, aber er hob die Hand und sprach schnell weiter.

„Einen Augenblick!" sagte er bestimmt. „Das ist ganz natürlich. Sie haben Ihren Mann verloren, und jetzt stehen Sie ganz allein da."

Er warf einen Blick auf das zerborstene Wagenrad.

„Geld haben Sie sicher auch keins, um zu Ihren Eltern zurückzufahren – falls Sie überhaupt noch Eltern haben, heißt das. Und selbst dann geht bis zum Frühjahr kein Treck mehr in Richtung Osten. Und ich, ich bin auch nicht viel besser dran."

Er hielt inne und schaute auf seinen Hut, den er zwischen den Händen drehte. Dann sah er sie wieder an und sprach weiter.

„Ich hab' 'n kleines Mädchen – fast noch 'n Baby –, und das braucht 'ne Mama. Also, ich dachte, wenn Sie mich heiraten" – er beugte sich zu ihr herunter und sah ihr geradewegs in die Augen –, „dann wär' uns beiden geholfen. Ich hätte Ihnen gern mehr Zeit gelassen, aber der Prediger reist morgen weiter. Kommt erst im April oder Mai wieder. Deshalb muß es heute sein!"

Martys Augen standen weit offen vor Entsetzen.

„Ich weiß, ich weiß", warf er ein, „'s kommt alles 'n bißchen schnell, aber was bleibt uns schon anderes übrig?"

„Ja, allerdings!" dachte Marty mit ihrem schwindeligen Kopf, „was bleibt schon anderes übrig? Lieber sterb' ich!

Lieber sterb' ich, als daß ich Sie heirate! Ich will nie wieder 'nen Mann sehen. Machen Sie bloß, daß Sie wegkommen!"

Aber er schien ihre Gedanken nicht zu erraten.

„Ich hab' mich schwer getan, meiner Missie Mama und Pa zugleich zu sein, aber die viele Feldarbeit tut sich auch nicht von allein. Ich hab' 'n ordentliches Stück Land und 'n Häuschen drauf, klein, aber gemütlich, und ich könnte Ihnen alles, was 'ne Frau so zum Leben braucht, bieten, wenn Sie sich dafür um meine Missie kümmern. Sie werden sie mögen. 's ist 'n nettes kleines Ding."

Er machte eine Pause und zog tief die Luft ein.

„Sie braucht 'ne Mutter, meine Missie. Mehr verlang' ich gar nicht von Ihnen, Ma'am, als daß Sie Missies Mama sind. Weiter nichts. Sie und Missie können das Schlafzimmer haben. Ich zieh' dann in den Anbau. Und ..." Er zögerte einen Moment lang. „Und außerdem versprech' ich Ihnen das eine: Mit dem nächsten Treck können Sie wieder nach Osten fahren, wenn Sie sich bei mir nicht wohlfühlen. Ich bezahl' Ihnen die Überlandkutsche zu Ihrer Familie. Nur eine Bedingung hab' ich, und zwar, daß Sie Missie mitnehmen. Ist einfach nicht fair, daß so 'n armes kleines Ding keine Mama hat."

Unvermittelt stand er auf.

„So, jetzt laß' ich Sie allein, damit Sie sich's in Ruhe überlegen können. Viel Zeit haben wir nicht mehr."

Er drehte sich um und ging. An seinen gesenkten Schultern konnte sie sehen, wieviel Überwindung ihn seine Worte gekostet hatten. Trotzdem war sie fassungslos vor Zorn. Was für eine grobe Unverschämtheit, einer Frau, die gerade ihren Mann verloren hat, einen Heiratsantrag zu machen! Lieber würde sie sterben! Der Tod war besser als so etwas!

Aber Clems Baby? Nein, das Baby sollte nicht sterben. Das wollte sie nicht. Ach, sie wußte nicht mehr ein noch aus. Sie hatte nichts und niemanden hier in diesem gottverlassenen Westen. Ihre Eltern und alle ihre Freundinnen waren weit, weit weg. Sie war mutterseelenallein. Dieser Rohling von einem Mann hatte recht: Sie war auf ihn angewiesen, und sie haßte ihn dafür.

„Dieser elende Westen! Wär' ich doch bloß nie hierher gekommen! Und dieser Grobian! Wie ich ihn hasse!“

So sehr sie aber auch innerlich tobte, im Grunde wußte sie genau, daß sie keine andere Wahl hatte.

Schließlich wischte sie sich die Tränen aus dem Gesicht und stand auf. Nie im Leben würde sie hier im grünen Gras darauf warten, daß er in seiner großzügigen Art wiederkam, um sich nach ihrer Entscheidung zu erkundigen. Trotzig kletterte sie auf den Wagen und machte sich daran, ihr spärliches Hab und Gut zusammenzupacken.

Eine Mama für Missie

Schweigend saßen sie nebeneinander auf seinem Wagen. Der Prediger war nach der Beerdigung zu den Grahams zum Essen gegangen. Missie war auch dort, damit die älteren Mädchen auf sie aufpassen konnten, während ihr Pa bei der Beerdigung war. Gleich würden sie sich vom Pastor trauen lassen, Missie abholen und dann zum Gehöft fahren. Marty saß stumm und wie gelähmt da. Der leichte Fahrtwind blies ihr das wirre Haar in ihr heißes Gesicht. Clark Davis sah sie besorgt von der Seite an.

„Wir sind gleich da. Ist mächtig heiß heute. Sie könnten 'ne Sonnenhaube gebrauchen."

Sie starrte wortlos vor sich hin. Die Sonne schien ihr also auf den Kopf. Na, wenn schon! Es gab ohnehin nichts Schlimmeres mehr auf der Welt, das ihr jetzt noch zustoßen könnte. Sie sah schnell zur Seite, damit er ihre aufsteigenden Tränen nicht bemerkte. Von diesem herzlosen Menschen, der da neben ihr saß, wollte sie kein Mitleid.

Die Pferde trotteten mühsam vorwärts. Marty taten alle Glieder weh von dem Rütteln und Schütteln des Wagens auf der staubigen, zerfurchten Straße.

Endlich tauchte das Gehöft der Grahams am Fuß einiger sanften Hügel auf. Sie fuhren in den Hof hinein. Der Mann sprang vom Wagen und reichte ihr die Hand. Sie war zu benommen, um seine Hilfe auszuschlagen. Wenn sie allein vom Wagen geklettert wäre, befürchtete sie, wäre sie flach auf der Erde gelandet. Er hob sie mühelos vom Wagen und stellte sie sicher auf ihre Füße, bevor er sie losließ. Dann machte er die Zügel fest und ließ sie vor sich ins Haus gehen.

Sie war viel zu betäubt, um wahrzunehmen, was um sie her geschah. Später konnte sie sich nur noch daran erinnern, wie eine überraschte Frau ihnen die Tür öffnete und verwundert von einem zum andern sah. Innen warteten mehrere Leute offensichtlich auf das Mittagessen. In einer Ecke sah sie den Prediger mit einem Mann sitzen. Der Mann war wohl Ben Graham. Das Haus schien voller Kinder zu sein. Sie versuchte nicht einmal, sie zu zählen. Clark Davis erklärte Frau Graham, dem Pastor und Ben den Grund ihres Kommens.

„Wir haben uns gedacht –“

„Was heißt hier: wir?“ wollte sie aufbrausen. „Sie meinen wohl: ich! –“

„Wir haben uns gedacht, wir wollten schnell heiraten, bevor der Prediger weiterzieht. Frau Claridge hier braucht ’n Dach über dem Kopf, und Missie braucht ’ne Mama.“

Wie durch dichten Nebel hörte sie Frau Graham sagen: „Das ist auch das einzig Vernünftige“, und der Prediger schloß sich an: „Ja, ja, natürlich.“

Tisch und Stühle wurden beiseite geräumt, und bevor sie wußte, wie ihr geschah, hörte sie den Prediger seine kurze Traurede halten. Irgendwie mußte sie das Jawort an der richtigen Stelle herausgebracht haben, denn anschließend erklärte der Prediger sie und Clark Davis als „Mann und Frau“.

Wieder wurde umgeräumt. Frau Graham deckte den Tisch und lud Marty und Clark zum Essen ein. Und dann saßen alle am Tisch. Die kleineren Kinder hatten schon gegessen, während die Erwachsenen bei der Beerdigung waren. Dem Dankgebet, das der Prediger sprach, folgte eine lebhafte Unterhaltung. Marty mußte wohl etwas gegessen haben, obwohl sie sich später nicht mehr erinnern konnte, was es war. Sie reagierte auf alles mechanisch wie eine Marionettenpuppe, die ungelenk an langen Fäden tanzt.

Und wieder geriet alles um sie herum in Bewegung. Der Prediger nahm sein Essenspaket für unterwegs in Empfang und verabschiedete sich. Einer von den älteren Jungen holte sein Pferd aus dem Stall. Bevor der Prediger sich auf den Weg machte, ging er auf Marty zu, nahm ihre Hand in die seine und wünschte ihr mit einfachen und aufrichtigen Worten den Segen und die Kraft Gottes für die kommenden Wochen und Monate. Ben und Clark begleiteten ihn zu seinem Pferd, und Frau Graham winkte ihm zum Abschied vom Haus aus nach. Dann ritt er los, und Frau Graham ging ins Haus zurück. Die Männer traten an den Zaun, um Clarks Gespann loszumachen.

„Sally Anne, weck Missie und mach sie fertig! Laura und Nellie, ihr spült mir inzwischen das Geschirr!"

Daraufhin machte sie sich an ihrem Herd zu schaffen. Marty nahm das Treiben um sie her nur verschwommen wahr. Inmitten von allem Lärm und Trubel saß sie stumm und benommen da.

Nach einer Weile kam Sally Anne mit einem kleinen schlaftrunkenen Bündel wieder ins Zimmer. Marty sah nichts als tiefblaue Augen und ein verschlafenes, aber freundliches Lächeln in dem kleinen Gesicht. „Das muß wohl Missie sein", dachte sie teilnahmslos. Sie hatte recht. Als Clark in dem Moment zur Tür hereinkam, jauchzte die Kleine vor Freude auf und streckte ihm die Ärmchen entgegen. Er hob sie auf und drückte sie an sich. Dann dankte er den Gastgebern und sagte zu Marty, es sei an der Zeit, nach Hause zu fahren.

Frau Graham begleitete sie zu ihrem Wagen. Mit keinem Wort erwähnte sie die Hochzeit. Überhaupt hatte niemand ihr irgendwelche Glückwünsche ausgesprochen. Darüber war Marty erleichtert. Ein falsches Wort, auch wenn es noch so gut gemeint war, hätte sie um ihre Fassung gebracht, das wußte sie genau. Zum Glück war kein einziges Wort über die Trauung gefallen. Diese einfachen Leute hier im Westen waren einfühlsame Menschen.

Die beiden Frauen verabschiedeten sich schlicht und als neue Nachbarinnen voneinander, doch Frau Grahams Worte kamen von Herzen, als sie sagte: „In 'n paar Tagen, wenn Sie sich 'n bißchen eingelebt haben, komm' ich mal rüber. Bin ja froh, daß ich endlich jemanden zum Plaudern in der Nachbarschaft hab'!"

Marty bedankte sich, und das Gespann zog an. Vor ihnen lag wieder die heiße, staubige Straße.

„Da ist es – da drüben!"

Marty schreckte aus ihren Gedanken auf. Ihre Augen folgten Clarks ausgestrecktem Arm.

Von Bäumen nach Norden hin geschützt und neben einer kleinen Bodenerhebung lag das Gehöft, das dem Mann an ihrer Seite gehörte. Ein Stück abseits von den Feldern stand ein kleines, aber wohnliches Haus mit einem Brunnen davor und einem Garten daneben. Ein paar Sträucher zierten den Pfad zur Haustür, und sogar aus der Entfernung konnte Marty die Farben der Herbstblumen erkennen.

Auf der einen Seite war ein wind- und wetterfester Stall für die Pferde und das Vieh. Dahinter, inmitten einer kleinen Baumgruppe, stand der Schweinestall. Zwischen all diesen Gebäuden verstreut standen ein Hühnerstall und mehrere andere kleine Holzschuppen. Sie würde sich wohl bald mit jedem einzelnen Gebäude vertraut machen müssen. Im Moment war sie jedoch viel zu erschöpft, um sich weiter dafür zu interessieren.

„Sieht ja richtig gut aus", murmelte sie beinahe gegen ihren Willen. Irgendwie sah das Gehöft so sehr dem ähnlich, von dem sie und Clem geträumt hatten, daß sie plötzlich wieder ein Schluchzeln abschütteln mußte. Sie fiel in ihr Schweigen zurück und war froh, daß Missie in ihrer freudigen Aufregung beim Anblick ihres Zuhauses die ganze Aufmerksamkeit ihres Vaters in Anspruch nahm.

Als sie vor dem Häuschen anhielten, kam ihnen ein Hund entgegengelaufen und begrüßte Clark und Missie stürmisch.

Clark half Marty vom Wagen. „Am besten gehen Sie gleich schnurstracks ins Haus, damit Sie aus der heißen Sonne kommen", sagte er besorgt. „Wenn Sie sich hinlegen wollen, das Schlafzimmer ist gleich hinter dem Wohnzimmer. Ich kümmer' mich dann schon um Missie und alles andere. Fürs Feld ist es jetzt sowieso zu spät."

Er hielt ihr die Tür offen und ließ sie in das fremde Haus eintreten, das von jetzt an ihr Zuhause sein sollte. Dann nahm er Missie bei der Hand und folgte ihr.

Sie sah sich nicht einmal im Hausinnern um, sondern ging geradewegs auf das Schlafzimmer zu. Sie spürte, daß sie sich nicht mehr lange auf den Beinen halten konnte. Vor dem sauber gemachten Bett zog sie nur ihre Schuhe aus, bevor sie sich darauffallen ließ. Im Haus war es kühler als draußen. Die Müdigkeit übermannte sie. Sie weinte noch ein paar Minuten; dann sank sie in einen tiefen, aber unruhigen Schlaf.

Der Ehevertrag

Marty schreckte aus ihrem Schlaf. Draußen war es ja schon fast dunkel! Der Duft von Kaffee und gebratenem Speck hing in der Luft. Jetzt erst spürte sie, wie hungrig sie war. Missies fröhliches Plappern drang von der Küche her ins Schlafzimmer, und plötzlich wußte sie wieder, wo sie war. Schnell stieg sie aus dem Bett, schlüpfte in ihre Schuhe und strich sich die Haare aus dem Gesicht. Sie sah bestimmt furchtbar zerzaust aus, aber wen kümmerte das schon! Neben der Kommode fand sie zu ihrer Überraschung ihre Truhe vor. Alles, was sie besaß, befand sich in dieser Truhe.

Sie öffnete den Deckel, zog eine Haarbürste hervor und strich sich damit durch ihr Haar. Dann band sie es mit einer Schleife auf dem Hinterkopf zusammen. So sah sie schon etwas manierlicher aus, hoffte sie. Sie strich sich das zerknitterte Kleid glatt und machte sich daran, den köstlichen Küchendüften nachzugehen.

Clark warf ihr einen fragenden Blick zu, als sie die Küche betrat, und deutete dann auf einen Stuhl am Tisch.

„Mit meinen Kochkünsten ist's nicht weit her", erklärte er, „aber zum Sattwerden wird's wohl langen."

Marty setzte sich, und Clark stellte einen Teller mit Pfannkuchen vor sie auf den Tisch. Dann ging er an den Herd zurück, um die dampfende Kaffeekanne zu holen. Eigentlich wäre das ja jetzt ihre Aufgabe gewesen, dachte sie betreten. Von jetzt an würde sie ihre Arbeit pflichtgemäß erledigen.

Clark setzte sich zu ihr an den Tisch. Sie wollte sich gerade einen Pfannkuchen auf den Teller nehmen, als

Clarks Stimme sie unterbrach: „Himmlischer Vater, wir danken dir für diese guten Sachen, die du uns geschenkt hast. Sei doch mit dieser jungen Frau hier und gib ihr deinen Trost. Segne dieses Haus und alle, die darin wohnen. Amen."

Marty starrte ihn an, wie er mit geschlossenen Augen zu einem Gott betete, den sie weder sehen noch hören konnte – und dabei war er nicht einmal Prediger! Klar, sie hatte schon öfters von Leuten gehört, die einen Gott außerhalb der Kirche hatten, eine Religion, die über Hochzeiten und Beerdigungen hinausreichte, aber sie hatte noch nie so jemanden mit eigenen Augen gesehen. Eigentlich war es ihr auch lieber gewesen. Nun, er hatte also einen Gott. Hatte der ihm vielleicht viel genützt? Er hatte immerhin noch jemand anders für seine Missie gebraucht, oder? Da schien ihm sein Gott keine große Hilfe gewesen zu sein. Na, ihr sollte es jedenfalls gleich sein. Wenn sie sich nicht irrte, hielten die Leute, die so einen Gott hatten, nichts vom Trinken und waren gut zu ihren Frauen. Mit etwas Glück würden ihr solche Sorgen schon einmal erspart bleiben. Plötzlich stieg eine neue Woge der Verzweiflung in ihr auf. Sie wußte absolut nichts über diesen Mann, der ihr da am Tisch gegenübersaß. Wer wußte, was er für ein Mensch war? Vielleicht würde sie eines Tages heilfroh darüber sein, daß er so religiös war. Das konnte ihr noch manchen Kummer ersparen.

„Haben Sie denn keinen Hunger?"

Seine Worte ließen sie zusammenfahren. Sie hatte, in Gedanken versunken, dagesessen.

„Doch, sicher", stotterte sie und nahm den Teller, den er ihr reichte.

Missie aß mit einem für so eine kleine Person überraschenden Appetit, während sie fröhlich mit ihrem Pa plauderte. Hier und da schien Marty ein Wort in ihrem

Plappern zu erkennen, aber sie gab sich keine besondere Mühe zù verstehen, was das Kind sagte.

Nach dem Essen erbot sich Marty, das Geschirr zu spülen. Clark nickte und sagte, er würde dann Missie zu Bett bringen. Er zeigte ihr, wo die Geschirrtücher waren, und begann, Missie auszuziehen und zum Schlafengehen fertigzumachen.

Marty machte sich an die Arbeit. Als sie die Türen und Schubladen einer fremden, verstorbenen Frau öffnete, beschlich sie ein ungekanntes Schaudern. Sie mußte sich einfach dazu zwingen, dieses Gefühl abzuschütteln. Schließlich hatte sie von jetzt an in dieser Küche als ihrer eigenen zu wirtschaften. Trotzdem konnte sie sich ihres Schauderns nicht ganz erwehren.

Sie schüttete das Spülwasser draußen bei einem Rosenbusch aus. Als sie wieder in die Küche kam, setzte Clark sich gerade an den Tisch.

„Sie schläft schon fest", sagte er.

Marty hängte das Geschirrtuch zum Trocknen an den Haken. „Was mach' ich nun?" fragte sie sich, aber da sorgte er schon für den nächsten Schritt.

„Die Schubladen in der Kommode sind alle leer. Ich hab' meine Sachen in den Anbau rübergeschafft. Sie können Ihre Sachen gleich einräumen, damit's 'n bißchen gemütlicher für Sie wird. Fühlen Sie sich nur zu Hause hier. Wenn Sie irgendwas brauchen, machen sie mir 'ne Liste. Samstags fahr' ich nämlich meistens in die Stadt, um einzukaufen. Da kann ich Ihre Bestellung gleich mitbringen. Wenn Sie sich erst mal 'n bißchen eingelebt haben, vielleicht hätten Sie Lust, mal mitzukommen, damit Sie sich alles selbst aussuchen können.

So, jetzt ist's aber Zeit zum Schlafengehen. War 'n langer Tag heute. Ich weiß, das Leben ist im Moment nicht einfach für Sie. Missie und ich wollen's Ihnen nicht schwerer machen, als es schon ist."

Er machte eine kurze Pause, bevor er sie eindringlich ansah und dann weitersprach.

„Ich hab' Sie nur geheiratet, damit Missie wieder 'ne Mama hat. Ich tät' mich freuen, wenn sie Sie auch so nennen dürfte."

Das klang beinahe wie ein Befehl. Marty spürte das deutlich, und ihr Blick hielt dem seinen trotzig stand. Sie schwieg. Nun wußte sie also, was von ihr erwartet wurde. Er bot ihr ein Dach über dem Kopf, und als Gegenleistung dafür hatte sie sein Kind zu versorgen. Sie wollte keine Almosen. Sie würde sich ihr Brot schon redlich verdienen. Jetzt war sie also Missies neue Mama. Ohne ein Wort drehte sie sich um und ging zum Schlafzimmer. Dort machte sie die Tür hinter sich zu und lehnte sich daran. Als sie innerlich ruhiger geworden war, trat sie an das Kinderbettchen. Die Petroleumlampe verbreitete ein sanftes Licht.

„Also gut, Missie", flüsterte sie, „komm, wir schließen 'nen Friedensvertrag: Du wirst 'n artiges Mädchen, und ich tu' mein Bestes, um dir 'ne gute Mama zu sein."

Die Kleine sah so winzig und hilflos in ihrem Bettchen aus. Marty mußte im stillen denken, daß dieses kleine Wesen mit ihren nicht einmal zwei Jahren schon ein schweres Schicksal hatte hinnehmen müssen. Was hatte sie nur getan, daß sie ihre Mutter so früh verlieren mußte? Marty spürte, wie ihr eigenes Kind sich in ihr regte. Sie legte eine Hand auf die Stelle, die langsam, fast unmerklich, von Tag zu Tag wuchs und bald der ganzen Welt zu wissen geben würde, daß sie eine werdende Mutter war. Was, wenn sie ihr eigenes Kind einmal mutterlos zurücklassen müßte? Der Gedanke versetzte sie in helles Entsetzen. Nochmals sah sie auf die schlafende Kleine mit den braunen Locken und dem Feengesichtchen hinunter. Etwas rührte sich in ihrem Herzen. Liebe war es nicht, aber es war ein Schritt in die richtige Richtung.

Am nächsten Morgen stand Marty auf, sobald sie Clark die Haustür hinter sich schließen hörte. Er ging nach draußen, um seine erste Stallrunde zu machen. Sie zog sich leise an, um Missie nicht zu wecken, und ging in die Küche. Sie war fest entschlossen, ihren Teil des Ehevertrags pflichtgemäß zu erfüllen. Sie würde sich das Dach über dem Kopf und das tägliche Brot schon redlich verdienen. Sie wollte keinem Mann etwas schuldig sein, und schon gar nicht diesem kaltherzigen Rohling, dessen Namen sie jetzt trug. Sie weigerte sich, ihn als ihren Ehemann anzuerkennen. Und was den Namen betraf, dachte sie, würde sie sich immer wieder bewußt daran erinnern müssen, daß sie jetzt nicht mehr Martha Claridge hieß, sondern Martha Davis. Ob es das Gesetz wohl erlaubte, daß sie ihren alten Namen einfach beibehielt? Bestimmt konnte niemand etwas dagegen einwenden, wenn sie sich Martha Lucinda Claridge Davis nannte. Plötzlich fiel ihr ein, daß ihr ungeborenes Kind automatisch Davis heißen würde.

„Oh nein!“ rief sie verzweifelt und verbarg das Gesicht in den Händen. „Nein, das will ich nicht! Mein Kind soll doch Clems Namen tragen!“

So sehr sie sich aber auch dagegen auflehnte, wußte sie im Grunde doch, daß sie sich auch hier geschlagen geben mußte. Sie war mit diesem Mann verheiratet; daran war nichts mehr zu rütteln, und das Kind, das in diese Ehe hineingeboren werden würde, würde seinen Namen bekommen, auch wenn es hundertmal Clems Sohn war. Oh, wie sie diesen Mann haßte!

„Trotzdem kann mich keiner daran hindern, mein Baby mit Vornamen Claridge zu nennen“, sagte sie sich mit vor Zorn bebender Stimme. Sie wischte sich die Tränen mit dem Ärmel aus dem Gesicht, hob ihr Kinn trotzig in die Luft und machte sich an die Arbeit.

Das Feuer brannte schon in dem schwarzen Herd. Marty war froh, daß sie sich nicht auch noch damit plagen mußte. Mit ihren anderen Aufgaben hatte sie schon mehr als genug zu kämpfen. Sie öffnete nacheinander alle Küchenschränke, bis sie unter den festverschlossenen Konserven den Kaffee gefunden hatte. Wo die Kaffeekanne war, wußte sie zum Glück. Die hatte sie doch gestern abend selbst gespült und weggestellt. Auf einem Schemel neben der Tür stand ein Eimer mit frischem Wasser, und es dauerte nicht lange, bis sie den Kaffee aufgesetzt hatte.

„Das hätten wir schon mal erledigt", murmelte sie. „Und was nun?"

Nach einigem Suchen hatte sie die Zutaten für ein paar Pfannkuchen beisammen. Pfannkuchen konnte sie aus dem Stegreif backen. Clem und sie hatten sich unterwegs praktisch von Pfannkuchen ernährt; andere Lebensmittel hatten sie kaum zur Verfügung gehabt. Es würde nicht einfach für sie sein, vollständige Mahlzeiten zuzubereiten. Sie würde es halt lernen müssen. Zum Lernen war sie schließlich nicht zu dumm, oder? Zuerst mußte sie herausfinden, wo in dieser verflixten Küche alles aufbewahrt wurde. Marty gehörte nicht zu denen, die gern fluchten, wenn sie auch mit ihren jungen Jahren schon allerhand Schimpfwörter zu hören bekommen hatte. Jetzt hätte sie aber am liebsten eine ganze Kanonade losgelassen. Statt dessen bediente sie sich eines der weniger kräftigen Ausdrücke, die sie bei ihrem Vater oft gehört hatte.

„Verflixt!" rief sie eins ums andere Mal. „Was soll ich denn bloß machen?"

Mit Pfannkuchen und Kaffee würde Clark sich bestimmt nicht zufriedengeben, aber wo sollte sie etwas anderes hernehmen? Die Schränke standen voller Dosen und Gläser, aber zum Frühstück eignete sich Eingemachtes nur schlecht.

Hühner! Sie hatte doch draußen einen Hühnerstall gesehen, und wo Hühner sind, da gibt es auch Eier. Auf dem Weg nach draußen durch den Vorraum fiel ihr Blick auf eine merkwürdige Maschinerie in der Ecke. Es sah wie ein Flaschenzug aus. Das Seil verschwand in einem Loch im Boden, das mit einer ausgesägten Holzplatte lose abgedeckt war. Sie war neugierig. Ob es wohl zu gewagt war, wenn sie sich das Gerät einmal näher ansah? Vorsichtig hob sie die Falltür am Griff in die Höhe. Zuerst konnte sie gar nichts erkennen; dann, als ihre Augen sich an die Dunkelheit gewöhnt hatten, glaubte sie, den Deckel einer großen hölzernen Kiste zu entdecken. Aha, dafür war also der Flaschenzug gedacht! Sie griff nach den Seilen und begann, die Kiste nach oben zu hieven. Es brauchte ihre ganze Kraft, aber endlich hatte sie es geschafft.

Mit der Kiste stieg ein kühler Luftzug zu ihr herauf. Marty band das Seil an einem Haken fest, der für diesen Zweck in die Wand geschlagen zu sein schien. Die Kiste hatte eine Vorderseite aus Fliegendraht, durch den sie verschiedene Lebensmittel erkennen konnte. Sie öffnete die kleine Tür darin. Ihr stockte der Atem. So viele gute Sachen hatte sie lange nicht mehr auf einmal gesehen: ein Körbchen mit Eiern, Steinguttöpfe mit frischer Sahne, Milch und Butter, Pakete mit Schinken und Speck. Auf der oberen Lade waren frisches Gemüse, mehrere kleine Marmeladengläser und – Wunder über Wunder! – frischer Honig. Das war bestimmt wilder Honig. Welche Entdeckung! Jetzt war das Frühstück ein Kinderspiel. Sie nahm eine Speckseite und ein paar Eier aus der Kiste. Dann suchte sie ein Glas Marmelade aus und wollte die Kiste wieder hinunterlassen, als ihr einfiel, daß Missie viel frische Milch brauchte, solange genug davon da war. Und vielleicht mochte Clark ja gern Sahne im Kaffee. Das wußte sie nicht genau; im Grunde wußte sie überhaupt nichts von diesem Mann.

Vorsichtig ließ sie die Kiste wieder in die Versenkung hinunter und klappte die Falltür darüber. Mit ihrem Fund in den Armen ging sie befriedigt in die Küche zurück, um den Rest des Frühstücks aufzutischen.

Der Kaffeeduft erinnerte sie wieder daran, wie hungrig sie war. Sie holte Teller und Tassen aus dem Schrank und deckte flink den Tisch. Sie hoffte, daß sie alles frisch und heiß vom Herd auf den Tisch bringen konnte, wenn Clark mit seiner Stallrunde fertig war, aber wie lange er dazu brauchen würde, wußte sie nicht.

Zusammenstoß am frühen Morgen

Marty wollte gerade den Teig für die Pfannkuchen rühren, als sie Missie vom Schlafzimmer her hörte. Am besten holte sie sie zuerst aus dem Bett und zog sie an, beschloß sie und ließ ihre Zutaten auf der Anrichte stehen. Kaum hatte Missie sie in der Schlafzimmertür entdeckt, da wich ihr erwartungsvolles Lächeln einem erschrockenen Ausdruck.

„Morgen, Missie!“ sagte Marty und hob das Kind aus ihrem Bettchen auf ihr eigenes Bett.

„So, wo haben wir denn deine Kleider?“ fragte sie mehr sich selbst als die Kleine.

In der großen Kommode konnten sie nicht sein, denn dort hatte Marty gestern abend alle Schubladen aufgezogen, als sie den Inhalt ihrer Truhe eingeräumt hatte. Sie sah sich in dem Zimmer um. Unter dem Fenster stand eine kleine Kommode, in der sie Missies Sachen fand. Sie suchte ein paar Kleidungsstücke hervor, die ihr für diesen Tag angebracht erschienen. Missie hatte wirklich niedliche Kleidchen. Ihre Mama mußte geschickt mit Nadel und Faden umzugehen gewußt haben.

Marty wandte sich wieder der Kleinen zu, die sie die ganze Zeit über mit weit aufgerissenen Augen angestarrt hatte. Marty legte Missies Sachen auf das Bett und streckte die Arme nach ihr aus. Missie, die inzwischen begriffen hatte, daß diese fremde Frau im Begriff war, sie anzuziehen, brüllte plötzlich wie am Spieß.

„Missie, hör auf mit dem Gebrüll!“ rief Marty, aber Missie war noch lange nicht fertig. Sie steigerte sich regelrecht in ihre Angst – oder war es Zorn? – hinein.

„Ich will zu meinem Pa!“ schluchzte sie zwischen zwei markerschütternden Schreien.

„Also gut“, gab Marty sich geschlagen und hob die um sich tretende Missie auf. Dann sammelte sie ihre Kleidungsstücke vom Bett auf und trug das Mädchen samt ihren Sachen in die Küche. Dort lud sie sie in einer Ecke ab. Missie riß schmollend ihre Kleider an sich. Sie schluchzte noch immer.

Marty wollte sich gerade ihrem Pfannkuchenteig wieder zuwenden, als der Kaffee sprudelnd überkochte. Mit einem Satz sprang sie zum Herd und zog die Kanne von der Herdplatte. Der Herd glühte ja förmlich vor Hitze! Sie sah sich nach einem Lappen um, mit dem sie die Herdplatte sauberwischen konnte, konnte aber nichts Geeignetes entdecken. Schnell lief sie ins Schlafzimmer und zog ein abgetragenes Kleidungsstück aus der Schublade hervor. Mit dem Teil war sowieso kein großer Staat mehr zu machen, beschloß sie; als Lappen war es gerade richtig. Missie schrie noch immer, als sie jetzt den Herd abwischte. Ausgerechnet in dem Augenblick betrat Clark die Küche. Er sah von der verzweifelten Marty, die sich inzwischen obendrein auch noch einen verbrannten Finger eingehandelt hatte, zu Missie in ihrer Ecke, wo sie, hemmungslos schreiend, ihre Kleider umklammert hielt.

Marty wandte sich vom Herd ab. Mehr konnte sie im Moment an der bespritzten Herdplatte nicht tun. Sie schleuderte den nassen, übelriechenden Lumpen in die Ecke. Aus ihren Augen blitzte es, als sie jetzt auf Missie zeigte.

„Sie will nicht, daß ich sie anziehe!“ entschuldigte sie sich. „Sitzt einfach da und brüllt nach ihrem Pa.“

Clarks Antwort überraschte sie maßlos.

„’n Kind hat wohl ’n ziemlich kurzes Gedächtnis, scheint mir“, sagte er so ruhig und gelassen, daß Marty sprachlos mit den Augen blinzelte.

„Sie hat doch tatsächlich schon vergessen, wie's ist, 'ne Mama zu haben."

Ohne einen weiteren Blick auf Missie ging er auf den Schrank zu.

„Sie wird halt lernen müssen, daß Sie jetzt ihre Mama sind und daß Sie hier das Sagen haben. So, jetzt nehmen Sie sie mit ins Schlafzimmer und ziehen Sie sie an. Ich kümmer' mich dann schon um das hier." Damit meinte er die in Unordnung geratene Küche und das halbfertige Frühstück. Dann ging er ans Fenster und öffnete es, damit die Hitze von dem zischenden Herd abziehen konnte. Dabei sah er weder Marty noch Missie an.

Marty atmete tief ein und bückte sich, um Missie aufzuheben. Die schrie von neuem los, strampelte und schlug wie wild um sich, als sie jetzt aus der Küche getragen wurde.

„Du, nimm dich bloß in acht!" stieß Marty zwischen den Zähnen hervor. „Hast du unser Abkommen schon vergessen? Du sollst artig sein, und ich will deine Mama sein. Du bist aber alles andere als artig!" Missie hörte nicht einmal zu.

Marty setzte sie auf dem Bett ab. Da hörte sie Missie plötzlich laut und deutlich zwischen zwei Schluchzern sagen: „Ich will zu meiner Mama."

Also konnte sie sich doch erinnern. Martys Zorn begann dahinzuschmelzen. Vielleicht erging es Missie mit ihr ja genauso wie ihr mit Clark: Sie war aufgebracht, aber machtlos. Plötzlich nahm sie es ihr nicht mehr übel, daß sie so geschrien und getobt hatte. Sie hätte es ihr ja am liebsten gleichgetan, wenn das Leben sie nicht gelehrt hätte, wie zwecklos solche Ausbrüche waren.

„Ach, Missie", seufzte sie, „ich weiß ja, wie dir zumute ist. Wir müssen uns halt langsam, aber sicher aneinander gewöhnen, da hilft alles nichts. Aber zuerst müssen wir dich irgendwie anziehen."

Sie legte sich Missies Sachen in der Reihenfolge, in der sie sie brauchen würde, zurecht. Wenn sie erst einmal mit Missie beschäftigt war, würde ihr keine freie Hand zum Sortieren bleiben. Sie setzte sich und nahm das widerwillige Kind auf den Schoß. Missie trat und schlug noch immer um sich. Nein, Angst war das nicht. Marty spürte es genau. Das Kind war schlichtweg rasend vor Wut.

„Missie, hör auf!"

Aber Martys Stimme ging völlig in Missies Geschrei unter. Da holte Marty aus und versetzte ihr zwei kräftige Klapse auf das Hinterteil. Ob es nun der reine Schreck war oder ob das Kind begriffen hatte, daß der Machtkampf verloren war, wußte Marty nicht zu sagen, doch schlagartig ließ das ungestüme Schreien und Toben nach. Missie schluckte und atmete zwar noch schwer, aber sie wehrte sich nicht mehr, während Marty sie anzog.

Als die Kleine endlich fertig angezogen neben der erschöpften Marty mit ihrem aufgelösten Haar saß, tauschten die beiden stumm einen forschenden Blick aus.

„Du armes Ding!" flüsterte Marty schließlich und zog die Kleine an sich. Zu ihrer Überraschung ließ Missie es geschehen und schmiegte sich sogar an sie. Eine Weile saßen die beiden so da, bis Marty gewahr wurde, daß die Kleine nicht einmal mehr schluchzte.

Von der Küche her drang der Duft von gebratenem Speck ins Schlafzimmer. Marty löste sich von dem kleinen Mädchen, stand auf und kämmte erst ihr eigenes Haar, dann Missies dunkle Locken. Sie nahm das Kind auf und trug es in die Küche, wo sie ihm mit einem feuchten Tuch das rotgeweinte Gesichtchen abwusch. Clark sah nicht einmal auf. „Da tut er schon wieder meine Arbeit!" dachte Marty vorwurfsvoll. Dic Pfannkuchen lagen, fein säuberlich aufgestapelt, auf dem Teller, die Spiegeleier waren fertig, und der Speck zischte in der Pfanne. In den beiden Tassen dampfte schon der Kaffee, und auf Missies Platz wartete ein kleines Glas Milch auf sie. Sie brauchten sich nur noch an den Tisch zu setzen. Er nahm den Speck aus der Pfanne, stellte ihn auf den Tisch und setzte sich ihr gegenüber.

Dieses Mal wußte sie Bescheid. Er betete doch immer vor dem Essen. Sie neigte den Kopf und wartete schweigend. Nichts geschah. Dann hörte sie ein leises Blättern von dünnen Buchseiten. Sie sah verstohlen auf. Clark blätterte in seiner Bibel; er suchte wohl nach einer bestimmten Stelle. Sie spürte eine heiße Röte in ihr Gesicht steigen, aber Clark sah nicht auf.

„Heute lesen wir Psalm 121", sagte er und begann zu lesen:

„Ich hebe meine Augen auf zu den Bergen. Woher kommt meine Hilfe?"

Marty dachte im stillen, wie gleichgültig es ihr war, woher ihre Hilfe kam, wenn sie nur überhaupt kam. Doch da hatte sie schon ein paar Verse verpaßt. Schnell richtete sie ihre Aufmerksamkeit wieder auf das, was Clark vorlas.

> „Der Herr behütet dich; der Herr ist dein Schatten über deiner rechten Hand, daß dich des Tages die Sonne nicht steche noch der Mond des Nachts. Der Herr behüte dich vor allem Übel, er behüte deine Seele. Der Herr behüte deinen Ausgang und Eingang von nun an bis in Ewigkeit."

Beinahe zärtlich legte er die Bibel auf ein kleines Regal neben dem Tisch zurück und faltete die Hände zum Gebet. Wieder war Marty nicht darauf gefaßt gewesen.

„Verflixt!" dachte sie. „Nächstes Mal muß ich eben besser aufpassen." Aber dann hörte sie Clarks Gebet aufmerksam zu.

„Unser Herr, wir danken dir für diesen neuen Tag und deinen reichen Segen."

„Segen?“ dachte Marty. „Ein brüllendes Kind, übergekochter Kaffee und ’n verbrannter Finger. Segen?“

Aber Clark betete unbeirrt weiter.

„Danke, Herr, daß das erste schwere Stück Weg mit Missie geschafft ist. Steh du ihrer neuen Mama bei!“

„Er nennt mich nie beim Namen, wenn er mit seinem Gott redet“, dachte Marty, „immer bloß: Missies Mama. Wenn dieser Gott ihn überhaupt hört, dann weiß er hoffentlich, wen er damit meint. Ich kann nämlich alle Hilfe gebrauchen, die ich nur kriegen kann.“

Marty hörte einen Teller klappern. Wieder hatte sie ihre Gedanken schweifen lassen und den Rest des Gebets verpaßt. Schnell hob sie den hochroten Kopf. Zum Glück hatte Clark ihre Verlegenheit nicht bemerkt.

Das Frühstück verlief recht schweigsam. Nach ihrem Machtkampf mit Marty war Missie zu erschöpft zum Plaudern; auch Clark schien mit seinen Gedanken woanders zu sein. Marty überlegte indessen, wie sie den Vormittag verbringen würde.

Zuerst würde sie das Geschirr abwaschen und den Herd gründlich säubern. Und dann? Ihre wenigen Kleidungsstücke konnten eine Wäsche vertragen. Sie würde auch gern ihre Decken waschen, um sie sauber in die Truhe legen zu können. Wenn sie mit dem nächsten Treck wieder nach Osten zog, würde sie sie brauchen.

Schließlich überlegte sie, wie sie ihre Kleider flicken konnte. Wenn sie doch nur ein paar Stoffreste hätte! Clark hatte gesagt, daß er samstags in die Stadt führe. Heute war Mittwoch. Sie würde die Vorräte in den Schränken durchsehen und ihm eine Liste mit allem, was fehlte, mitgeben. Sie warf einen verstohlenen Blick zu ihm hinüber. Glücklich sah er wahrhaftig nicht aus. Eher grübelnd, als ob er seine Gedanken zu ordnen versuche.

Da unterbrach Missie mit einem zufriedenen Seufzen die Stille. „Alle, alle, Pa.“ Sie schob ihren Teller von sich.

Verschwunden war der finstere Ausdruck von ihrem kleinen Gesicht.

„Fein gemacht, Pas großes Mädchen!“ lobte er sie, und dann plauderten die beiden, ohne daß Marty sich auch nur bemühte, der Unterhaltung zu folgen. Zwischendurch stand Clark auf, um die beiden Kaffeetassen nachzufüllen. Marty biß sich auf die Unterlippe. Das wäre doch ihre Aufgabe gewesen!

Clark schob seinen Teller weg und nahm einen Schluck Kaffee. Dann sah er ihr über den Tisch hinweg ins Gesicht. Sie erwiderte seinen Blick, obwohl ihr etwas unwohl dabei zumute war.

„Am besten erklär' ich Ihnen, wo alles in diesem Haushalt zu finden ist. Die Kühlkiste haben Sie ja schon selbst entdeckt. Gut! Hinterm Haus haben wir außerdem 'nen Gemüsekeller. Die meisten Sachen aus dem Garten liegen schon längst darin. Da unten steht auch 'n Regal mit Eingemachtem, aber Sie müssen sich 'ne Lampe mitnehmen, wenn Sie was raufholen wollen. Ist nämlich dunkel dort. Neben dem Gemüsekeller steht 'n kleines Räucherhaus. Da ist im Moment nicht mehr viel drin. Nächste Woche schlachten wir für den Winter. Zwei von den Nachbarn und ich tun uns immer zusammen dafür. Hühner haben wir auch, wegen der Eier und zum Schlachten. Im Moment sind genug da, daß wir ab und zu eins essen können. Außer unserem Anteil am Schweinefleisch gibt's wenig frisches Fleisch, bis es kälter wird. Im Winter jagen wir; das Wild hält sich dann besser. Hin und wieder schlachten wir auch 'n Rind, wenn's an Fleisch fehlt. Im Bach gibt's außerdem Fische. Wenn ich mal mit der Arbeit früher fertig werde, geh' ich manchmal an den Bach zum Angeln. Es geht uns also nicht schlecht.“

Das war keine Prahlerei, lediglich eine Feststellung.

„Unser Land ist brauchbar, und der Herrgott hat's reich gesegnet. Die letzten vier Jahre haben wir prima

Ernten gehabt. Die Herde ist ziemlich groß geworden, und Schweine und Hühner haben wir auch genug. Alles, was wir zum Warentausch brauchen, können wir neben dem Haus anbauen, und die Saatkisten sind alle voll. Es ist auch etwas Geld da; nicht viel, aber wenn wir mehr brauchen, können wir jederzeit 'n Schwein verkaufen. Wir sind besser dran als manch einer, aber den Nachbarn hier geht's auch nicht übel. War keine schlechte Idee, in den Westen zu ziehen.

Von dem Mann auf der anderen Seite vom Bach hab' ich vor 'n paar Jahren 'n paar Obststecklinge geholt. Wird nicht mehr allzulange dauern, bis wir Obst kriegen. Die Äpfel kommen vielleicht schon nächstes Jahr.

Ich sag' Ihnen das alles, damit Sie 'n bißchen besser Bescheid wissen. Scheuen Sie sich nur nicht, zu mir zu kommen, wenn Sie was für sich selbst oder Missie brauchen. Vornehm sind wir nicht gerade, aber es soll uns auch an nichts fehlen."

Nach dieser langen Rede erhob er sich von seinem Stuhl und stand einen Moment schweigend da, als ob er überlegte, was er ihr sonst noch zu erklären hatte.

„Wir haben im Moment zwei Milchkühe, und eine kalbt demnächst. Milch und Butter kriegen wir also in Hülle und Fülle. Außer dem Gespann haben wir 'n gutes Reitpferd, für den Fall, daß Sie mal raus möchten, um die Nachbarn zu besuchen. Zu Frau Graham ist's nicht weit. Bessere Gesellschaft kann man sich wohl als Frau nicht wünschen. Ich glaub', mit der werden Sie schnell warm werden, auch wenn sie 'n bißchen älter ist als Sie.

Mit der Feldarbeit bin ich für diesen Herbst fertig. Wenn mir bis zum ersten Frost noch genug Zeit bleibt, will ich aber noch 'n paar Runden pflügen. Davor geh' ich auf zwei, drei Tage zu 'nem Nachbarn rüber, um ihm bei der Ernte zu helfen. Der ist spät dran dieses Jahr. Ich fahr' noch heut zu ihm. Jedd Larson heißt er. Die werden mich zum Essen einladen; also komm' ich erst heute abend wieder. Sie können sich derweil hier 'n bißchen einleben und mit Missie anfreunden, und vielleicht gibt's dann von heute an kein Gebrüll mehr am frühen Morgen."

Er beugte sich zu Missie hinunter und hob sie mit seinen starken Armen in die Luft.

„Willst du mit Pa kommen, Dan und Charlie aus dem Stall holen?"

Die Kleine jubelte fröhlich ihre Zustimmung, und gemeinsam zogen sie los.

Marty regte sich. „Kein Gebrüll mehr am frühen Morgen." Das war seine einzige Bemerkung zu diesem Zwischenfall gewesen. Er hatte der Szene wenig Beachtung geschenkt, aber vielleicht hatte ihn das Ganze doch mehr gestört, als er sich anmerken ließ.

Sie begann, den Tisch abzuräumen. Sie hatte so viel auf einmal gehört, daß sie sich später alles in Ruhe durch den Kopf gehen lassen mußte. Im Moment hatte sie erst einmal andere Dinge vor.

Sie würde sich einen großen Kessel suchen, in dem sie Waschwasser heißmachen konnte. Vielleicht würde sie sogar irgendwo Nadel und Faden auftreiben, so daß sie später ihre Kleider flicken konnte.

Als sie gerade vor dem Spülbecken stand, kam Clark wieder, um Missie abzuliefern. Er löste sich mühsam aus ihrer Umklammerung. Missie hatte gelernt, ihren Pa ständig zu begleiten. Sie würde sich nur schwer daran gewöhnen, daß von jetzt an alles anders werden sollte.

Nachdem Clark gegangen war und Missie mit Weinen aufgehört hatte, stellte Marty die letzten Teller in den Schrank zurück und machte sich daran, die Herdplatte zu scheuern. Anschließend fegte sie den Fußboden. Jetzt konnte sie sich endlich ihren eigenen Plänen widmen.

Sie hatte noch nie einen ganzen Haushalt zu versorgen gehabt, aber sie war fest entschlossen, ihr Bestes zu tun.

Clark sollte sich seines Zuhauses nie schämen müssen, solange sie für Sauberkeit und Ordnung verantwortlich war. Wenn sie mit ihrer Wäsche fertig war, würde sie sich um den Haushalt kümmern. Man konnte ihm ansehen, daß ein Mann hier allein gewirtschaftet hatte. Clark hatte seine Sache zwar nicht schlecht gemacht, aber es fehlte eben doch eine Frau. In ein paar Tagen würde alles schon besser aussehen.

Wieder eine Niederlage

Am späten Nachmittag hatte Marty endlich alle ihre Sachen und sogar ein paar von Clarks und Missies Kleidungsstücken gewaschen. Heute war es längst nicht so heiß wie gestern, dachte Marty erleichtert. Diese Hitze hätte sie keinen Tag länger ertragen können. Immerhin war es Mitte Oktober, und heute war ein recht angenehmer Altweibersommertag.

Marty stand vor der Tür und sah in die Ferne. Hinter den sanften Hügeln erhoben sich die schneebedeckten Berge in ihrer Majestät. Ob es wohl diese Berge waren, von denen Clark sich Gottes Hilfe erbetet hatte?

Die Bäume in der näheren Umgebung flammten goldfarben und rot. Blätter tanzten im böigen Nordwind. Wie gern hätte sie die Natur in ihrer Schönheit zusammen mit Clem erlebt! Das Herz wurde ihr schwer, als sie jetzt die Waschschüssel ausleerte.

Missie hielt gerade ihren Mittagsschlaf. Marty war froh, daß sie sich eine Weile nicht um die Kleine kümmern brauchte – fast so froh wie am Morgen, als Clark sich für den ganzen Tag verabschiedet hatte. Wenn sie Glück hatte, würde er gleich mehrere Tage an einem Stück fortbleiben. Aber diese Hoffnung würde sich bestimmt nicht erfüllen.

Eigentlich hatte sie sich heute auf dem Gehöft ein wenig umsehen wollen, aber dazu war sie jetzt viel zu müde. Statt dessen würde sie sich einfach auch hinlegen, solange Missie noch schlief, und ihre Entdeckungsrunde auf später verschieben, überlegte sie sich.

Sie hängte die Spülschüssel wieder an den Nagel an der äußeren Hauswand und ging geradewegs auf bleischweren Beinen zum Schlafzimmer. Im Bett weinte sie vor Erschöpfung, aber dann übermannte sie der Schlaf. Seit Clems Tod hatte sie nicht mehr so tief und ruhig geschlafen wie jetzt.

Verstört schreckte Marty auf. Irgend etwas schien nicht zu stimmen. Was war es nur? Hatte Missie im Schlaf geweint? Nein, das konnte nicht sein. Missie war ja nicht einmal in ihrem Bettchen.

Was, Missie war nicht in ihrem Bettchen? Aber sie hatte sie doch selbst hineingelegt!

Wo war Missie? Mit einem Satz sprang Marty aus dem Bett. Ob Clark nach Hause gekommen war und die Kleine geholt hatte?

„Nur keine Aufregung!“ murmelte sie. „Es wird ihr schon nichts passiert sein.“

Marty sah im Stall nach, ob das Gespann wieder da war. Kein Gespann. Sie ging zwischen den Gebäuden umher und rief nach Missie. Immer weiter entfernte sie sich vom Haus. Allmählich geriet sie in Panik, auch wenn sie sich tapfer dagegen zu wehren versuchte. Wo konnte Missie nur sein? Was sollte sie bloß tun? Tränen strömten ihr übers Gesicht. Ihr Kleid hatte einen Riß abbekommen, und ihre Hände waren von den Rosensträuchern, zwischen denen sie sich durchgezwängt hatte, blutig verkratzt worden. Sie ging am Bachufer auf und ab und suchte das flache, klare Wasser nach Spuren von Missie ab. Nichts.

Vielleicht war sie ja der Straße gefolgt, dachte Marty, und machte sich verzweifelt auf den Weg. So schnell sie konnte, stolperte sie auf der staubigen, zerfurchten Straße vorwärts. So weit hätte das Kind nie allein laufen können, überlegte Marty, aber sie hastete trotzdem weiter. Da sah sie plötzlich Clarks Gespann auf dem Hügel auftauchen.

Sie hätte sich an den Wegrand setzen und darauf warten können, daß das Gespann sie erreichte, aber auf den Gedanken kam sie nicht einmal.

Was sollte sie Clark sagen? Wie konnte sie ihm erklären, was geschehen war? Sie hatte versagt. Man konnte ihr nicht einmal die Fürsorge für ein einziges kleines Kind anvertrauen. Ob Clark wohl wußte, wo sie weitersuchen könnten?

Sie lief dem Wagen entgegen, bis sie ihn endlich erreicht hatte und Clark die Pferde neben ihr zum Stehen brachte. Mit ihrem staub- und tränenverschmierten Gesicht sah sie zu Clark auf – und wer saß da freudestrahlend auf seinen Knien? Missie!

Clark reichte ihr die Hand und half ihr auf den Wagen. Marty war restlos verwirrt. Was mochte er nur von ihr denken? Sie hatte sich blamiert.

Schweigend fuhren sie heimwärts. Warum sagte er denn gar nichts? Außer „Hü!" hatte er kein Wort gesagt. Auch Missie schwieg. Und das war auch bloß gut so. Wenn dieses kleine Früchtchen sich unterstehen sollte, auch nur ein einziges Wort zu sagen, würde Marty das große Bedürfnis verspüren, ihr eine gepfefferte Ohrfeige zu verpassen. Ihre Erleichterung, das Kind gesund und wohlbehalten wiederzusehen, schlug blitzartig in Zorn um. Martys Gesicht brannte nicht nur von der gehetzten Suche, sondern auch vor Scham.

Doch dann hob sie das Kinn trotzig in die Luft. Er sprach also nicht mit ihr. Na fein, dann würde sie auch nichts mehr sagen. Sollte er doch denken, was er wollte. Sie war ihm keine Erklärung schuldig. Sie haßte ihn sowieso, und von seinem ungezogenen Kind hielt sie auch nicht viel mehr.

„Wenn ich's bloß bis zum nächsten Treck hier aushalten kann! Und dann mach' ich, daß ich wegkomme, daß der Staub nur so fliegt!" dachte sie verbissen.

Die Frau in ihr wäre am liebsten in Tränen ausgebrochen, doch selbst diesen kleinen Trost versagte sie sich.

„Daß du mir bloß nicht losheulst!“ warnte sie sich. „Den Anblick wirst du ihm nicht auch noch gönnen.“

Also saß sie mit hoch erhobenem Kopf und starr nach vorn gerichteten Augen da, bis sie den Hof erreicht hatten. Voll Verachtung stieg sie an Clarks ausgestreckter Hand vorbei vom Wagen und zerriß sich dabei das Kleid noch ein Stück weiter. Clark stellte Missie auf dem Boden ab, von wo Marty sie recht unsanft aufsammelte und ins Haus trug. Missie schien das Ganze nicht im geringsten zu beeindrucken.

Marty ging schnurstracks in die Küche und machte sich lautstark daran, ein neues Feuer im Herd anzuzünden. Das alte war inzwischen längst ausgegangen.

Wieder hatte sie eine Mahlzeit zu kochen – aber was nur? So sehr sie sich auch den Kopf zerbrach, wußte sie am Ende doch, daß ihr außer Pfannkuchen wieder nichts übrig blieb. Pfannkuchen waren das einzige Gericht, daß sie wirklich zubereiten konnte. Na, sollte er doch daran ersticken! Ihr konnte es gleichgültig sein. Warum auch nicht? Schließlich war sie ihm nichts schuldig. Ach, wäre sie doch in ihrem Planwagen geblieben und einfach verhungert! Das wäre immer noch besser gewesen als das.

Obwohl Marty im Feuermachen nicht viel Erfahrung hatte, ließ das Feuer nicht lange auf sich warten, und der Herd war im Nu heiß. Marty dachte noch nicht einmal daran, sich darüber zu freuen, als sie jetzt in der Küche umherstürmte und Kaffee und Pfannkuchenteig zubereitete. Anstatt Speck würde sie heute ein Stück Schinken braten, entschied sie.

Warum machte es ihr nur so viel aus, daß ihr alles, aber auch alles in diesem Haushalt bislang schiefgegangen war? Eigentlich konnte es ihr doch gleichgültig sein, aber das war es halt nicht. Versagen war nun einmal etwas, das man um jeden Preis vermeiden mußte. Das hatte sie ihr Leben lang gehört, und auch jetzt konnte sie sich davon nicht freimachen.

Während sie darauf wartete, daß die Bratpfanne heiß wurde, warf sie Missie einen finsteren Blick zu.

„Daß du mir bloß nicht wieder wegläufst!“ warnte sie sie und ging schnell nach draußen, um die trockene Wäsche von der Leine zu holen.

Als Clark vom Stall zurückkam, stand das Essen fertig auf dem Tisch. Wenn es ihn überhaupt wunderte, daß es schon wieder Pfannkuchen gab, ließ er es sich nicht anmerken. Marty mußte plötzlich feststellen, daß seine Pfannkuchen nicht schlechter als ihre gewesen waren.

„Na, wenn schon!“ kochte es in ihr. „Wenigstens ist mein Kaffee genießbar.“

Clark schien ganz ihrer Ansicht zu sein. Als er aufstand, um sich und ihr eine zweite Tasse einzugießen, bemerkte er: „Guter Kaffee!“ Martys Gesicht brannte. Wieder hatte sie seine leere Tasse nicht gesehen.

Nach dem Essen räumte sie den Tisch ab und machte Missie fertig zum Schlafengehen. Am liebsten hätte sie diesen unverschämten Quälgeist beim Kragen gepackt und kräftig durchgeschüttelt.

Als Missie endlich in ihrem Bettchen lag und Marty ihre eigenen heißen, staubigen Füße gewaschen hatte, murmelte sie ein „Gute Nacht“, sammelte ihre Wäsche auf und ging ins Schlafzimmer. Es wurde langsam dunkel. Bald würde sie die Lampe anzünden müssen. Sorgsam faltete sie ihre abgetragenen Kleider und die Unterwäsche zusammen und stapelte sie auf dem Bett. Wenn sie doch nur eine Nadel und Nähgarn hätte! Aber darum fragen würde sie ihn nicht. Das würde ihr gar nicht einfallen!

Sie atmete tief und setzte sich auf ihr Bett. Dabei fiel ihr Blick plötzlich auf einen Nähkorb neben der Tür. Sie konnte ihr Glück kaum fassen, als sie näherkam und hineinsah: Garnrollen in den verschiedensten Farben, Näh- und Stopfnadeln, eine erstklassige Stoffschere und sogar ein paar Stoffreste zum Flicken!

Entschlossen machte sich Marty ans Werk. Nähen, das hatte sie wenigstens gelernt – obwohl Flicken wohl kaum dasselbe war, dachte sie.

Mit den fadenscheinigen Kleidungsstücken war jedoch selbst bei den größten Flickkünsten kein großer Staat mehr zu machen. Je länger sie daran arbeitete, desto mutloser wurde sie. Als sie bei den letzten zerrissenen Kleidern angelangt war, spürte sie eine Welle der Verzweiflung in sich aufsteigen. Diese Sachen würden den Winter nie überdauern, und um neue Kleidung würde sie ihn nicht bitten. Nie im Leben! Lieber würde sie in Lumpen herumlaufen.

Wie hatte Clark doch gesagt: „Vornehm sind wir nicht gerade, aber es soll uns auch an nichts fehlen."

„So, so, der Herr!" brauste Marty im stillen auf, „und woher nehmen und nicht stehlen, wenn zufällig doch mal was fehlt?"

Sie zog das Kleid mit dem langen Riß am Saum aus und schlüpfte in ein geflicktes Nachthemd. Dann ließ sie sich ins Bett fallen. Als ihr die Fehlschläge des Tages wieder vor Augen kamen – der übergekochte Kaffee, das schreiende, um sich tretende Kind, die verzweifelte Suche, die allgegenwärtigen Pfannkuchen –, da schnürte ihr ein Schluchzen von neuem die Kehle zu. Wieder weinte sie sich in den Schlaf. Wenn sie doch nur ihren Clem bei sich hätte!

Hausputz

Als Marty am nächsten Morgen zum Fenster hinaussah, zogen graue Wolken über den Himmel. Das Wetter hatte umgeschlagen. Bis zum Einbruch des Winters würde es jetzt nicht mehr lange dauern. Aber etwas Zeit hatte es damit noch, sagte sie sich. Es war noch recht warm draußen, und am Himmel zeigte sich hier und da ein blauer Streifen. Vielleicht würde die Sonne ja bald wieder scheinen.

Sie wandte sich zum Zimmer zurück. Heute mußte einfach ein besserer Tag werden. Was gestern war, schien schon in weiter Ferne zu liegen. Und vorgestern erst – vorgestern, als sie Clem beerdigt hatten ... Marty konnte kaum glauben, daß das erst vor zwei Tagen gewesen war. Die beiden Tage waren ihr wie eine Ewigkeit erschienen.

Marty zog sich ein einfaches Hauskleid ein, das sie abends zuvor geflickt hatte, sah kurz zu Missie hinüber und ging auf Zehenspitzen aus dem Zimmer. Sie hoffte von ganzem Herzen, daß sich die morgendliche Szene von gestern nicht wiederholte. Sie wußte nicht, ob sie dem gewachsen sein würde.

Eilig setzte sie das Kaffeewasser auf und deckte den Tisch. Dann suchte sie sich die Zutaten für die Pfannkuchen zusammen.

„Verflixt!“ zischte sie zwischen den Zähnen hervor. „Ich hab’ diese langweiligen Pfannkuchen ja selbst satt!“ Jeden Tag Pfannkuchen waren ihr wie eine Delikatesse erschienen, als es einfach nichts anderes gegeben hatte, aber jetzt, wo gute Sachen in Hülle und Fülle da waren, wäre es doch eigentlich eine Schande, schon wieder

Pfannkuchen zu essen. Sie würde sich halt etwas einfallen lassen müssen, aber zunächst mußte sie das Frühstück auf den Tisch bringen.

Missie wachte auf und ließ sich ohne Widerrede von Marty ankleiden. Marty stieß einen Seufzer der Erleichterung aus. Sie brachte das kleine Mädchen in die Küche und setzte es auf ihr Stühlchen am Tisch.

Als Clark vom Stall zurückkam, fand er das Frühstück fertig auf dem Tisch und Missie artig in ihrem Stühlchen vor. „Fertig angezogen und bei bester Laune!" dachte er amüsiert, sagte jedoch nichts.

Er setzte sich zu Marty und Missie an den Tisch, und nach dem Morgengebet und der Bibellese verlief das Frühstück ohne Zwischenfall.

Diesmal achtete Marty mit Adleraugen auf Clarks Kaffeetasse, doch als sie gerade aufspringen wollte, um ihm frischen Kaffee nachzugießen, wehrte er ab.

„Würd' ja gern noch 'ne Tasse trinken, aber heut' laß' ich's besser. Sieht jeden Tag mehr nach Winter aus, und Jedd hat noch immer Weizen auf dem Feld stehen. Ich mach' mich am besten gleich auf den Weg, sobald ich hier fertig bin."

Er zögerte und fügte dann hinzu: „Aber Ihr Kaffee schmeckt gut!"

Marty goß sich selbst noch eine Tasse ein und stellte die Kanne auf den Herd zurück. Das einzige, was er an ihr loben konnte, war ihr Kaffee. Na, vielleicht sollte sie sich freuen, daß sie nicht auch noch den Kaffee verpatzt hatte!

Clark drehte sich vor der Tür nochmals um und rief ihr zu: „Heut' eß' ich wieder bei den Larsons." Dann zog er die Tür hinter sich zu.

Diesmal weinte Missie nur für kurze Zeit hinter ihm her. „Die Aussicht auf 'n richtiges Essen macht ihm die Arbeit bestimmt schmackhafter. Wär' das nicht 'n Witz, wenn Frau Larson ihm auch Pfannkuchen vorsetzte?"

dachte Marty. Trotz ihres Grolls mußte sie leise lachen. Dann machte sie es sich mit ihrem Kaffee am Tisch gemütlich und begann, sich den Tag einzuteilen.

Zuerst würde sie die Küche ausräumen und alle Schränke in- und auswendig putzen. Danach war der Rest der Küche dran: Wände, Fenster und Vorhänge. Bis zum Abend sollte alles nur so glänzen, nahm sie sich vor.

Sie trank ihren Kaffee nicht einmal aus, so eilig hatte sie es jetzt, sich ans Werk zu machen. Rasch spülte sie das Geschirr und suchte ein paar Spielsachen für Missie zusammen. Dann legte sie los. Sie hatte ja manchen Fehler, dachte sie, aber sich ins Zeug legen, das konnte sie, und genau das würde sie jetzt tun.

Als die Zeiger der Uhr über dem Kamin auf halb eins rückten, waren die Schränke alle strahlend sauber und wieder eingeräumt. Beim Ausleeren hatte Marty allerhand entdeckt: Maismehl zum Brotbacken, Haferflocken und gemahlenen Weizen. Vielleicht würde sie mit diesem Fund sogar etwas anderes als Pfannkuchen zum Frühstück zustande bringen.

Sie legte eine Pause ein, um für Missie und sich selbst ein Mittagessen zu bereiten. Es gab gebratenen Schinken mit Brot und einem Glas Milch dazu. Sie war froh, daß es an Milch nicht mangelte. Clem hatte ihr so oft gesagt, sie solle Milch trinken. Das wäre gut für das ungeborene Kind. Jetzt konnte sie soviel Milch bekommen, wie sie nur wollte, damit Clems Sohn gesund und kräftig zur Welt kam.

Kaum hatte Marty das kleine Mädchen zu ihrem Mittagsschlaf in ihr Bettchen gebracht, da machte sie sich wieder an die Arbeit. Sie war zwar selbst recht müde, aber nie im Leben würde sie Missie die Gelegenheit bieten, ihr Kunststück von gestern zu wiederholen. Dieses kleine Früchtchen mußte über eine Meile gelaufen sein, bis sie ihren Pa gefunden hatte. Bei dem bloßen Gedanken daran stieg Marty wieder die Röte ins Gesicht. Nein, nie wieder dürfte so etwas vorkommen!

Als nächstes wusch sie die Vorhänge und brachte sie nach draußen, damit sie im frischen Wind trockneten. Dann nahm sie sich das Fenster vor und bearbeitete es, bis es nur so glänzte. Bei den Wänden entwickelte sie eine Energie, die sie nie für möglich gehalten hätte. Es war ein hartes Stück Arbeit, aber schließlich war sie mit ihrem Erfolg zufrieden. Sie war erstaunt, wieviel Wasser sie zum Scheuern der Bretterwände brauchte. Mehrmals mußte sie ihren Putzeimer auffüllen.

Mitten im Scheuern fielen ihr die Vorhänge wieder ein. Sie legte die Scheuerbürste beiseite und machte sich auf die Suche nach einem Plätteisen, mit dem sie die Vorhänge bügeln konnte. In einem Regal im Schuppen fand sie ein brauchbares Eisen und stellte es zum Aufheizen auf den Herd. Erst jetzt bemerkte sie, daß sie in ihrem Eifer das Feuer wieder hatte ausgehen lassen. Sie schimpfte leise mit sich selbst, als sie sich daran machte, ein neues Feuer aufzuschichten und anzuzünden. Nur mühsam konnte sie die kleine Flamme dazu bringen, auf das Holz überzuspringen.

Als es endlich knisternd brannte, wandte sie sich wieder dem Scheuern zu. Sie hatte ihren Putzeimer so oft nachgefüllt, daß sie schließlich mit dem großen Wassereimer an den Brunnen gehen mußte, um neues Wasser zu holen. Endlich war sie fertig. Die Holzplanken strahlten in neuem Glanz.

Als sie die Vorhänge von der Leine in die Küche brachte, war das Plätteisen heiß. Marty plättete die Vorhänge und hängte sie wieder ans Fenster.

Inzwischen war Missie aufgewacht. Marty holte sie aus ihrem Bettchen und versorgte sie und sich selbst mit einem großen Glas Milch. Missie war guter Dinge und plapperte fröhlich vor sich hin. Marty war froh um die Gesellschaft der gesprächigen Kleinen. Wenigstens wurde sie so von schweren Gedanken abgelenkt.

Sie setzte Missie mit einer Brotkruste zum Knabbern auf ihr Stühlchen und begann, den Holzfußboden unter heiße Seifenlauge zu setzen. Mit der Scheuerbürste bearbeitete sie ihn, bis ihr der Rücken schmerzte. Es war ein hartes Stück Arbeit, aber der Fußboden wurde so sauber, daß kein Stäubchen mehr zu sehen war. Marty schüttelte die Fußmatte draußen vor der Tür kräftig aus und legte sie an ihren Platz zurück. Dann schaute sie sich prüfend in der kleinen Küche um. Alles war blitzblank und frisch. Sie war mit ihrer Arbeit zufrieden. Das Fenster war fleckenlos, die Vorhänge hingen duftig davor, die Wände – die Wände sahen irgendwie merkwürdig aus. Die Bretter waren zwar sauber, aber mit dem Kitt dazwischen stimmte etwas nicht. Er kam Marty plötzlich so grau und schmutzig vor.

Sie ging auf die nächste Wand zu und bohrte den Zeigefinger in den Kitt. Pfui, der war ja ganz weich geworden! Marty rümpfte die Nase. Was hatte sie nur angestellt? Das Wasser! Es war nicht das Holz gewesen, das all das Wasser aufgesogen hatte, sondern der Kitt! Und jetzt war er aufgeweicht und bröckelig. Wenn er bloß schnell wieder trocknete, bevor Clark nach Hause kam! Sie sah zur Uhr. Liebe Güte, wenn es zum Abendessen etwas anderes als Pfannkuchen geben sollte, war keine Zeit mehr zu verlieren!

Das Brot war fast alle. Was tun, wenn es ganz aufgegessen war? Sie hatte noch nie Brot gebacken; auch von ihrer Mutter hatte sie diese Kunst nicht gelernt. Sie hatte nicht die geringste Ahnung, was sie anfangen sollte. Na schön, dann würde sie eben Brötchen backen. Das hatte sie zwar auch noch nie gemacht, aber so schwierig konnte das doch nicht sein. Sie wusch sich die Hände und öffnete die Schranktüren. Jetzt, nachdem sie alles gründlich geputzt und nach ihren eigenen Vorstellungen wieder eingeräumt hatte, fühlte sie sich schon wohler in dieser Küche.

Sie holte Mehl, Butter und Salz hervor. Ob man Eier brauchte? Sie war sich nicht sicher, aber eins oder zwei würden bestimmt nicht schaden. Dazu goß sie etwas Milch und verrührte das Ganze. So, das war geschafft. Nun war sie aber gespannt, wie die Brötchen werden würden.

Sie schälte ein paar Kartoffeln und schnitt sie in Scheiben, um sie in der Pfanne zu braten. Dann holte sie ein Stück Schinken. Was fehlte? Ach ja, Gemüse. Sie nahm ein paar Möhren aus dem Gemüsefach und schabte sie. Als sie noch mit den Möhren beschäftigt war, hörte sie, wie Bob, der Hund, draußen das Gespann lautstark begrüßte. Clark würde gleich die Pferde und dann den Stall versorgen. In ungefähr einer Dreiviertelstunde würde er zum Essen hereinkommen, schätzte sie und legte die Möhren beiseite, um die Brötchen in den Ofen zu schieben. Der Teig hatte sich kinderleicht formen lassen. Marty malte sich schon erwartungsvoll aus, wie Clark kräftig zulangte. Eifrig wendete sie die Kartoffeln in der Pfanne, damit sie nicht anbrannten.

„Ach ja, der Kaffee!“ fiel es ihr plötzlich ein. Hastig holte sie die Kaffeekanne hervor und setzte Wasser auf. Kaffee kochen, das konnte sie wenigstens aus dem Effeff.

Sie schnitt ein paar Scheiben Schinken und legte sie in eine zweite Bratpfanne. Bald begannen sie, einen köstlichen Duft zu verbreiten. Die Weizenbrötchen im Ofen rochen ebenfalls appetitlich, und Marty konnte es sich nur mit Mühe verkneifen, schnell einmal die Ofentür zu öffnen und hineinzusehen. Sie brauchten bestimmt noch ein paar Minuten zum Garwerden.

Noch einmal wendete sie die Kartoffeln und besah sich mit gerunzelter Stirn den Kitt in der Wand. Er schien furchtbar langsam zu trocken. Am besten sagte sie erst gar nichts davon, und wenn sie Glück hatte, würde Clark nichts bemerken. Morgen früh würden die Fugen dann schon wieder schneeweiß sein wie gewöhnlich.

Der Schinken mußte gewendet werden, und die Bratkartoffeln waren gar. Sie nahm sie von der Herdplatte und legte Brennholz nach. Da fielen ihr plötzlich die Möhren wieder ein. Liebe Zeit, die lagen ja noch immer halb geputzt auf dem Tisch! Schleunigst nahm sie sich das Messer und schabte weiter. In ihrer Eile ritzte sie sich dabei die Haut am linken Zeigefinger auf. Endlich hatte sie die Möhren, geputzt und in Scheiben geschnitten, im Kochtopf. Sie schob sie in die Mitte der Herdplatte, wo die Hitze am größten war.

Die Bratkartoffeln waren gar, um es gelinde auszudrücken. Sie hatten zu lange auf der heißen Platte gestanden und waren vom häufigen Wenden geradezu zu Püree zerfallen. Die Brötchen! Marty riß die Herdklappe auf. Wenn die Brötchen nur nicht durch die paar Minuten über die Zeit verdorben waren! Nein, die paar Minuten hatten auch nicht mehr viel ausgemacht. Nichts auf der ganzen Welt hätte diesen steinharten Klumpen hier auf dem Blech noch einen weiteren Schaden zufügen können!

Marty zog sie aus dem Ofen und stellte sie auf die Anrichte zum Abkühlen, bevor sie eins davon probierte. Vorsichtig biß sie hinein. Nichts. Sie biß fester zu. Das Ding gab keinen Millimeter nach.

„Verflixt!“ murmelte Marty, öffnete die Herdklappe und warf das Brötchen ins Feuer. Die Flammen zischten leise um es herum, weigerten sich aber, es zu verschlingen. Es wurde nur langsam schwarz; das war alles.

„Verflixtes Ding, daß es nicht mal brennt!“ brummte sie und warf einen Holzscheit über das Brötchen, damit sie es nicht mehr sehen mußte.

„Was mach’ ich bloß mit dem Rest?“

Hilfesuchend sah sich Marty um. Wie konnte sie diese steinharten Brocken am schnellsten und unauffälligsten loswerden? Verbrennen konnte sie sie nicht, soviel stand fest. Sie konnte sie auch nicht zum Fenster hinauswerfen für den Hund. Dann würde ja jedermann sie sehen können. Am besten vergraben! Ja, das würde sie tun. Elende Dinger! Sie schlug sie schnell in ihre Schürze ein und hastete zur Tür.

„Missie, du rührst dich nicht vom Fleck!" rief sie der Kleinen zu. Auf dem Weg nach draußen fiel ihr das Ungeschick von gestern wieder ein, und sie lief schnell zurück an den Herd, um die Kaffeekanne vom Feuer zu nehmen.

Draußen sah sie sich vorsichtig um. Kein Mensch war in Sicht. Sie rannte flink an das äußere Ende des Gartens. Der Boden war noch weich. Sie kniete sich und grub mit ihren bloßen Händen ein Loch. Dann verscharrte sie die abscheulichen Klumpen und lief ins Haus zurück. Kaum hatte sie die Tür erreicht, da schlug ihr schon der Geruch von verbranntem Schinken entgegen.

„Auch das noch!" rief sie. „Heute geht aber auch alles schief!"

In aller Eile wusch sie sich die Hände in dem Becken draußen an der Hauswand. Die Tränen liefen ihr übers Gesicht, als sie in die Küche zurückrannte.

Zum Abendessen bekam Clark lauwarme, zu Brei zerfallene Bratkartoffeln, leicht angebrannten Schinken und die paar Brotscheiben, die noch übrig waren, serviert. Die Möhren, die jetzt erst zu kochen begannen, wurden nicht einmal erwähnt, und von den kläglich verendeten Brötchen sagte Marty erst recht keinen Ton. Clark aß wortlos seinen Teller leer – das heißt, fast wortlos. Das einzige, was er sagte, war: „Das ist aber guter Kaffee!"

Willkommener Besuch

Obwohl am Freitag die Sonne wieder schien, wurde es längst nicht mehr so warm wie am Anfang der Woche. Marty hatte mit keinem Wort den aufgeweichten Kitt erwähnt, aber als sie gestern abend beim Essen gesessen hatten, hatte sich ein Stück in der Ecke zwischen den Balken gelöst und war klatschend zu Boden gefallen. Clark hatte überrascht aufgeschaut, aber dann hatte er schweigend weitergegessen. Marty hoffte von ganzem Herzen, daß der übrige Kitt blieb, wo er hingehörte. Das tat er auch, und Marty räumte erleichtert den Tisch ab, um das Geschirr aufzuwaschen.

Abends brannte jetzt die Lampe in der Küche. Die Tage wurden schnell kürzer, und die Männer arbeiteten so lange wie möglich draußen auf den Feldern, bevor es Zeit für die Stallarbeit wurde. Marty war heilfroh, als es jetzt dunkel wurde. Im flackernden Lampenlicht war das Grau des aufgeweichten Kittes kaum zu erkennen. Während sie Missie zum Schlafengehen fertig gemacht hatte, hatte sie geglaubt, ein zweites Stück Kitt aus der Fuge fallen zu hören, aber sie hatte schnell etwas Belangloses zu Missie gesagt, um das Klatschen zu übertönen.

Das alles war gestern abend gewesen. Marty dachte mit Grauen an einen neuen Tag voller Mißgeschicke. Eins davon war der leere Brotkasten. Sie hatte keinen blassen Schimmer, wie sie ihn wieder auffüllen konnte. Clark wußte bestimmt, wie man Brot backt, aber lieber biß sie sich die Zunge ab, als ihn zu fragen. Und der Kitt? Ob dieses verflixte Zeug über Nacht endlich getrocknet und wieder weiß geworden war? Am liebsten hätte sie sich die

Decke über den Kopf gezogen und wäre den ganzen Tag im Bett geblieben, aber davon würde das Leben auch nicht einfacher werden.

Mühsam kletterte sie aus dem Bett. Alle Glieder taten ihr weh von der vielen Arbeit gestern. Sie hatte sich wohl einen handfesten Muskelkater eingehandelt. Außerdem hatte sie nicht besonders gut geschlafen. Sie hatte wieder an Clem denken müssen und daran, wie sehr sie ihn vermißte. Hastig zog sie sich an, fuhr sich mit dem Kamm übers Haar und ging in die Küche.

Das allererste, was ihr dort ins Auge fiel, war der Kitt. Überall auf dem Fußboden an den Wänden entlang lagen Kittkrümel. Marty hätte am liebsten einfach losgeweint, doch davon wäre es auch nicht besser geworden. Sie würde zu Clark gehen müssen, ihm ihre Dummheit gestehen und sich von ihm kräftig zurechtweisen lassen.

Sie legte ein paar Holzscheite auf die niedrigen Flammen im Herd und setzte das Kaffeewasser auf. Plötzlich fragte sie sich im stillen, wie viele Kannen Kaffee sie wohl noch in diesem Haus kochen müßte, bevor sie wieder nach Osten fahren konnte. Im Geiste sah sie eine schier endlose Reihe von Kaffeekannen vor sich.

Heute morgen sollte es Hafergrütze zum Frühstück geben, beschloß sie. Hafergrütze – und was noch? Was aß man nur zu Hafergrütze, wenn man kein Brot hatte, keine Semmeln und nicht einmal Plätzchen? Ärgerlich schob Marty die Kaffeekanne von der Herdplatte und stellte eine Pfanne für Pfannkuchen darauf.

Marty hörte, wie Missie aufwachte, und ging ins Schlafzimmer, um sie zu holen. Die Kleine strahlte sie an, und beinahe gegen ihren Willen mußte Marty zurücklächeln.

„Morgen, Missie! Komm zu Mama!" sagte sie. Das Wort kam ihr nur zögernd über die Lippen, aber sie wollte einmal ausprobieren, wie es klang. Es kam ihr recht fremd vor, und sie wünschte fast, sie hätte es nicht gesagt.

Missie plapperte vergnügt, während Marty sie anzog. Marty konnte sie heute viel besser verstehen. Sie erzählte etwas von ihrem Pa, und daß die Kühe „muh“ sagen und die Hühner „gack, gack“. Was die Schweine sagen, konnte Marty nicht ganz ausmachen, aber es klang lustig, und sie lachte das Kind an, als sie es jetzt in die Küche trug.

Clark kam zum Frühstück und wünschte seiner Tochter einen guten Morgen. Missie begrüßte ihn mit einem Freudengeschrei.

Nachdem Clark einen Abschnitt aus der Bibel vorgelesen hatte, betete er, und Marty neigte den Kopf. Er dankte seinem himmlischen Vater für den erquickenden Schlaf und für den klaren, trockenen Tag, an dem sie Jedds restliche Ernte einbringen könnten.

Der nächste Teil des Gebets versetzte Marty in Erstaunen.

„Vater, sei mit dieser jungen Frau hier, die sich so große Mühe gibt, Missie eine gute Mama zu sein und ihre Sache als Hausfrau gut zu machen.“

Er betete weiter, doch Marty hörte nicht mehr zu. Alles und jedes, was sie bislang hier getan hatte, war ein niederschmetternder Fehlschlag gewesen. Kein Wunder, daß Clark glaubte, da müsse der Allmächtige schon höchstpersönlich eingreifen. Sie wußte nicht, ob sie sich über ein solches Gebet freuen oder ärgern sollte. Sie schob den Gedanken schließlich von sich und hörte Clark gerade noch „Amen“ sagen.

„Amen“, sprach Missie ihm nach, und das Frühstück begann.

Zuerst aßen alle schweigend; nur ab und zu tauschten Clark und Missie ein paar Bemerkungen aus. Einmal mußte Clark die Kleine ausschelten.

„Untersteh dich, deinen Pfannkuchen auf die Erde zu schmeißen! So was machen nur ungezogene Kinder. Guck mal, jetzt hast du deiner Mama wieder Arbeit gemacht!“

Marty hörte ihn noch mehrere Male von „deiner Mama“ sprechen. In den letzten zwei Tagen hatte Clark diese Worte oft gebraucht. Das war ihr aufgefallen. Er versuchte wohl, Missie an ihre neue Mama zu gewöhnen. Marty würde gut daran tun, sich ebenfalls an diese Bezeichnung zu gewöhnen. Dazu war sie ja schließlich hier. Sie war nämlich nicht hergekommen, um diesen jungen Mann mit dem ernsten Gesicht mit irgendwelchen Späßen zu unterhalten, um ihn zum Lachen zu bringen.

Plötzlich löste sich wieder ein Stück Kitt aus der Wand und klatschte zu Boden. Marty holte tief Luft.

„Ich hab’ wohl gestern ’nen fürchterlichen Fehler gemacht. Ich wollte in der Küche saubermachen, und da ...“

„Ja, hab’ ich gesehen. Sah alles richtig sauber aus“, unterbrach sie Clark.

„Aber ich hatte ja keine Ahnung, daß das Wasser dem Kitt nicht bekommt. Ich meine, ich wußte nicht, daß das Wasser den Kitt aufweicht und daß er dann nicht mehr richtig trocken wird.“

Clark sagte nichts.

„Also, jetzt ist der Kitt ganz zerbröckelt. Ich ... Gukken Sie sich’s doch an! Der Kitt fällt überall aus den Ritzen, und ...“

„Hm“, sagte Clark, ohne auch nur zur Wand zu gukken.

Marty wand sich wie ein Fisch an der Angel.

„Also, der Kitt ist so gut wie hin. Was kann man denn da bloß dran machen?“

Mit seiner Seelenruhe brachte er sie schier aus der Fassung. Schließlich sah er auf und antwortete bedächtig.

„Tja, am Samstag fahr’ ich wieder in die Stadt. Da bring’ ich dann neuen Kitt mit. Ist ’ne besondere Sorte. Sieht weißer aus als die anderen, aber bei Feuchtigkeit taugt die nichts. Für den Regen nimmt man Außenkitt. Bis zum Winter krieg’ ich das bequem wieder hin. Machen Sie sich mal keine Sorgen deswegen. Der Außenkitt hält dicht. Es werden uns schon keine Fledermäuse durch die Fugen geflogen kommen."

Jetzt lächelte er sogar beinahe. Er stand auf und wandte sich zum Gehen.

„Sie haben ziemlich schwer geschuftet. Vielleicht lassen Sie's auch mal 'n bißchen langsamer gehen. Schließlich verlangt keiner, daß Sie das ganze Haus auf einmal auf Vordermann bringen. Dazu ist immer noch Zeit genug, und Sie sehen mir 'n bißchen müde aus." Er zögerte. „Und wenn Sie demnächst irgendwo saubermachen wollen, bürsten Sie die Wände einfach trocken ab, ja?"

Er gab Missie einen Abschiedskuß, ermahnte sie, ein braves Mädchen für ihre Mama zu sein, und ging zur Tür. Heute war der letzte Tag, an dem er zu Jedd Larson zum Helfen fuhr. Danach würde er wohl häufiger zu Hause sein, dachte Marty. Der Gedanke stimmte sie alles andere als froh, aber irgendwann würde sie sich ja an seine Anwesenheit gewöhnen müssen.

Sie setzte Waschwasser zum Heißwerden auf die Herdplatte, um die bunten Flickenteppiche alle vor dem Winter durchzuwaschen. Dann suchte sie sich eine weiche Bürste und begann, die Wände im Wohnzimmer abzustauben.

Sie brauchte nicht annähernd so lange für das Bürsten, wie sie mit dem Scheuerlappen in der Küche zugebracht hatte, und der Staub und die Spinnweben verschwanden auf diese Weise nicht weniger gründlich. Im Nu waren die Wände sauber, und sie nahm sich die Fenster und den Fußboden vor.

Die frischgewaschenen Vorhänge flatterten noch draußen im Herbstwind, und die Teppiche lagen zum Trocknen in der Sonne, als Marty ein Gespann einfahren hörte. Sie sah aus dem Fenster. Zu ihrer großen Freude erkannte sie auf dem Kutschbock Frau Graham, ihre Nachbarin.

Schnell lief sie ihr entgegen, um sie zu begrüßen. Frau Graham brachte den Wagen in den Schatten und gab den Pferden etwas Heu, damit ihnen das Warten nicht zu lang wurde. Dann folgte sie Marty ins Haus.

Bob lag am Pfad und kaute an einem knochenähnlichen Etwas. Marty sah zu ihrem Entsetzen, daß es eins von ihren Brötchen war. Dieser verflixte Hund hatte doch tatsächlich wieder eins ausgegraben! Sie hoffte aus tiefster Seele, daß Frau Graham nicht zu genau hinsehen und es als das erkennen würde, was es war.

Als sie ihren Gast in die Küche führte, überkam sie plötzlich eine nie gekannte Befangenheit. Sie hatte noch nie Besuch in ihrer eigenen Küche empfangen und wußte nicht, was sie sagen oder tun sollte, und obendrein hatte sie weder Kuchen noch sonst etwas zum Anbieten im Haus.

Frau Graham wandte den Blick schnell von dem losen Kitt und machte Marty statt dessen ein Kompliment über den blitzblanken Fußboden.

Marty machte sich verlegen am Herd zu schaffen. Sie schob ein paar Holzscheite nach und setzte Kaffeewasser auf. Die Nachbarin plauderte derweil über das Wetter, Missie und die gute Ernte. Marty fühlte sich noch immer nicht wohl in ihrer Haut. Sie war froh, als der Kaffee endlich fertig war und sie zwei Tassen damit füllen konnte. Sie setzte Missie auf ihr Stühlchen und gab ihr ein Glas Milch. Für den Kaffee stellte sie Sahne und Zucker auf den Tisch. Es machte sie kreuzunglücklich, daß sie ihrem Gast nicht einmal eine Scheibe Brot anbieten konnte. Nun, ihr Kaffee konnte sich wenigstens sehen lassen. Das mußte halt für heute genügen.

„Sie sind ja mächtig fleißig gewesen, seh' ich!" sagte Frau Graham.

„Hm", murmelte Marty. „Ich wollte das Haus vor dem Winter sauber haben!"

„Praktisch, wenn man alles fertig hat, bevor's kalt und dunkel wird. Die langen Abende sind doch zum Nähen und Stricken da."

Das war Marty aus der Seele gesprochen.

„Haben Sie genug Teppiche?"

Ja, das hatten sie bestimmt.

„Und Bettdecken? Fehlt's daran?"

Nicht, daß sie wüßte.

Die beiden Frauen nippten an ihren Kaffeetassen. Dann sah Frau Graham ihr mit ihren warmen braunen Augen über den Tisch hinweg geradewegs ins Gesicht.

„Marty, wie geht's Ihnen eigentlich?"

Es waren weniger die Worte als der Blick, der Marty ins Herz traf. Ihr tapferer Entschluß, sich nichts anmerken zu lassen, zerbröckelte wie der Kitt in der Wand. Die Worte überstürzten sich förmlich, als sie von den Pfannkuchen, Missies dickköpfigem Geschrei, dem aufgeweichten Kitt, dem leeren Brotkasten, den verpatzten Brötchen, Missies Verschwinden, dem armseligen Abendessen und schließlich auch von ihrer Sehnsucht nach dem Mann erzählte, den sie erst vor kurzem verloren hatte.

Die Nachbarin hatte ihr mit Tränen in den Augen zugehört. Plötzlich stand sie auf. Marty befürchtete, sie mit ihrem Ausbruch irgendwie verletzt zu haben. Aber das war es ganz und gar nicht, was Frau Graham zum Aufstehen veranlaßt hatte. Sie war eine Frau der Tat, und wußte, daß sie hier gebraucht wurde.

„Kommen Sie!" sagte sie mit warmer Stimme. „Ich werd' Ihnen erst mal eine Lektion im Brotbacken erteilen. Und dann setz' ich mich hin und schreib' Ihnen sämtliche Rezepte auf, die ich kenne. Was Sie nicht alles durchgemacht haben in den letzten paar Tagen, so jung, wie Sie sind, und schon in Trauer, und wenn ich mich nicht sehr irre" – ihre Augen wanderten über Martys Leib – „ist Nachwuchs unterwegs, oder?"

Marty nickte stumm und schluckte ihre Tränen hinunter. Die Nachbarin machte sich ans Werk, und die beiden Frauen arbeiteten munter plaudernd den ganzen Nachmittag miteinander in der kleinen Küche. Zum ersten Mal seit Clems Tod fühlte sich Marty nicht mehr ganz so allein.

Nach einigen Stunden fuhr Frau Graham wieder nach Hause. Sie hinterließ einen Stapel Kochrezepte mit genauen Anweisungen, frisches Brot, das die Küche mit seinem köstlichen Aroma erfüllte, ein Körbchen voller Lekkereien und eine viel zuversichtlichere Marty.

Die junge Frau schickte ein Stoßgebet zum Himmel, daß Gott, wenn es ihn irgendwo da oben tatsächlich gab, diese Frau, mit der sie so schnell Freundschaft geschlossen hatte, ganz besonders segnen möchte.

Das Leben ist grausam

Ein klarer und kühler Samstag folgte dem Tag, an dem Frau Graham zu Besuch gekommen war. Clark hielt sich nicht lange beim Frühstück auf, obwohl es heute leckere Maisbrötchen zu der Hafergrütze gab. Er wollte so bald wie möglich zur Stadt losfahren. Marty gab ihm die Liste, die sie gestern mit Frau Grahams Hilfe zusammengestellt hatte.

„Denk dran", hatte die gute Frau gesagt, „im Winter kommen wir manchmal drei oder vier Wochen lang nicht in die Stadt wegen der Schneestürme, und du weißt nie im voraus, ob du nächsten Samstag fahren kannst oder nicht. Da brauchst du schon einiges an Vorrat!"

Die Liste war demnach recht lang ausgefallen. Marty befürchtete schon, daß sie zu viele Dinge aufgeschrieben hatte, aber Clark schien nicht im geringsten überrascht. Er überflog die Liste schnell, um sicherzugehen, daß er keine weiteren Fragen dazu hatte. Dann gab er Missie einen Kuß zum Abschied, versprach ihr, aus der Stadt eine Überraschung für sie mitzubringen, und ging.

Marty war erleichtert, daß wieder ein ganzer Tag ohne ihn vor ihr lag, und überlegte sich, was sie damit anfangen wollte. Clark hatte ihr geraten, sich nicht zu übernehmen, und Frau Graham hatte gemeint, als werdende Mutter müsse sie sich einfach mehr Ruhe gönnen. Marty wußte aber genau, daß sie etwas zu tun brauchte, damit ihre Trauer um Clem sie nicht unversehens überwältigte. Sie sah sich um. Was gab es heute zu tun? Am besten würde sie wieder waschen und putzen. Zuerst würde sie sich Waschwasser für die Bettwäsche heißmachen. Dann waren die Fenster, die Wände und der Fußboden in ihrem Schlafzimmer an der Reihe. Wenn ihr danach noch Zeit blieb, würde sie sich den Schuppen vornehmen. Clarks Anbau kam ihr nicht einmal in den Sinn. Das war sein eigener Bereich, und sie würde sich hüten, dort einzudringen.

Sie arbeitete den ganzen Tag und zwang sich, sich auf ihre Arbeit zu konzentrieren. Hin und wieder kroch eine dumpfe Angst in ihr hoch. Wenn sie mit dem groben Hausputz heute fertig würde, was blieb ihr dann für morgen übrig? Und übermorgen? Sie versuchte, den Gedanken beiseite zu schieben. Um morgen und übermorgen konnte sie sich jetzt keine Sorgen machen. Heute war schon schwer genug. Wenn sie ihre Gedanken zu sehr um ihre Sorgen kreisen ließ, würde sie unter der Last zusammenbrechen.

Sie war mit dem Putzen gerade rechtzeitig fertig, um das Abendessen vorzubereiten. Clark hatte gesagt, daß er zur gewohnten Zeit wieder zu Hause sein würde. Sie sah die Rezepte durch, die Frau Graham ihr dagelassen hatte. Heute würde es Weizenbrötchen und Gemüsesuppe geben. Frau Graham hatte ihr etwas Fleischbrühe mitgebracht, mit der sie die Suppe verfeinern konnte.

Als sie mit Kochen anfangen wollte, stellte sie fest, daß ihr das Feuer schon wieder ausgegangen war.

„Verflixt! Werd' ich's denn nie lernen?" schimpfte sie, während sie ein neues Feuer aufschichtete.

Die Suppe war fast gar, als sie im Hof Pferde wiehern hörte. Clark spannte die Tiere aus und brachte sie in den Stall. Den Wagen ließ er vor dem Haus stehen, um das Abladen zu erleichtern. Marty deckte den Tisch. Dank Frau Grahams Backunterricht sahen die Brötchen diesmal wesentlich genießbarer aus.

Clark sah abgekämpft und müde aus, als er die Küche betrat. Er umarmte Missie, bevor er sich an den Tisch setzte, aber Marty fielen seine hängenden Schultern auf. War das Einkaufen solch eine Strapaze für einen Mann, oder hatte sie ihre Liste doch zu lang gemacht und sein ganzes Geld beansprucht? Marty überlegte hin und her, was es nur gewesen sein konnte, das Clark so erschöpft hatte, aber sie kam zu keinem Schluß. So schob sie den Gedanken beiseite und konzentrierte sich darauf, Missies Suppe abzukühlen.

„Mit all den Vorräten werd' ich Ihnen das Haus wohl 'n bißchen durcheinander bringen", meinte Clark schließlich.

„Macht nichts", antwortete sie. „Die kriegen wir schnell unter Dach und Fach."

„'ne ganze Menge von den Sachen kommen in die Dachkammer über der Küche", fuhr Clark fort. „Von außen führt 'ne Leiter da oben hin."

Marty war überrascht.

„Ich hab' nicht gewußt, daß über der Küche 'ne Dachkammer ist."

„Im Moment ist sie ja auch fast leer. Im Herbst füllen wir sie auf, damit wir im Winter, wenn die Schneestürme kommen, nicht ohne Sachen wie Mehl und Salz dastehen. Ich bring' gleich alles nach oben; dann haben Sie wenigstens nicht die Küche mit den schweren Säcken vollstehen. Die kleineren Sachen, die muß ich Ihnen allerdings erst mal reinholen, damit Sie sie dann selbst an Ort und Stelle unterbringen können. Soll ich sie in die Küche oder in den Schuppen bringen?"

Marty überlegte, daß es zwar einerseits praktischer wäre, alles in der Küche abzuladen, aber im Schuppen würden ihr die Vorräte weniger im Weg stehen. So entschied sie sich für den Schuppen, und sie beeilten sich mit dem Essen, damit sie bald mit dem Abladen und Einräumen beginnen konnten.

Nach dem Essen holte Clark eine kleine Tüte Bonbons aus der Tasche und gab Missie einen roten Dauerlutscher. Dann bot er Marty die Tüte an und sagte ihr, sie solle sich nur bedienen und den Rest für später in den Schrank legen. Missie leckte und schmatzte an ihrem Dauerlutscher herum. Zwischendurch sagte sie strahlend und mit rotverschmierten Lippen: „Gut! Hmm, prima!"

Während Marty das Geschirr spülte, brachte Clark die Lebensmittel in den Schuppen. Marty füllte Kanister und Dosen. Beinahe wurde ihr schwindelig bein Anblick der vielen guten Sachen. Von draußen hörte sie Clark auf der Leiter auf- und absteigen und schwere Säcke in der Dachkammer umherschieben.

Die letzten Vorräte mußte Marty bei Lampenlicht einräumen, aber endlich war die Arbeit geschafft. Die Schränke bogen sich förmlich unter dem Gewicht der Lebensmittel. Vielleicht hätte sie ja eines Tages die Schränke für Clem und sich so reich füllen können. Das wäre wie Weihnachten, Geburtstag und Ostern auf einmal geworden! Sie seufzte leise und wischte sich schnell eine Träne aus dem Augenwinkel.

Marty hatte Missie gerade zu Bett gebracht, als sie Clark von der Küche her hörte. Er schien mit etwas Schwerem zu hantieren. Neugierig, was das wohl sein mochte, ging sie den Geräuschen nach und fand Clark mit einem Hammer in der Hand. Er war dabei, ein wuchtiges, schweres Etwas aus einer hölzernen Kiste zu heben. Von der Tür aus sah sie zu, wie er die Verpackung von dem Kisteninhalt löste. Plötzlich entfuhr ihr vor lauter Staunen ein langgezogenes „Oooh!"

Auf dem Küchenfußboden stand eine nagelneue, glänzend polierte Nähmaschine, wie sie noch nie eine gesehen hatte.

Clark sah sie nicht an, als er jetzt zu reden begann. Seine Stimme klang so müde, wie seine Schultern ausgesehen hatten, aber er schien sich zu einer Erklärung zwingen zu wollen.

„Die hab' ich vor 'n paar Monaten für meine Ellen bestellt. Sie hat immer so gern genäht. Die Maschine sollte sie zum Geburtstag kriegen. Sie wär' einundzwanzig geworden. Morgen."

Jetzt sah er doch auf zu ihr.

„Ich würd' mich freuen, wenn Sie sie nehmen würden. Sie können sie doch bestimmt gebrauchen. Ich stell' sie Ihnen in Ihr Zimmer unters Fenster, wenn's Ihnen recht ist."

Marty schluckte. Er wollte ihr tatsächlich diese wunderschöne Nähmaschine überlassen! Sie wußte nicht, was sie sagen sollte. Sie hatte immer schon von einer eigenen Nähmaschine geträumt, aber daß sie so eine feine bekommen sollte, das hätte sie nie zu hoffen gewagt.

„Danke!" murmelte sie überwältigt. „Vielen Dank. Ja, das ... das ist recht, am besten unters Fenster!"

Erst jetzt fiel ihr auf, daß der große Mann vor ihr schwer um seine Fassung rang. Um seine Lippen zitterte es, und als er sich zur Seite wandte, sah sie, daß seine Augen feucht waren. Marty hastete aus der Küche hinaus in die kühle Nacht.

Er hatte also die Nähmaschine für seine Ellen bestellt, und jetzt weinte er. Er mußte auch unglücklich sein. Seine hängenden Schultern, die zitternden Lippen und die Tränen waren ihr nicht entgangen. Irgendwie hätte sie nie gedacht, daß er innerlich so traurig war und ihren eigenen Schmerz bestimmt nachfühlen konnte. Heiße Tränen rannen ihr über das Gesicht.

„Oh, Clem!" rief es in ihr, „warum ist das Leben bloß so grausam? Warum? Warum?"

Aber Marty wußte, daß es keine einfache Antwort gab. Clark hatte zum ersten Mal von seiner Frau gesprochen. Marty hatte nicht einmal ihren Namen gewußt. Sie war so sehr in ihrem eigenen Kummer versunken gewesen, daß sie sich gar keine Gedanken über diese Frau gemacht hatte, die Clarks Frau, Missies Mama und die Hausfrau auf diesem Gehöft gewesen war. Jetzt war ihre Anteilnahme geweckt. Der Rosenbusch vor der Haustür, die fröhlichen bunten Vorhänge, Missies sorgfältig genähten Kleidchen, aus denen sie jetzt so schnell herauswuchs, die bunten Flickenteppiche – alles, alles war eine lebendige Erinnerung an diese Frau. Marty kam sich plötzlich wie ein Eindringling vor.

Was für eine Frau mochte Ellen gewesen sein? Ob sie je den Kaffee hatte überkochen lassen – oder steinharte Brötchen gebacken hatte? Wohl kaum, dachte Marty. Sie war so jung gewesen – nicht einmal einundzwanzig Jahre alt. Und jetzt war sie tot. Zugegeben, Marty selbst war noch jünger; neunzehn, um genau zu sein, aber zum Sterben war einundzwanzig zu jung, viel zu jung. Woran sie wohl gestorben war? Marty wußte es nicht. Es gab so vieles, was sie nicht wußte, aber eins wurde ihr jetzt klar: In diesem Haus hatte eine junge Frau gewohnt, die es liebevoll gepflegt hatte, die ein kleines Mädchen zur Welt gebracht, zärtlich geliebt und umsorgt hatte und die tagaus, tagein an der Seite ihres Mannes gelebt hatte. Dann hatte der Tod sie ihm genommen, und das tat ihm weh – genauso weh, wie Clems Tod ihr weh tat. Sie hatte geglaubt, niemand auf der ganzen Welt könnte ihren Kummer verstehen, aber das stimmte nicht.

„Das Leben ist doch grausam“, dachte sie wieder und sah auf. „Grausam und schwer.“

In dem klaren Nachthimmel glitzerten die Sterne.

„Grausam“, flüsterte sie, „aber auch schön.“ Was hatte Frau Graham gesagt? „Die Zeit heilt alle Wunden – die Zeit und Gott.“ Damit hatte sie wohl Clarks Gott gemeint.

„Wenn wir bloß Tag für Tag weitermachen können, dann wird's eines Tages leichter, und plötzlich überraschen wir uns selbst und können wieder lachen“, hatte sie gesagt.

Frau Grahams Worte erschienen Marty wie ein Hoffnungsstrahl aus einer anderen Welt, aber sie hatte trotzdem das Gefühl, daß diese Frau wußte, wovon sie sprach.

Marty ging zum Haus zurück. Die Nächte waren jetzt recht kühl, und sie merkte erst jetzt, daß sie vor Kälte zitterte. Als sie die Küche betrat, waren alle Spuren von der Nähmaschine und der Holzkiste verschwunden.

Auf dem Küchentisch stand ein großes, in braunes Packpapier eingeschlagenes Paket. Clark deutete darauf und sagte: „Ich weiß nicht genau, was drin ist. Ich hab' Frau McDonald im Laden gebeten, mir einzupacken, was 'ne Frau so für den Winter braucht. Ich hoff', es reicht!"

Marty war sprachlos. Was meinte er nur? Sie hatte nicht die geringste Ahnung.

„Soll ich's Ihnen auf Ihr Bett legen, damit Sie's an Ort und Stelle auspacken können?"

Ohne ihre Antwort abzuwarten, was ohnehin die halbe Nacht in Anspruch genommen hätte, so perplex war sie, nahm er das Paket und trug es in ihr Zimmer. Dann wandte er sich zum Gehen.

„War 'n langer Tag heute", sagte er müde. „Ich glaub', ich mach' jetzt Feierabend."

Marty zündete hastig die Lampe an. Dann versuchte sie mit fliegenden Fingern, die Verschnürung aufzuknoten. Ach ja, in dem Nähkorb hatte sie doch eine Schere gesehen! Damit würde es schneller gehen. Sie war gespannt wie ein Flitzebogen. Aber was sie jetzt entdeckte, verschlug ihr glatt den Atem.

Verschiedene Stoffe lagen in dem Paket aufgeschichtet: einer für Nachthemden und Unterwäsche und drei andere für jeweils ein Kleid. Ein Stück war ein warmer, weicher Wollmusselin in einem sanften Blaugrau. Sie sah in Gedanken schon das fertige Kleid vor sich. Das würde ihr Besuchs- und Ausgehkleid werden. Weiter unten in dem Stapel fand sie ein Schnittmuster für eine Haube und zwei Stoffstücke dazu: ein leichtes, zartes und ein dickeres für den Winter.

Immer noch mehr Herrlichkeiten kamen zum Vorschein: Spitze für den Besatz, lange, warme Strümpfe, sogar ein paar hohe Winterstiefel, ein Überwurf und zum guten Schluß sage und schreibe ein langer Mantel! Keine Frau im ganzen Westen würde eine solche Garderobe ihr eigen nennen können! Martys Augen glänzten, und ihre Hände bebten. Doch plötzlich wurde sie ernüchtert.

„Du Riesendummkopf!" schalt sie sich. „Diese Sachen kannst du unmöglich annehmen! Sonst bist du diesem Mann dein Lebtag verpflichtet!"

Ohnmächtiger Zorn stieg in ihr hoch. Wie gern hätte sie diese hübschen Sachen behalten! Aber das wäre die reine Unvernunft gewesen. Was sollte sie nur tun? Sie wollte sich auf keinen Fall erniedrigen und diesem Mann zur Schuldnerin werden. Nein, sie würde keine Almosen annehmen. Tränen brannten ihr in den Augen. Was sollte sie nur tun?

„Vornehm sind wir nicht gerade, aber es soll uns auch an nichts fehlen", hatte er zu ihr gesagt. Ob er sich wohl wegen ihrer Armseligkeit schämte? „Ja", dachte sie, „vielleicht schämt er sich wirklich wegen meiner schäbigen Ausstattung."

Wieder hob sie trotzig das Kinn in die Luft. Also schön, beschloß sie, dann würde sie das Paket halt annehmen. So, wie es dastand. Wegen ihrer Kleidung sollte sich kein Mann schämen. Sie würde sich Kleider nähen, um die sie die ganze Nachbarschaft beneiden würde. Nähen, das hatte sie schließlich gelernt. Clark sollte nicht denken, daß sie sich nirgends sehen lassen konnte. Ihre trotzige Verbissenheit raubte ihr jedoch viel von ihrer Vorfreude auf die Näherei.

In seinem Zimmer im Anbau streckte Clark seine bleischweren Beine unter der Decke aus. Es war ein langer, mit traurigen Erinnerungen beladener Tag für ihn gewesen. Das Heimbringen der Wintervorräte war immer solch ein Freudenfest gewesen, als Ellen noch lebte. Sie war über die vielen Säcke und Pakete in helles Entzücken geraten. Wenn sie heute dagewesen wäre, hätte sie mit Missie einen richtigen Freudentanz aufgeführt. Nun, er konnte Marty ihre Schweigsamkeit nicht übelnehmen. Schließlich war sie erst seit fünf Tagen Witwe. Er konnte wohl kaum erwarten, daß sie über Mehl und Salz in wahre Begeisterungsstürme ausbrach. Der Tod ihres Mannes hatte ihr bestimmt sehr zugesetzt.

Er wollte ihr gern helfen. Aber wie? Sein eigener Schmerz war doch noch so frisch! Mit der Zeit würde es schon besser werden, das wußte er. Aber das dauerte noch eine Weile. Von sich aus hätte er nie daran gedacht, wieder zu heiraten, und wenn Missie nicht gewesen wäre, dann hätte er diese fremde junge Frau nie in sein Haus geholt. Missie brauchte sie jedoch, und das durfte er der Kleinen einfach nicht versagen.

Zuerst hatte er sich kaum an ihre Anwesenheit gewöhnen können. Wie sie Ellens Schränke ausgeräumt und geputzt hatte, und wie sie an Ellens Herd gestanden hatte! Aber nein – das war nicht fair ihr gegenüber. Schließlich war sie nicht von sich aus hergekommen. Er würde sich halt Mühe geben müssen, sie mit mehr Achtung und Verständnis zu behandeln. Er wollte nicht, daß Missie in einer düsteren Atmosphäre aufwachsen mußte. Er würde versuchen, seine Trauer abzuschütteln, und vielleicht konnte sie mit der Zeit das gleiche tun. Dann würde sein Töchterchen die richtige Nestwärme bekommen.

Marty würde es allerdings schwerer haben. Sie war ganz allein. Sie hatte keine Missie; nicht einmal ein Dach über dem Kopf. Gar nichts. Er hoffte doch, daß Frau McDonald ihr ein paar nützliche Dinge eingepackt hatte. Sie würde wärmere Kleidung für den Winter brauchen.

Daß er ihr mit dem Paket eine besondere Freude gemacht hatte, kam ihm nicht einmal in den Sinn. Er hatte schlicht und einfach besorgt, was in seinem Haus gebraucht wurde. Das war schließlich seine Pflicht als Hausherr. So hatte er es von seinem eigenen Vater gelernt, als er noch ein kleiner Junge war und versucht hatte, mit dessen langen Beinen Schritt zu halten.

Sonntag

Ein klarer und warmer Sonntag dämmerte über dem Land herauf. Am Himmel standen gerade genug Wolken, um ihm ein malerisches Aussehen zu verleihen.

Beim Frühstück fragte Marty vorsichtig an, ob Clark mit Jedds Ernte fertig sei, oder ob er heute wieder den ganzen Tag dort verbringen würde. Clark sah überrascht auf.

„Jedd hat zwar noch 'n Stück Arbeit vor sich", antwortete er, „und ich tät' mich nicht wundern, wenn er sich heute auch dranmachen würde. Ich für meinen Teil, ich leg' am Sonntag immer 'nen Ruhetag ein. Ist zwar kein richtiger Sonntag, so ganz ohne Kirche, aber ich tu' halt mein Bestes."

Jetzt war es an Marty, überrascht zu sein. Eigentlich hätte sie von selbst darauf kommen müssen, wenn sie nur richtig nachgedacht hätte. Doch in ihrem Eifer, das Haus für sich allein zu haben, hatte sie den Sonntag gar nicht bedacht.

„Ja, natürlich", flüsterte sie mit gesenktem Blick. „Wie dumm von mir! Ich hatte ganz vergessen, daß heute Sonntag ist."

Clark schwieg eine Weile, bevor er weitersprach.

„Ich hab' gedacht, vielleicht packen Missie und ich uns 'n paar Butterbrote ein und gehen wandern. Könnte unsere letzte Gelegenheit sein. Die Luft wird kühler; bis zum Winter dauert's jetzt nicht mehr lange. Wir suchen uns die letzten Wiesenblumen und bunte Blätter und solche Sachen. Wär' Ihnen das recht?"

Sie stotterte ihre Antwort: „Ja … sicher … bestimmt. Ich mach' Ihnen gleich nach dem Frühstück 'nen Essenskorb zurecht."

„Gut."

Es war also beschlossene Sache. Clark und Missie würden den Tag draußen in der freien Natur verbringen, und sie, Marty, würde den ganzen Tag für sich allein haben. Einerseits freute sie sich über diese Aussicht, aber andererseits war ihr nicht ganz wohl dabei.

Clark ging in den Schuppen und kam mit einer merkwürdigen Vorrichtung aus Holz, Stoff und Seilen zurück.

„Für Missie", erklärte er auf ihren fragenden Blick. „Das hab' ich zusammengebastelt, als ich sie aufs Feld und in den Stall mitnehmen mußte. Sie hat sogar in dem Ding auf meinem Rücken ihren Mittagsschlaf gehalten." Ein Anflug von einem Lächeln huschte über sein Gesicht. „Für so 'n kleines Würmchen konnte sie mir ganz schön schwer werden. Ich nehm' das Ding besser mit, falls ihr das Laufen zuviel wird."

Marty packte den beiden ihr Mittagessen ein. Sie wußte, daß sie mehr in den Korb gepackt hatte, als sie brauchen würden, aber die frische Luft und das Wandern durch Wald und Feld würden sie bestimmt hungrig machen.

Missie war außer sich vor Begeisterung. Ein ums andere Mal rief sie Marty „Wiedersehen! Wiedersehen!" zu. Bob, der Hund, gesellte sich im Hof auch noch zu den beiden, und Marty sah dem Dreigespann von der Haustür aus nach.

Als sie dann den Tisch abräumte, fiel ihr wieder ein, daß ja heute Ellens Geburtstag gewesen wäre. Vielleicht würden sie unterwegs das Grab besuchen.

Marty beeilte sich mit ihrer Arbeit, um dann förmlich in ihr Zimmer zu stürzen, wo die Stoffe und die herrliche Nähmaschine auf sie warteten. Ob sie wohl gegen Clarks Sonntagsgebot verstieß, wenn sie heute nähte? Sie hoffte, daß dem nicht so war, aber selbst wenn sie es täte, wußte sie nicht, ob sie sich deshalb zurückhalten könnte. Allerdings hoffte sie, Clarks Gott nicht damit zu verstimmen. Sie war nämlich auf alle Hilfe angewiesen, die sie nur bekommen konnte.

Energisch schob sie diese Gedanken beiseite und versenkte sich in ihre Näharbeit. Unversehens tauchten dabei jedoch ungebetene Erinnerungen auf.

„Wenn Clem mich nur in diesem Kleid sehen könnte!"

„Das hier ist genau Clems Lieblingsfarbe."

„Clem hat sich immer über solche Weibersachen lustig gemacht."

Sie war machtlos. Es war ihr einfach nicht möglich, die Gedanken an ihn zu verbannen. Er fehlte ihr so sehr, daß sie immer wieder schlucken mußte. Trotzig hielt sie der Versuchung stand, sich einfach auf ihr Bett zu werfen und zu weinen. Statt dessen arbeitete sie um so verbissener an der Nähmaschine.

Endlich, am frühen Nachmittag legte sie ihr Nähzeug beiseite. Nicht einmal zum Essen hatte sie eine Pause gemacht. Sie war nicht hungrig, und sie war mit dem Nähen gut vorangekommen. Die Maschine war ein wahres Wunderwerk. Säume und Nähte waren im Handumdrehen gemacht. Ihre Augen hatten allerdings eine Pause verdient, beschloß Marty. Die hatten schier endlos auf das Maschinenfüßchen gestarrt.

Sie ging an die frische Luft. Es war ein herrlicher Herbsttag. Fast beneidete sie Clark und Missie um ihren Spaziergang durch das raschelnde Laub.

Gemächlich ging sie auf dem Hof umher. Der Rosenbusch trug nur noch eine einzige Blüte. Sie war längst nicht so groß oder hübsch wie die vielen vor ihr, aber es war schön, daß sie überhaupt da war.

Marty ging zum Garten. Die meisten Gemüsesorten waren längst abgeerntet. Es blieben nur noch wenige übrig, die auf das Einkellern warteten. Am Ende des Gartens fand sie das Loch in der Erde, das sie für die Brötchen gegraben hatte. Bob, der Hund, hatte es wieder aufgescharrt. Ein paar erdige Klumpen lagen daneben verstreut. Nicht einmal Bob waren sie gut genug gewesen. Irgendwie machte ihr das heute nicht mehr soviel aus wie noch vor ein paar Tagen. „Komisch, wie schnell die Dinge sich ändern!" dachte sie und versetzte den Klumpen einen Tritt mit ihrem abgetragenen Schuh.

Voller Wonne zog sie die würzige Herbstluft ein. Die Obstbäume, von denen Clark gesprochen hatte, sahen gesund und kräftig aus. Wäre das nicht herrlich, eigene Äpfel im Garten zu haben? Vielleicht schon nächstes Jahr, hatte Clark gesagt. Sie stellte sich unter einen der Bäume – ob es nun gerade ein Apfelbaum war, wußte sie nicht genau – und bat ihn eindringlich, doch im nächsten Jahr Frucht zu tragen. Plötzlich fiel ihr wieder ein, daß sie bis zur Obsternte längst wieder nach Osten abgereist sein würde. Das sagte sie dem Baum aber nicht, damit er nicht etwa seinen Ansporn verlieren würde.

Sie wandte sich um und folgte einem schmalen Pfad zum Bach hinunter, der am Räucherschuppen vorbeiführte. Am Bach fand sie eine steinerne Plattform, die am Zufluß einer kühlen Quelle unter dem Wasserspiegel in das Bachbett eingelassen war. Offensichtlich war diese überschattete Stelle zum Aufbewahren von Milch- und Rahmtöpfen an heißen Sommertagen gedacht. Clark hatte nichts davon erwähnt, aber es ging ja auch auf den Winter zu. Sie beobachtete das Wasser, wie es leise gurgelnd über die glatte Steinplatte floß. An schwülen Sommertagen würde sie herkommen, beschloß sie, um sich in dem kühlen Schatten zu erfrischen.

Sie ging weiter zu der Pferdekoppel und rieb Dan – oder war es Charlie? – den starken, braunen Hals über den Zaun hinweg. Die Kühe lagen im Schatten der Pappeln und käuten gemächlich wieder, während ihre Kälber auf der Weide daneben grasten.

„Eine schöne Farm!" dachte Marty mit einem leisen Seufzen. Genau so eine hatten Clem und sie sich immer vorgestellt, als sie vom Westen geträumt hatten. Jetzt brauchte Clem keine Farm mehr. Und sie? Was war aus ihren Träumen geworden?

Als sie am Hühnerstall vorbei wieder auf das Haus zuging, überkam sie plötzlich ein unwiderstehlicher Appetit auf gebratenes Hühnchen. Sie hatte schon fast vergessen, wie gut so etwas schmecken konnte. Sie mußte an den köstlichen Duft von Brathühnchen aus der Küche ihrer Mutter denken. Das Wasser lief ihr im Mund zusammen. Wie man ein Hühnchen zubereitet, das hatte sie immerhin von ihrer Mutter gelernt. Schon als kleines Mädchen hatte sie ihrer Mutter dabei zugesehen. Ihre Mutter hatte allerdings nie ein lebendiges Tier zu verarbeiten gehabt, und Marty hatte noch nie ein Huhn geschlachtet, aber das konnte doch nicht allzu schwierig sein.

Sie ging näher an das Gehege heran und begann, sich aus dem Hühnervolk einen Kandidaten für die Bratpfanne auszusuchen. Sie überlegte einen Moment lang, ob sie zuerst ein Huhn fangen und es zur Axt hinübertragen sollte, oder ob es einfacher wäre, die Axt zum Gehege zu bringen. Schließlich beschloß sie, das Huhn zur Axt zu tragen, denn sie würde ja auch einen Hackblock brauchen.

Sie stieg über den Zaun und entschied sich für einen jungen Hahn, der gerade frech im Gehege umherstolzierte. Zum Gebratenwerden erschien der ihr gerade richtig.

„Komm her, du Leckerbissen!" lockte sie ihn und streckte ihre Hand nach ihm aus. Sie mußte allerdings bald einsehen, daß ein Federvieh in dieser Hinsicht wenig mit einem Hund gemeinsam hat. Ganz im Gegenteil. Jedesmal, wenn sie den Hühnern bis auf ein paar Schritte nahegekommen war, flatterten und gackerten sie wie wild und stoben auseinander, so daß Steinchen, Federn und Hühnermist durch die Luft flogen. So ging es nicht, mußte Marty schließlich zugeben. Wenn überhaupt ein Hühnchen oder Hähnchen in ihrer Bratpfanne landen sollte, dann würde sie alles, aber auch alles, daran setzen müssen, um eins zu fangen.

Eine wilde Jagd begann. Marty stürzte sich auf die flatternde Hühnerschar und griff blindlings nach Flügeln und Beinen, bis ihr Federn und Schmutz im Gesicht klebten. Und so ging es im Kreis umher. Marty hatte sich längst den jungen Hahn aus dem Kopf geschlagen. Mit dem erstbesten Huhn, das sie zu fassen bekam, wollte sie zufrieden sein.

Nach einer schier endlosen Verfolgungsjagd gelang es ihr schließlich, ein Paar Hühnerbeine zu erwischen. Dieser Bursche war schwerer, als sie gedacht hatte. Es brauchte ihre ganze Kraft, um ihn am Davonfliegen zu hindern. So leicht gab sie sich jedoch nicht geschlagen. Sie ließ nicht locker, schleifte ihn aus dem Gehege und besah sich ihre Beute. Aha, sie hatte wohl das Staatsoberhaupt persönlich erwischt, den greisen Stammvater der Hühnerschar. Na, wenn schon, dachte sie. Er würde bestimmt einen leckeren Schmaus abgeben, und vielleicht war ihm die Aussicht auf den hereinbrechenden Winter ohnehin nicht mehr ganz geheuer.

Mit aufgelösten Haaren und noch immer außer Atem, aber sehr mit sich zufrieden, ging Marty auf den Holzschuppen zu. Dort zwang sie den um sich flatternden, lautstark protestierenden Hahn auf den Hackblock und langte nach der Axt. Kaum hatte sie die Axt in der Hand, als der Hahn wie wild um sich schlug. Marty mußte die Axt wieder abstellen, um mit beiden Händen zuzufassen. So ging es eine Weile hin und her, bis Marty zu der Einsicht kam, daß der ganze Kampf ein reines Geduldsspiel war. Nun, diesem Burschen würde sie schon zeigen, wer das letzte Wort hatte.

„Du elendes Mistvieh! Halt endlich still!“ zischte sie und hieb aufs Geratewohl zu.

Mit einem gellenden Schrei und einem gewaltigen Flügelschlag entwischte der Hahn ihren Händen und flatterte quer über den Hof von dannen. Marty sah auf den Hackblock hinunter und entdeckte zu ihrem Entsetzen zwei kurze Schnabelspitzen.

„Geschieht dir recht!“ rief sie hinter dem entflohenen Opfer her und schnippte die Schnabelstücke vom Hackblock in den Dreck.

Dann machte sie sich von neuem auf den Weg zum Hühnerstall, während ein kurzschnabeliger Hahn noch immer lauthals der Welt seine bodenlose Empörung verkündete.

Mit eiserner Entschlossenheit stieg Marty erneut in das Gehege und fing von vorne an. Nachdem sie wieder einige Minuten quer durch umherfliegende Federn und Staub gejagt war, hielt sie ihre Beute endlich in Händen. Dieser Bursche war zwar auch recht stattlich, aber nicht ganz so gewichtig wie sein Vorgänger.

Und wieder ging's zum Hackblock, doch auch diesmal hatte sie zuerst kein großes Glück. Sobald sie den Hahn auf dem Hackblock ausgebreitet hatte und nach der Axt greifen wollte, gab es ein wildes Flattern und Flügelschlagen.

Schließlich kam ihr ein rettender Gedanke. Mit dem Hahn unter dem Arm ging sie ins Haus. In ihrem Zimmer zog sie die oberste Kommodenschublade auf und holte ein fein säuberlich aufgewickeltes Knäuel Bindfaden hervor. Dann marschierte sie zum Hackblock zurück, wo sie sich auf einen Stapel Holzscheite setzte und dem Hahn die Beine fest zusammenzurrte. Das andere Ende des Fadens befestigte sie an einem kleinen Baum in der Nähe. Sie nahm ein zweites Stück Bindfaden, band es um den

Hals ihres Opfers und führte das Ende um einen anderen Baum herum. Dann stemmte und rollte sie den Hackblock heran, um ihn haargenau unter dem langgestreckten Hals des Hahns aufzustellen.

„Na endlich!“ murmelte sie, hob die Axt, schloß die Augen und schlug zu.

Sie hatte getroffen, aber auf das, was dann kam, war sie ganz und gar nicht gefaßt. Der wild um sich schlagende Hahn hatte sie im Nu von oben bis unten mit Blut bespritzt.

„Laß das! Hör auf!“ schrie sie entsetzt. „Du hast doch tot zu sein, du … du … kopfloser Idiot!“

Sie schlug noch einmal zu. Diesmal hatte sie einen Flügel abgetrennt, doch der Hahn flatterte noch immer. Marty lief ein paar Schritte zurück und hielt sich die Hände vor das Gesicht, um den Todeskampf nicht länger mit ansehen zu müssen. Endlich blieb das Tier still liegen; nur gelegentlich durchlief es noch ein Zucken.

„Du elendes Biest!“ schimpfte sie. Ob sie jetzt wohl wagen konnte, den Vogel aufzuheben?

Sie sah an ihrem Kleid hinunter. Oh, wie sah das aus! Und alles bloß, um ein Brathähnchen in der Pfanne zu haben!

Drüben im Hof versuchte sich ein kurzschnabeliger, zutiefst beleidigter Hahn im Krähen, während Marty das klägliche, leblose Bündel von Federn und Blut vom Bindfaden löste und es ins Haus trug. Zuerst mußte sie die Federn rupfen. Dann würde sie das Tier wohl oder übel von den Innereien befreien müssen.

Irgendwie brachte sie auch das hinter sich, und nachdem sie das Fleisch in frischem Brunnenwasser gewaschen hatte und es in Salz und Gewürzen gewendet hatte, legte sie es in eine Pfanne mit leise zischender Butter.

Nun war es an der Zeit, daß sie sich selbst etwas Beachtung schenkte, bevor Clark nach Hause kam. Ein Bad erschien ihr die angebrachte Maßnahme zu sein, und so schob sie eine große Wanne in ihr Zimmer und füllte sie mit warmem Wasser. Nachdem sie sich gründlich gesäubert hatte, legte sie ihr blutbeflecktes, schmutzverklebtes Kleid zum Einweichen ins Badewasser. Morgen würde sie sich dessen mit aller Sorgfalt annehmen, nahm sie sich vor und bugsierte das Ganze nach draußen hinter das Haus.

Von ihrem Bad erfrischt, machte sich Marty wieder an ihre Essensvorbereitungen. Als Clark und Missie müde, aber vergnügt von ihrem Ausflug nach Hause kamen, begrüßte sie der köstliche Duft von gebratenem Hähnchen. Clark verbarg seine maßlose Verwunderung. Um ein Haar hätte er Marty gefragt, ob sie Besuch gehabt hätte. Sie allein konnte doch unmöglich ein Brathähnchen auf den Tisch bringen. Doch er beherrschte seine Neugier.

Auf seinem allabendlichen Weg zu den Kühen entdeckte er dann die Spuren des tödlichen Kampfes bei dem Holzschuppen. Der Hackblock stand so da, wie Marty ihn verlassen hatte, wenn Bob, der Hund, auch den Hühnerkopf davongetragen hatte, und von den beiden Bäumen hingen noch die Bindfadenreste.

Als er am Hühnergehege vorbeiging, fiel ihm auch dort ein allgemeines Durcheinander ins Auge. Das Gehege sah aus, als ob die Hühner stundenlang im Keis umhergeflattert wären. Überall lagen Federn, Mist und Erde verstreut, und die Futter- und Wassernäpfe lagen umgekippt im Dreck.

Was aber allem die Krone aufsetzte, war der alte Hahn, der auf dem Zaun saß und wütend mit seinem lächerlich kurzen Schnabel krähte.

„Da bleibt einem ja glatt die Spucke weg!“ murmelte Clark.

Beim Anblick des malträtierten Hahns mußte er einfach lachen. Morgen würde er etwas unternehmen. Heute abend würde er aber erst einmal mit Genuß das Brathähnchen verspeisen.

Besuch bei Familie Graham

Eine neue Woche brach an. Marty biß die Zähne zusammen und hoffte aus tiefster Seele, daß ihr vor Arbeit keine Zeit zum Nachdenken bleiben würde.

Am Montagmorgen brachte Clark, wie er sich abends zuvor vorgenommen hatte, den großen Hahn geköpft und gerupft in die Küche. Er riet Marty, den alten Veteranen der Hühnerschar im Topf zu kochen, anstatt ihn zu braten, und Marty nahm seinen Ratschlag dankbar an. Nachdem sie den Vogel in ihren allergrößten Kochtopf mit siedendem Wasser gesteckt hatte, machte sie sich daran, sämtliche Kleidungsstücke, die eine gründliche Wäsche vertragen konnten, zu waschen. Ihr Rücken tat ihr bald weh, und sie war froh, den Rest des Tages an der Nähmaschine verbringen zu können.

Die übrigen Wochentage verliefen nicht weniger geschäftig. Marty begleitete Clark zu den Grahams zum alljährlichen Schlachtfest. Todd Stern und sein herangewachsener Sohn Jason fanden sich ebenfalls dort ein, und Marty erkannte sie als zwei von den Nachbarn, die ihr Clem gebracht hatten. Wieder überkam sie der Schmerz, doch sie schob ihn energisch von sich weg. Sie war froh, bei Frau Graham zu sein. Diese Frau flößte ihr so viel Kraft und Mut ein.

Im Laufe des Tages bemerkte Marty mehrmals, wie Jason und die Tochter der Grahams, Sally Anne, heimliche Blicke austauschten. Wenn sie sich nicht sehr irrte, hatten die beiden sich, unbemerkt von den meisten anderen, miteinander angefreundet.

Doch sie hatte wenig Zeit, sich in Gedanken damit zu beschäftigen, denn das Zerteilen und Verarbeiten des Fleisches war ein schweres Stück Arbeit. Nachdem die Männer die Tiere geschlachtet, gehäutet und geviertelt hatten, hatten die Frauen plötzlich alle Hände voll zu tun.

Was Marty am meisten zu schaffen machte, war das Leeren und Säubern der Gedärme. Wellen der Übelkeit drohten sie zu überschwemmen, und mehrmals wäre es um ein Haar um sie geschehen gewesen. Als dieser Teil endlich vorüber war, verschwand sie schnell, ging zur Toilette und übergab sich. Dann fühlte sie sich etwas besser und machte sich erneut an ihre Arbeit.

Die Männer rührten die Salzlake für den Speck und die Schinken an und bereiteten den Räucherschuppen für die Fleischwaren vor. Die Frauen drehten das Fleisch für die Würste durch den Fleischwolf und würzten es. Dann kam das langwierige, mühselige Abfüllen des Wurstteigs in die Därme. Das muntere Plaudern erleichterte ihnen diese Arbeit ein wenig. Am zweiten und dritten Schlachttag kamen Hildi Stern und ihre Söhne zum Helfen, und die Arbeit war gleich viel schneller geschafft.

Das Fett wurde in Würfel geschnitten und in einer großen Pfanne ausgelassen. Ein Teil davon wurde als Koch- und Bratfett in Dosen gefüllt, und der Rest zum Seifenmachen beiseitegestellt.

Am Abend jedes Tages waren alle müde und abgekämpft. Marty fiel auf, daß Frau Graham ihr die weniger anstrengenden Arbeiten zugeteilt hatte, aber das war ihr nicht recht. Sie wollte genauso wie jeder andere ihren Teil beitragen.

Sally Anne setzte einen großen Kessel mit Kaffeewasser auf. Diejenigen, auf die zu Hause ihre Farmarbeit wartete, würden die Erfrischung gebrauchen können. Marty sah, wie Jason zu Sally Anne hinüberschaute und wie sich ihre Wangen mit einer sanften Röte überzogen.

Nun, man konnte Jason seine Wahl nicht verdenken, dachte sie. Sally Anne war ein bildhübsches junges Mädchen von siebzehn Jahren, und freundlich war sie dazu. Ob Jason ihr überhaupt das Wasser reichen konnte? Marty hoffte es. Sie kannte ihn zwar kaum, aber er schien ihr ein ordentlicher junger Mann zu sein. Er war breitschultrig und stark und hatte in den letzten drei Tagen tatkräftig mit angefaßt. Höflich und besonnen war er auch. Ja, vielleicht war er ja der Richtige für Sally Anne, entschied Marty. Und zudem wollte es ihr ganz so scheinen, als wären die beiden sich ohnehin schon einig geworden.

Sie mußte wieder an die Zeit denken, als sie Clem kennengelernt hatte: wie er sie angeschaut hatte, und wie ihre Wangen unter seinem Blick gebrannt hatten. Sie hatte gleich gespürt, daß sie sich Hals über Kopf in ihn verlieben würde, und bestimmt war es ihm genauso gegangen. Er hatte ein loderndes Feuer in ihr entzündet. Sie hatte kaum erwarten können, ihn wiederzusehen, aber wenn er dann kam, schlug ihr das Herz bis zum Hals. Oft hatte sie geglaubt, innerlich zerbersten zu müssen. Das war wahre Liebe gewesen. Stark und unwiderstehlich, süß und bitter zugleich, so war die Liebe.

Clark stand vom Tisch auf und verabschiedete sich. Marty stand ebenfalls auf und wechselte zum Abschied ein paar Worte mit Frau Graham. Auf dem Tisch standen die Töpfe mit dem Fett, die sie zum Seifemachen mit nach Hause nehmen sollte. Marty schaute etwas hilflos drein, aber da kam Frau Graham ihr schon zu Hilfe.

„Hat ja keinen Zweck, wenn wir alle beide unsere Küche durcheinanderbringen. Marty, laß doch deine Töpfe hier, und morgen früh kommst du wieder. Dann machen wir die Seife zusammen, ja?"

„Oh, du Gute!" atmete Marty im stillen auf. „Du hast bestimmt gewußt, daß ich mit meinen Töpfen verloren gewesen wäre. Ich hab' doch noch nie Seife gemacht!"

Sie sah auf zu Clark.

„Gute Idee!“ antwortete er.

„Danke, Frau Graham!“ sagte Marty erleichtert. „Ich komm’ gleich morgen früh, sobald ich kann.“

Am liebsten wäre sie ihrer neuen Freundin um den Hals gefallen.

„Im übrigen darfst du mich ruhig ‚Ma‘ nennen – wie die anderen auch!“ sagte Frau Graham liebevoll, als sie Marty die Hand reichte.

*

Marty hielt ihr Wort und beeilte sich mit ihrer Morgenarbeit am nächsten Tag, damit sie rechtzeitig zum Seifemachen zu Ma Graham fahren konnte. Als sie gerade Missies Mantel und Haube holen wollte, kam Clark auf sie zu.

„Ich hab’ heut’ nichts Besonderes zu tun. Vielleicht kümmer’ ich mich einfach mal um die Wände in der Küche. Wenn Sie wollen, können Sie Missie hierlassen; dann ist sie euch bei den heißen Töpfen nicht im Weg.“

Marty nahm seinen Vorschlag gern an und eilte dann in den Hof zu dem Gespann, das Clark für sie bereitgestellt hatte.

Es war ein kühler Tag. In der Luft war sogar schon ein Anflug von Frost zu spüren. Vielleicht stand der Winter nun direkt vor der Tür. Der Gedanke an die langen, einsamen Tage und die schier endlosen Nächte stimmte Marty ein wenig niedergeschlagen.

Die Seife war bald gekocht. Marty war jedoch erleichtert, als diese anstrengende Arbeit vorüber war. Die noch flüssige Masse wurde dann zum Abkühlen in Tiegel gegossen. Später würde sie dann in Stücke geschnitten werden.

Nach getaner Arbeit setzten sich die beiden Frauen zu einer Tasse Kaffee und einer Scheibe Früchtebrot an den Tisch. In Mas Haus war es geradezu unmöglich, ein vertrauliches Gespräch zu führen. Bei elf Kindern, die jede Ecke und jeden Winkel des Hauses in Beschlag nahmen, ergab sich selten die Gelegenheit, ungestört miteinander reden zu können. Trotzdem sprach Ma frei und ungezwungen mit Marty. Dem ständigen Kommen und Gehen schenkte sie keine Beachtung.

Sie erzählte Marty von ihrem ersten Mann, Thornton Perkins, der einen kleinen Laden in der Stadt betrieben hatte. Er war recht jung ums Leben gekommen und hatte ihr den Laden und drei kleine Kinder hinterlassen. Als Ben Graham ihr dann einen Heiratsantrag gemacht hatte, war er ihr als die Antwort auf ihre Gebete erschienen, obwohl er selbst vier kleine Kinder hatte. So hatten sie sich zusammengetan, die junge Witwe mit ihren drei Kindern und der Witwer mit seinen vier Kindern. Dazu hatten sich dann im Laufe der Jahre weitere sechs gesellt. Eins davon war als Säugling gestorben, und eins hatten sie als Siebenjähriges verloren. Das Siebenjährige war eins von Mas Kindern gewesen, aber sein Tod hatte Ben tief getroffen. Insgesamt hatten sie jetzt elf Kinder, und jedes einzelne war ihnen kostbar.

Sally Anne und Laura waren beide siebzehn. Bens Laura war die ältere von beiden. Danach kam Bens Thomas, dann Mas Nellie. Mas Ben war der nächste und Ma dachte oft, daß Ben deshalb so sehr an diesem Sohn hing, weil er seinen Namen trug. Dann kamen Bens Zwillinge, Lem und Claude. Sie waren nach ihren beiden Großvätern benannt worden. Die jüngeren Kinder kannte Marty noch nicht mit Namen. Es gab eine Faith und einen Clint, soviel wußte sie, und sie glaubte, ein kleines Mädchen namens Lou gesehen zu haben.

Die beiden ältesten Mädchen zogen Martys Aufmerksamkeit auf sich. Sally Anne war eins der hübschesten Mädchen, die Marty je gesehen hatte, doch sie schien ihre Stiefschwester Laura geradezu zu vergöttern. Laura dagegen war zwar fleißig und tüchtig, aber ein rechtes Mauerblümchen, und sie schien sich dessen bewußt zu sein, denn sie versuchte ständig, ihre hübsche Schwester in allem zu übertrumpfen. „Warum tut sie das nur?“ wunderte sich Marty. „Sieht sie denn nicht, wie Sally Anne zu ihr aufschaut?“ Nachdem sie Laura eine Weile beobachtet hatte, kam sie zu dem Schluß, daß Lauras Verhalten die Folge ihres unbegründeten Gefühls war, ihrer hübschen Schwester unterlegen zu sein.

„Aber das ist doch völliger Unsinn!“ dachte Marty. „Sie steht ihrer Schwester in nichts nach.“ Ob sie Laura irgendwie helfen konnte? Vielleicht würde sie ganz besonders nett zu ihr sein, um ihr zu zeigen, daß sie nicht weniger liebenswert war als Sally Anne.

Inzwischen war es Spätnachmittag geworden, und Marty mußte sich wieder auf den Heimweg machen. Sie dankte Ma aufrichtig für ihre Hilfe bei der Seifenherstellung. Beim nächsten Mal würde sie es bestimmt allein schaffen. Sie bat ihre neue Freundin, sie doch vor dem ersten schweren Schneefall noch einmal zu besuchen. Das versprach Ma ihr gern, umarmte sie und brachte sie zur Tür.

Als Marty zu Hause ankam, begrüßte Clark sie im Hof und führte die Pferde gleich in den Stall. Missie begleitete ihn und sah zu, wie er die Tiere versorgte. Als Marty die Küche betrat, staunte sie. Der alte, zerbröckelte Kitt war durch frischen, schnell trocknenden ersetzt worden, der an vielen Stellen schon strahlend weiß geworden war. Nun würde sie nicht täglich die Kittkrümel, die aus der Wand gefallen waren, vom Fußboden fegen müssen. Sie war erleichtert, daß alles wieder in Ordnung war. Clark hatte sogar den Fußboden sauber hinterlassen.

Müde begann Marty, das Abendessen vorzubereiten. Sie würde bald zu Bett gehen, beschloß sie. Morgen war Samstag; also würde sie zuerst eine Liste für Clark schreiben, der morgen in aller Frühe wieder in die Stadt fahren würde.

Eine neue Garderobe

Wie geplant fuhr Clark früh am nächsten Morgen in die Stadt. Marty seufzte erleichtert, als er aus dem Haus gegangen war. Für sie war er immer noch ein Fremder, dem sie am liebsten aus dem Weg ging. Ihr anfänglicher Zorn gegen ihn hatte sich ein wenig gelegt, denn im Grunde hatte sie eingesehen, daß er genau wie sie das Opfer eines harten Schicksals war und daß es lediglich unglückliche Umstände waren, die sie zueinander geführt hatten. Trotzdem war Marty froh um jeden Tag, den er außerhalb des Hauses verbrachte.

Diesmal war die Liste nicht so lang ausgefallen wie in der vorigen Woche. Am Schluß hatte Clark sie gebeten, Missies Ausstattung noch durchzusehen, um festzustellen, was sie für den Winter brauchen würde. Marty fügte die fehlenden Dinge der Liste hinzu. Dann stellte Clark seine Tochter auf ein Stück Papier und fuhr mit einem Bleistift um ihren kleinen Fuß, damit er ihr in der Stadt ein Paar Schuhe in der passenden Größe kaufen konnte.

Marty begann mit ihrer allmorgendlichen Arbeit. Sie war noch immer müde und abgeschlagen. Ob sie sich wohl in den letzten Tagen zuviel zugemutet hatte? Sie fühlte sich abgekämpft und sogar etwas schwindelig, als sie jetzt das Geschirr wieder in den Schrank räumte. Ihrem ungeborenen Kind zuliebe würde sie sich mehr schonen müssen, anstatt sich mit aller Kraft in die Arbeit zu stürzen. Sie hatte schon ihren Clem verloren, nun wollte sie um keinen Preis der Welt auch noch sein Kind verlieren.

Deshalb beschloß Marty, sich heute einen ruhigeren Tag zu gönnen. Sie erledigte ihre leichten Hausarbeiten und wischte Staub in allen Zimmern. Ihr eigenes Zimmer stand gedrängt voll mit beiden Betten, zwei Kommoden, ihrer Truhe, dem Nähkorb und der neuen Nähmaschine. Aber beklagen würde sie sich nicht, dachte sie und ließ ihre Augen liebevoll über das polierte Holz und die glänzenden Beschläge schweifen. Im Wohnzimmer wäre zwar mehr Platz für die Maschine gewesen, aber dort wäre sie Clark eine ständige schmerzliche Erinnerung an seine Ellen gewesen. Und wenigstens das wollte sie ihm ersparen.

„Missie", sagte sie zu dem kleinen Mädchen, „heut' näh' ich meine elegante Wintergarderobe fertig!"

Sie nahm die Kleidungsstücke, die schon fertig waren, in die Hand und strich zufrieden über Säume und Nähte. Zwei Hauben lagen auf der Kommode: eine leichte, mit Spitzen besetzt, die andere aus festem, warmem Stoff für die kommenden Wintertage. Daneben lag ihre neue Unterwäsche, ebenfalls mit Spitze eingefaßt. Noch nie in ihrem Leben hatte sie solch feine Wäsche besessen. Zwei Nachthemden lagen sauber gefaltet in der Schublade. Sie hatte sie mit weiten Falten und Rüschen versehen, und eins davon hatte sie mit himmelblauem Band besetzt. Zwei fertige Kleider hingen auf Bügeln hinter der Tür. Sie waren nicht gerade vornehm zu nennen, aber sie waren ordentlich und sauber gearbeitet, und Marty war sicher, daß Clark sie recht passabel finden würde.

Neben ihrer Truhe standen ihre neuen schwarzen Stiefel. Sie glänzten noch wie am ersten Tag. Marty hatte sie noch nicht getragen. Sie wollte ihre alten Schuhe so lange wie möglich tragen, um die neuen Stiefel zum Anschauen und Bewundern aufzuheben. Ihr neuer Mantel und das Schultertuch hingen an zwei Haken neben den Kleidern. Wie neu und hübsch alles aussah!

Marty seufzte. Das letzte Stück Stoff, das sie zu verarbeiten hatte, war der blaugraue Wollstoff. Sie hatte ihn bis zuletzt aufgespart, weil sie etwas ganz Besonderes daraus nähen wollte. Zärtlich strich sie über den weichen Stoff und hielt ihn an ihre Wange.

„Missie“, flüsterte sie, „daraus werd’ ich mir ’n Kleid nähen, und was für ’n schönes! Wart’s nur ab! Du, und vielleicht, vielleicht bleibt ja genug Stoff übrig, daß ich für dich auch noch was daraus zaubern kann!“

Plötzlich lag Marty alles daran, ihr kleines Glück mit Missie zu teilen; außer Missie hatte sie ja niemanden. Ja, aus diesem feinen Stoff würde sie etwas ganz besonders Niedliches für das Kind nähen.

Missie fuhr mit dem Händchen über den Stoff und erklärte ihn für „oh, fein!“

Marty machte sich an die Arbeit. Missie spielte zufrieden auf dem kleinen Teppich vor dem Bett, während die Nähmaschine emsig ratterte. So verging der Vormittag im Nu, und als Missie unruhig wurde, stellte Marty erschrocken fest, daß die Uhrzeiger schon auf ein Uhr vorgerückt waren.

„Meine Güte!“ rief Marty entsetzt und hob das Kind auf. „Missie, das tut mir aber leid! Ist ja schon längst Zeit für dein Mittagessen! Du hast bestimmt ordentlich Hunger, was? Komm, ich mach’ uns schnell was zu essen zurecht!“

Sie aßen zusammen in der Küche. Dann brachte Marty die Kleine in ihr Bettchen. Beim Surren der Nähmaschine schlief sie auch bald ein.

Nach und nach nahm das Kleid unter Martys geschickten Händen Gestalt an. Als sie die letzte Naht versäubert hatte, hielt sie sich das Kleid an. Solch ein schönes hatte sie noch nie ihr eigen genannt. Sie mußte es einfach anprobieren. Plötzlich war sie ganz die große Dame. Nur widerwillig zog sie das Kleid wieder aus und hängte es zu den anderen beiden.

Dann machte sic sich mit neuem Eifer daran, ein Kleid für Missie zu schneidern. Sie entschied sich für ein Blüschen aus dem Stoff, der von ihrer Wäsche übriggeblieben war, und einen Trägerrock aus dem blaugrauen Wollstoff.

Das Blüschen war bald fertig, und Marty schnitt sorgfältig die Teile für den Trägerrock zu. Auf jede Falte und Naht verwendete sie größte Mühe. Zum Schluß stickte sie ein hübsches Bortenmuster quer über die Passe.

Missie war inzwischen aufgewacht und wollte eins ums andere Mal das „Oh, fein" gezeigt bekommen, so daß Marty das Röckchen alle paar Minuten hochhalten mußte.

Plötzlich sprang Missie auf. Draußen begrüßte Bob das Gespann mit lautem Gebell.

„Au, verflixt!" entfuhr es Marty. Schnell legte sie Nadel und Faden aus der Hand, um in die Küche zu laufen. „Ich hab' ja das Abendessen glatt vergessen!"

Der Herd war restlos ausgekühlt. Sie hatte den ganzen Tag nicht an das Feuer gedacht. Clark war direkt zum Stall gefahren. Diesmal würde es nicht lange dauern, bis er die Vorräte ins Haus gebracht hatte, und schwere Säkke würden auch nicht darunter sein.

Marty hastete geschäftig in der Küche umher. Von ihrer Mutter hatte sie gelernt, daß eine Frau ihren Mann in einer solchen Lage geschickt hinhalten kann, wenn wenigstens der Tisch gedeckt ist.

Gerade wollte sie in aller Eile Teller und Besteck auf den Tisch bringen, als sie über ihre eigene Dummheit den Kopf schütteln mußte. So würde sie Clark kaum hinters Licht führen können. Seine Stallarbeit würde ihn mindestens noch eine halbe Stunde beschäftigt halten, bevor er überhaupt ans Essen denken konnte, und dann würde ihn ein gedeckter Tisch wesentlich weniger beeindrucken als ein Feuer im Herd.

Als Clark dann mit seinen Einkäufen ins Haus kam, schichtete Marty Holzscheite im Ofen auf, während sie sich im stillen den Kopf darüber zerbrach, was sie wohl in einer halben Stunde auf den Tisch bringen konnte.

Clark ging zum Stall, und Marty machte sich an die Arbeit. Als er zurückkam, fand er ein einfaches, aber schmackhaftes Essen vor. Marty suchte erst gar nicht nach einer Entschuldigung. Schließlich, so sagte sie sich, hatte sie auch nicht den ganzen Tag auf der faulen Haut gelegen. Trotzdem nahm sie sich vor, daß so etwas nicht wieder vorkommen sollte.

Nachdem der Tisch abgeräumt war, holte Clark die Dinge hervor, die er für Missie gekauft hatte. Die Kleine hüpfte und tanzte vor Begeisterung durch die Stube. Sie drückte ihre neuen Schuhe an sich, strahlte vor Freude über ihren Mantel und das Häubchen dazu und wedelte einen ihrer neuen Strümpfe durch die Luft. Sie jubelte laut, als ein feiner Stoffballen für neue Röckchen und Schürzen zum Vorschein kam, obwohl Marty nicht wußte, ob die Kleine recht verstand, was das war. Dann lief sie wieder zu ihren neuen Schuhen, zog sich die Haube verkehrt herum über den Kopf und ließ den anderen Strumpf durch die Luft wirbeln. Marty lächelte. Sie konnte das Kind nur zu gut verstehen.

Plötzlich drehte Missie sich um und lief mit dem hinter ihr herflatternden Strumpf in der Hand ins Schlafzimmer. „Sie will bestimmt die neuen Sachen in ihre Kommode legen“, dachte Marty, aber im nächsten Moment kamen die kleinen Füßchen wieder in die Küche getrappelt, und in der Hand hielt die Kleine stolz den Trägerrock, den Marty ihr genäht hatte. Dann legte sie das Röckchen auf Clarks Knie, zeigte mit dem Finger darauf und rief: „Fein! Für Missie. Oh, fein!“

Clark nahm das winzige Kleidungsstück vorsichtig in seine großen Hände. Mit einem fragenden Blick schaute er auf Marty. Sie sagte nichts. Wieder betrachtete er das Röckchen und strich behutsam über den weichen Stoff.

Schließlich sagte er mit etwas belegter Stimme: „Ja, Missie. Fein, ganz fein!“ Aber diese Worte waren eher an Marty als an die freudestrahlende Missie gerichtet.

Aber Clark hatte noch mehr Überraschungen aus der Stadt mitgebracht. Für Missie hatte er ein Bilderbuch gekauft. So etwas hatte sie noch nie gesehen, und sie verbrachte den Rest des Abends damit, die Seiten vorsichtig hin- und herzublättern. Beim Anblick all der Kühe, Schweine und Schafe geriet sie in helles Entzücken. Clark hatte sich selbst Lesematerial für die langen Winterabende besorgt. Erst jetzt wurde Marty klar, daß er wohl recht belesen sein mußte. Dabei fiel ihr ein, daß sie beim Staubwischen im Wohnzimmer ein ganzes Regal voller Bücher gesehen hatte.

Auch für sie hatte Clark ein Paket mit Dingen mitgebracht, die ihr die langen Winterabende verkürzen sollten. Wolle und Stricknadeln kamen zum Vorschein, dazu bunte Stoffstücke zum Nähen von Steppdecken. Auch einen Sack voller unversponnener Wolle für die Deckenfüllungen hatte er gekauft und ihn vorläufig gleich im Schuppen untergebracht.

Marty war dankbar. Sie strickte gern, und obwohl sie noch nie eine Steppdecke gearbeitet hatte, freute sie sich darauf, es einmal zu versuchen.

Missie war viel zu aufgeregt zum Schlafengehen, aber mit einer Festigkeit, die Marty beinahe überraschte, erklärte Clark der Kleinen, daß der Tag lang genug für so ein kleines Persönchen gewesen sei und daß sie jetzt endgültig zu Bett gehen müsse. Nachdem Marty sie gewaschen und ihr ein Nachthemdchen angezogen hatte, deckte ihr Pa sie warm zu und betete noch kurz mit ihr.

Marty faltete die neuen Sachen und den Stoffvorrat sorgsam zusammen. Für die nächsten Tage hatte sie wenigstens genug, um sich beschäftigt zu halten, dachte sie erleichtert. Wenn sie nur nicht zum Nachdenken kam, dann würde sie den Schmerz vielleicht nicht so sehr spüren! Sie legte alles in Missies Kommode. Morgen früh würde sie anfangen, die kleinen Kittelchen und Schürzchen für sie zu nähen.

„Ach du Schreck!" durchfuhr es sie plötzlich. „Morgen ist ja wieder Sonntag!" Sie konnte kaum damit rechnen, daß Clark und Missie zwei Sonntage hintereinander wandern gingen.

„Verflixt!" murmelte sie. Wie sollte sie diesen langen, elenden Tag nur hinter sich bringen? Vielleicht würde sie sich diesmal selbst in die Einsamkeit des Waldes flüchten. Nun, sie würde halt zusehen, wie sie morgen zurechtkam. Darüber konnte sie sich heute abend nicht mehr den Kopf zerbrechen.

An Missies Trägerrock hatte sie noch ein paar letzte Stiche zu tun, und danach würde sie dann todmüde, wie sie war, zu Bett gehen. Müdigkeit schien in der letzten Zeit überhaupt zu ihrem ständigen Begleiter geworden zu sein.

Ellen

Am Sonntag wehte ein kühler Wind vom Westen her. Nach der Bibellese und dem Morgengebet blieben Martys Gedanken mit dem, was sie gehört hatte, beschäftigt. Clark hatte wieder einen Psalm vorgelesen, und Marty hatte hier und da ein Wort nicht verstanden. Sie hörte jetzt aufmerksamer zu, und manches Mal war sie nahe daran gewesen, Clark zu bitten, einen Vers langsam zu wiederholen, damit sie den Sinn erfassen konnte.

Konnte Clarks Gott auch anderen Menschen Trost und Hilfe geben, wie David es erlebt hatte? Marty mußte sich eingestehen, daß sie recht wenig über Clarks Gott wußte. Sie würde gern mehr über ihn erfahren. In ihrem Elternhaus hatte niemand eine Bibel besessen. Ob ihr wohl etwas Wichtiges entgangen war? Gelegentlich gab Clark eine kurze Erläuterung zu dem Schreiber des Psalms und seiner Zeit. Marty war nicht einmal böse darum, daß Clark sie wie ein kleines Schulmädchen behandelte; ganz im Gegenteil, sie saugte das Gehörte auf wie ein trockener Schwamm.

Als Clark heute morgen das Gebet sprach, fragte sich Marty im stillen, ob sie es wohl wagen konnte, Clarks Gott so direkt anzureden, wie er es tat. Sie spürte ein Verlangen danach, beschloß aber, damit zu warten.

Clark sagte: „Amen“, und auch Marty formte ein „Amen“ mit ihren Lippen. Nachdem Missie ihr „Amen“ lautstark verkündet hatte, konnte das Frühstück beginnen.

„Was fang’ ich nur mit diesem langen Tag an?“ überlegte Marty krampfhaft. Nähen war ausgeschlossen. Sie konnte es sich nicht leisten, Clarks Gott noch einmal herauszufordern. Wenn es überhaupt Hilfe von oben für sie gab, dann durfte sie die nicht so leichtfertig aufs Spiel setzen.

Clark unterbrach ihre Gedanken.

„Auf dem Weg in die Stadt hab' ich gestern kurz bei den Grahams angehalten, um zu fragen, ob sie was aus der Stadt brauchen. Ma meinte, ob wir nicht heute zum Essen rüberkommen wollten. Wer weiß, wie viele Sonntage wir noch haben, bevor's Winter wird? Ich hab' gesagt, ich würd' Sie fragen."

„O Ma!" dachte Marty, „was tät' ich ohne dich?"

Zu Clark sagte sie nur ruhig: „Ja, von mir aus gern!"

Sie beeilte sich mit dem Frühstücksgeschirr, und als Clark nach draußen ging, um den Wagen anzuspannen, hastete sie mit Missie ins Schlafzimmer, um die Kleine und sich selbst umzuziehen.

Sie zog Missie ihr neues Blüschen, den Trägerrock, die neuen Strümpfe und die schwarzen Schuhe an. Dann bürstete sie ihr die braunen Locken, bis sie ihr duftig und leicht auf die Schultern fielen. Die Kleine sah wirklich bildhübsch aus, als sie jetzt voller Stolz durchs Zimmer tanzte.

Dann sah Marty ihre eigenen Kleider durch. Sie nahm das neue blaugraue Wollkleid vom Bügel, aber sie brachte es nicht übers Herz, es anzuziehen. Sie hätte sich so gern einmal für Clem so richtig feingemacht; irgendwie konnte sie Clark in diesem Kleid nicht begleiten. Wenn er es gar nicht bemerkte, würde sie verletzt sein, und in dem unwahrscheinlichen Fall, daß seine Augen doch Bewunderung zeigen sollten, würde sie noch tiefer getroffen sein. Nein, sie wollte weder von ihm noch von irgendeinem anderen Mann bewundert werden. Sie sah immer noch Clems zärtlichen Blick vor sich. Schnell schluckte sie eine Träne hinunter und wählte das einfachere, dunkelblaue Kleid mit dem weißen Besatz am Kragen und an den Manschetten. Das war schließlich gut genug, und Clark hatte wirklich keinen Grund, sich ihrer in diesem Kleid zu schämen.

Sie schlüpfte in ihre neue Unterwäsche, die langen Strümpfe und die neuen Schuhe. Dann zog sie das Kleid an. Heute würde sie die leichtere Haube und das neue Schultertuch tragen. Für den Mantel war es eigentlich noch nicht kalt genug. Schließlich bürstete sie ihr Haar und beschloß, es nach langer Zeit wieder einmal hochzustecken. In letzter Zeit hatte sie ihr Haar sträflich vernachlässigt, mußte sie sich eingestehen. Sie brauchte mehrere Minuten, bis sie mit ihrer Frisur zufrieden war, und als sie gerade fertig war, hörte sie Clark von draußen rufen, ob die Fahrt bald losgehen könnte.

Missie lief ihrem Pa entgegen. Der nahm sie auf den Arm und sagte lächelnd, daß sie wie eine richtige junge Dame aussähe und daß ihr Pa mächtig stolz auf sie sei.

Marty folgte Missie, vermied jedoch Clarks Blick. Sie wollte seine Augen nicht sehen. Als er ihr jetzt auf den Wagen half, bemerkte sie, daß er ebenfalls sein Arbeitszeug mit einem guten Anzug vertauscht hatte und darin ein recht stattliches Bild abgab.

Auf dem Weg zu den Grahams gehörte ihre ganze Aufmerksamkeit jedoch der fröhlich plappernden Missie und der herrlichen Herbstlandschaft um sie herum.

Bei den Grahams verging die Zeit wie im Fluge. Marty half Ma und den Mädchen, das Essen auf den Tisch zu bringen. Heute nahm Marty bewußt wahr, was sie aß, und fand ihre Vermutung bestätigt, daß Ma eine ausgezeichnete Köchin war. Nach dem Essen ließen sich die Männer zu einer gemütlichen Unterhaltung auf der sonnenbeschienenen Veranda nieder.

Bald darauf klopfte Jason Stern an die Tür, worauf Sally Anne tief errötete. Die beiden machten sich auf den Weg zu einem Spaziergang.

Im Nu war das Geschirr gespült und abgetrocknet, und Ma und Marty setzten sich zu einem Plauderstündchen an den Tisch. Marty war froh, sich wieder einmal in Ruhe mit Ma austauschen zu können. Es machte ihr nicht einmal etwas aus, daß ihre Hände dabei nichts zu tun hatten. Nach ein paar allgemeinen Bemerkungen benutzte Marty die Gelegenheit des Alleinseins mit Ma, um das Gespräch auf ein Thema zu lenken, das ihr schon seit mehreren Tagen auf der Seele lag.

„Ma", begann sie, „kannst du mir nicht 'n bißchen von Ellen erzählen? Ich wüßte gern mehr über sie, jetzt, wo ich ihren Haushalt und ihr Kind übernommen hab'."

Von Ellens Mann hatte Marty nichts gesagt, doch Ma ging nicht darauf ein. Marty erzählte Ma mit wenigen Worten von dem Tag, an dem Clark die Nähmaschine aus der Stadt mitgebracht hatte.

Ma seufzte tief und sah gedankenverloren in die Ferne. Als sie dann endlich Worte fand, zitterte ihre Stimme ein wenig.

„Ich weiß kaum, wo ich anfangen soll", sagte sie. „Ellen war 'n hübsches junges Ding. Etwas dunkler als du, und auch 'n bißchen größer. War stets lustig und zum Lachen aufgelegt. Es hat keinen gegeben, der sie nicht gemocht hätte. Sie hat wie 'ne Klette an Clark gehangen, und der hat sie wohl auch mächtig gern gehabt. Du hättest die beiden mal sehen sollen, als Missie geboren wurde!" Ma lächelte und schüttelte den Kopf. „Sie waren restlos aus dem Häuschen vor Freude wie zwei ausgelassene Kinder. Ich war bei ihr, als Missie ankam. Ich hol' die meisten Kinder hier ans Licht der Welt, aber so begeisterte junge Eltern hab' ich selten gesehen.

Bald darauf war Ellen wieder auf den Beinen und hegte und pflegte das kleine Würmchen. Sie hat die Kleine beinahe abgöttisch geliebt, war ja auch herzig, das kannst du mir glauben. Die Wochen und Monate vergingen also, und den dreien schien's richtig gut zu gehen. Clark versteht was von seiner Arbeit, und 'ne Farm ist nichts für Leute, die gern Däumchen drehen. Wenn du was ernten willst, darfst du Schweiß und Rückenschmerzen nicht fürchten.

Na, wie gesagt, alles klappte wie am Schnürchen bei den Davises, bis Clark eines Tages im August letzten Jahres zu uns in den Hof geritten kam. Er war ganz aufgeregt, und ich wußte gleich, daß da was nicht stimmte. ‚Ma!' rief er, ‚kannst du schnell rüberkommen? Ellen hat furchtbare Schmerzen.' Ich seh' ihn heut' noch vor mir, wie er im Hof stand. Also bin ich gleich mit. Ellen konnte es tatsächlich vor Schmerzen kaum aushalten. Sie wälzte sich im Bett hin und her und hielt sich den Leib und stöhnte bloß. Schreien wollte sie nicht, damit Missie sie nicht hörte. Vor Schmerzen hat sie sich auf die Unterlippe gebissen, bis sie blutete.

Ich hab' ihr das Gesicht gekühlt, aber viel mehr konnte ich auch nicht für sie tun. 'nen Doktor gibt's ja hier nicht. Da saßen wir also bei ihr und wußten uns keinen Rat. Clark lief dauernd zwischen Ellens Bett und Missie hin und her. Er tat mir schrecklich leid.

So ging's dann weiter, bis sie um vier Uhr morgens 'n bißchen ruhiger wurde. Ich dachte schon, jetzt haben wir sie übern Berg, aber dann wurde's bald wieder schlimmer. Das Fieber stieg höher als vorher. Sie wurde ganz teilnahmslos, das arme Ding. Ich wusch sie immer wieder mit kaltem Wasser ab, aber's half alles nichts."

Ma hielt inne. Dann atmete sie tief und sprach weiter.

„Am nächsten Abend ging's dann zu Ende mit ihr, und Clark –" Wieder unterbrach sie sich. Dann wischte sie sich eine Träne aus dem Augenwinkel und stand auf.

„Aber das ist gewesen, Kind. Hat keinen Zweck, das Ganze noch mal durchzugehen. Und jetzt bist du ja da für Missie, und das hat Clark gebraucht. War furchtbar schwer für ihn, seine ganze Herbstarbeit mit Missie auf dem Rücken zu tun. Ich hab' ihm angeboten, sie in der Zeit zu mir zu bringen, aber er wollte nicht. Die Kleine sollte von Anfang an wissen, wo sie hingehörte. Außerdem wollte er keinem was schuldig sein. In der Stadt ist 'ne Frau, die selbst keine Kinder hat; die hätte Missie gern aufgenommen, aber auch davon wollte Clark nichts hören. Er meinte, da wär' sie sicher so verwöhnt aufgewachsen, daß sie sich später selbst nicht mehr hätte ausstehen können. Ja, das hat er gesagt.

Na, seine Gebete scheinen jedenfalls erhört worden zu sein. Missie hat ja jetzt dich, und du bist ihr 'ne richtig gute Mama. Hast ihr da 'n süßes Kleidchen genäht!" Sie strich Marty über den Arm. „Du machst deine Sache gut, Marty. Wirklich!"

Marty hatte Ma die ganze Zeit über mit großen Augen zugehört. Clarks Kummer hatte sie wieder an ihren eigenen Schmerz erinnert. Am liebsten hätte sie losgeheult, aber statt dessen schaute sie nur starr vor sich hin. Als man ihr die Nachricht gebracht hatte, daß Clem tot war, war sie wie vom Blitz getroffen gewesen, aber wenigstens hatte sie ihn nicht viele Stunden lang leiden sehen müssen, ohne ihm helfen zu können. Clark hatte es schwerer gehabt, dachte sie. Sie war von Herzen dankbar, daß Clem nicht solche Schmerzen hatte ertragen müssen.

Sie löste sich aus ihren Gedanken, als Ma sich am Herd zu schaffen machte und ausrief: „Wo ist nur die Zeit geblieben, Marty? Gleich kommen die Männer rein und wollen ihren Kaffee haben."

Missies Geburtstag

Am nächsten Morgen beim Frühstück erwähnte Clark, daß Missie am kommenden Donnerstag zwei Jahre alt werden würde. Marty verfiel ins Grübeln. Wie Ellen diesen Geburtstag gefeiert hätte? Sie wollte gern ihr Bestes tun, um Missie einen schönen Tag zu bereiten, aber woher sollte sie wissen, wie in dieser Familie Geburtstage gefeiert wurden? Krampfhaft überlegte sie hin und her, bis Clark sie schließlich fragte, ob etwas nicht stimmte.

„Nein", log Marty und hüllte sich weiter in Schweigen. Doch so würde es nicht gehen, dachte sie. Wenn sie schon mit Clark unter einem Dach leben mußte, würden sie offen und ohne Umschweife miteinander reden müssen.

„Es ist bloß – daß ich nicht weiß, wie – Sie sich Missies Geburtstag vorgestellt haben", platzte sie heraus. „Soll's 'ne Geburtstagsfeier geben? Soll ich 'n paar andere Kinder aus der Nachbarschaft einladen? Oder erwartet sie wohl was ganz Besonderes?" Sie zuckte mit den Achseln. „Ich weiß nicht, was ich für sie tun soll."

„Ach so!" sagte Clark verständnisvoll. Er ging an den Herd und holte die Kaffeekanne, um die beiden Tassen wieder aufzufüllen.

„Verflixt!" sagte sich Marty. „Ich hab' schon wieder nicht gesehen, daß seine Tasse leer war."

Aber Clark schien das nicht im geringsten zu stören. Er setzte sich wieder, goß Sahne in seinen Kaffee, schob seinen Teller weg und dafür die Tasse näher heran. Anscheinend richtete er sich auf eine längere Unterhaltung ein.

Missie war inzwischen unruhig geworden und wollte von ihrem Stühlchen herunter. Ihr Papa hob sie auf den

Boden, und sie lief gleich ins Wohnzimmer, um ihr neues Bilderbuch zu suchen. Clark wandte sich wieder an Marty.

„Komisch, aber ich weiß nicht mal mehr, ob wir irgendwas Bestimmtes an Geburtstagen gemacht haben. Sie waren alle unterschiedlich. Missie hat ja erst einen erlebt, und da war sie noch 'n bißchen zu klein, um sich was zu wünschen." Er zögerte. „Ich glaub' aber, über 'nen Kuchen würd' sie sich schon freuen. Ich hab' außerdem letzten Samstag in der Stadt 'ne Kleinigkeit für sie gekauft. Wirklich nur 'ne Kleinigkeit, aber für so 'n kleines Ding bestimmt mal was anderes. Eine Geburtstagsgesellschaft brauchen wir ihr nicht einzuladen, glaub' ich. Sie wird auch so ihren Spaß haben."

Marty war erleichtert. Jetzt wußte sie also Bescheid. Sie dachte eine Weile nach. Dann nahm sie allen Mut zusammen, sah Clark geradewegs ins Gesicht und sagte: „Ich hab' gedacht, wie wenig ich doch im Grunde über Missie weiß. Wenn ich sie schon aufziehen soll, dann müßte ich sie doch eigentlich 'n bißchen besser kennen. Sie wissen doch, wie Kinder sind. Die fragen immer, wie's war, als sie noch klein waren, wie sie laufen und sprechen gelernt haben und wie niedlich und aufgeweckt sie gewesen sind und so. Missie fragt bestimmt auch mal danach, und dann muß ich ihr doch was sagen können. Außer ihrem Namen weiß ich aber so gut wie nichts über sie."

Zu ihrer Überraschung lachte Clark jetzt amüsiert. Sie hatte ihn noch nie lachen hören. Es klang erfrischend, doch sie konnte sich beim besten Willen nicht den Grund seiner Heiterkeit vorstellen. Lachend erklärte er ihr:

„Ja, und den wissen Sie noch nicht mal! Ihr richtiger Name ist nämlich Melissa. Melissa Ann Davis."

„Das ist aber 'n hübscher Name!" erwiderte Marty. „Ich werd' auch nicht bei meinem richtigen Namen gerufen. Eigentlich heiß' ich Martha, aber das mag ich nicht besonders. Alle haben mich immer Marty genannt, außer meiner Mutter, wenn sie böse auf mich war. Dann hieß ich Martha, laut und deutlich. Martha Lucinda –" Beinahe hätte sie „Claridge" gesagt, hatte sich aber gerade noch gefangen. „Aber erzählen Sie mir von Missie."

„Also, Missie ist am 3. November vor zwei Jahren zur Welt gekommen, um vier Uhr morgens."

Clarks Gesicht bekam einen versonnenen Ausdruck, als er jetzt über die Vergangenheit sprach. Marty dachte daran, wie Ma ihr von der großen Freude der jungen Eltern erzählt hatte.

Clark fuhr fort: „Sie war 'n winziges Bündel, ganz rot und runzelig. Den Kopf hatte sie voller dunkler Haare. Sie wuchs von Tag zu Tag und machte Fortschritte, und es dauerte gar nicht lange, da konnte sie gurren und lachen. Von Weihnachten an hatte sie das Sagen im Haus. Alles in allem hatten wir aber nicht viel Last mit ihr. Schon nach drei Monaten schlief sie die Nächte durch. Ich dachte schon, ich hätte 'nen richtigen Wonneproppen zur Tochter, da bekam sie mit fünf Monaten die ersten Zähne. Sie brüllte uns das ganze Haus zusammen. Zum Glück hat's nicht allzulange gedauert mit den Zähnchen, obwohl's uns wie 'ne halbe Ewigkeit vorkam. Na, jedenfalls war die ganze Tragödie bald überstanden, und es wurde wieder 'n bißchen ruhiger.

Als sie ein Jahr alt wurde, konnte sie schon 'n paar Worte sagen. Für so 'n kleines Persönchen war sie ziemlich aufgeweckt, und sie hat immer schon 'ne Vorliebe für hübsche Sachen gehabt. Deshalb hat sie auch wohl so 'nen Spaß an dem Kleidchen gehabt, das Sie ihr genäht haben.

Mit dem Laufen hat sie auch schon vor ihrem ersten Geburtstag angefangen, und nicht lange danach ging's dann mit dem Klettern los. Meine Zeit, vor ihr war aber auch gar nichts sicher! Eines Tages, da war sie noch ganz klein, hab' ich sie auf dem Weidenzaun gefunden, ganz oben drauf. Raufgeklettert war sie irgendwie, aber runter konnte sie nicht mehr. Da hing sie dann wie 'ne Katze in der Baumkrone!

Menschen hat sie auch immer schon gemocht. Sie hat die Nachbarn gern mit ihrem Geplapper unterhalten, und die hatten ihren Spaß an ihr. Je älter sie wurde, desto vernünftiger konnte man mit ihr reden.

Einmal brachte sie 'ne Blume ins Haus. Sie war ganz außer sich, so schön fand sie sie. Sie hatte sie draußen vom Rosenbusch gepflückt, und ihre kleinen Finger hatten dabei 'n paar Dornenkratzer abgekriegt. Aber das hat sie nicht mal gemerkt, so viel lag ihr daran, ihrer Mama die schöne Blume zu bringen. Ellen hat sie dann in ihrer Bibel gepreßt."

Clark hielt inne und sah gedankenverloren auf seine Kaffeetasse hinunter. Marty sah, wie er schluckte und seine Lippen sich bewegten, als ob er weitersprechen wollte, aber keinen Ton herausbringen konnte.

„Mehr brauch' ich nicht zu wissen, glaub' ich", sagte sie ruhig. „Jetzt weiß ich genug, das ich ihr später erzählen kann."

Sie suchte nach Worten, aber alles, was ihr einfiel, erschien ihr leer und unpassend. Stotternd fuhr sie fort:

„Ich weiß – wie weh's tut, ich mein' – die Erinnerungen, und überhaupt, wenn der Tag kommt, wo Missie nach ihrer Mama fragt, und da soll sie Bescheid wissen – dann soll sie die Geschichte von ihrem Pa selbst hören."

Marty stand auf, um Clark zu bedeuten, daß sie keine weiteren Einzelheiten mehr erwartete. Langsam trank er seinen Kaffee, während sie ihr Spülwasser aufsetzte.

Obwohl es draußen ziemlich kalt war, erklärte Clark, er würde jetzt auf das Feld gehen, das er im Frühjahr einsäen wollte, um ein paar Runden zu pflügen. Marty hoffte, daß sich das Wetter halten würde; nicht nur, damit er sein Feld gepflügt bekam, sondern auch, damit er den ganzen Tag weg sein würde.

Die Tage dieser Woche verstrichen langsam. Manchmal wurden sie Marty zu lang, aber sie war froh, daß ihr keine Zeit zur Muße blieb. Bei all dem Waschen, Putzen, Brotbacken und Kochen fand sie kaum noch Zeit für Missies Kleidchen. Stück für Stück entstanden aber dann doch niedliche kleine Kleidungsstücke auf ihrer Nähmaschine, und Missie geriet über jedes in helles Entzücken.

Außerdem arbeitete Mary heimlich an einer Strickerei. Missies Geburtstag stand ja nun kurz bevor, und sie hatte sich schon den Kopf darüber zerbrochen, was sie der Kleinen nur schenken konnte. Viel Auswahl hatte sie nicht; sie besaß keinen roten Heller, und ein Geschäft gab es ohnehin nicht in der Nähe. Dann war ihr die bunte Wolle eingefallen, die Clark für sie aus der Stadt mitgebracht hatte. Abend für Abend, nachdem sie den letzten Handgriff in der Küche getan hatte, zog sie sich nun in ihr Zimmer zurück, und während Missie in ihrem Bettchen schlief, klapperten ihre Stricknadeln emsig. Bis Donnerstag hatte sie keine Zeit mehr zu verlieren. Wenn sie sich dann endlich schlafen legte, war sie viel zu müde, um lange an Clem zu denken. Ihr letzter Gedanke war immer, wie schön es wäre, wenn er in dem großen Bett neben ihr läge und wie sehr sie sich nach seiner Wärme sehnte, aber ihre bleischweren Glieder forderten Schlaf, und oft war sie sogar zu erschöpft zum Weinen.

Ein kalter und windiger Donnerstag zog übers Land. Auch heute war Clark entschlossen, zum Pflügen zu gehen, obwohl Marty ihn gewarnt hatte, daß er sich bei diesem Wetter leicht erkälten könnte. Er ließ sich jedoch nicht von seinem Vorhaben abbringen und machte sich an die Arbeit. Marty fragte sich im stillen, ob ihm wohl genausoviel daran lag, die Tage außer Haus zu verbringen wie ihr.

Nach dem Essen hielt Missie wie gewöhnlich ihren Mittagsschlaf, und Marty suchte sich die Zutaten für Missies Geburtstagskuchen zusammen. Inzwischen hatte sie dank Mas Rezepten mehr Erfahrung im Backen, und sie fühlte sich längst nicht so unsicher wie noch vor kurzem. Heute hatte sie das Feuer im Herd gewissenhaft im Auge behalten. Es durfte weder zu stark noch zu schwach brennen.

Erleichtert atmete sie auf, als sie eine Stunde später den duftenden Kuchen mit seiner goldenen Kruste aus dem Ofen holte. Der Wind blies jetzt heftiger, und Marty machte sich Sorgen um Clark. Was in aller Welt würde sie nur tun, wenn er krank würde und gepflegt werden müßte? Dieser Starrkopf von einem Mann! Wenn er doch nur seine Gesundheit nicht so aufs Spiel setzen wollte! Am besten würde sie die Kaffeekanne auf dem Herd warmhalten, damit er sich gleich eine Tasse eingießen konnte, wenn er ins Haus kam. Sie würde alles tun, beschloß sie, damit er nur ja nicht krank würde. Sie wußte ja nicht einmal, wie man die Stallarbeit anfing. Überhaupt war sie noch nie im Stall gewesen, stellte sie fest. Manche Farmersfrau übernahm das Melken und vielleicht sogar das Schweinefüttern. Clark hatte ihr nicht einmal das Versorgen der Hühner übertragen. Vielleicht hatte er ja erwartet, daß sie das von sich aus tun würde, aber das war ihr eben nie in den Sinn gekommen. Sie war so durcheinander gewesen, als sie auf die Farm gekommen war, daß sie ihn nie danach gefragt hatte. Nun, vielleicht würde sie ihn morgen beim Frühstück fragen. Sie war mehr als bereit, ihren Teil an Arbeit zu übernehmen.

Auf einmal hörte sie das Gespann einfahren und sah besorgt aus dem Fenster.

„Er sieht ja halb erfroren aus!“ murmelte sie und schob die Kaffeekanne in die Mitte der Herdplatte.

Clark kam in die Küche und stellte sich an den Herd, um seine starken Hände in der Wärme über der Herdplatte zu reiben. Marty goß ihm eine Tasse dampfenden Kaffee ein und stellte die Sahne auf den Tisch. Dazu holte sie ihm ein paar Scheiben Rosinenbrot und den Honigtopf.

Er sah ihr schweigend vom Herd aus zu, wie sie alles an seinen Platz stellte.

„Setzen Sie sich denn nicht dazu?" fragte er schließlich. „Ich trink' meinen Kaffee nicht gern allein."

Marty sah ihn überrascht an, antwortete aber ruhig: „Sie sind doch derjenige, der den Kaffee braucht. Sie sind bestimmt völlig durchgefroren bei dem Wind da draußen. Sie können sich freuen, wenn Sie sich keine gehörige Erkältung dabei geholt haben. Hier, trinken Sie Ihren Kaffee, bevor er kalt wird!"

Ein Vorwurf hatte in ihrer Stimme geschwungen, aber Clark schien trotzdem amüsiert zu sein. Er lächelte fast unmerklich und setzte sich gehorsam an den Tisch. Die Frauen waren doch alle gleich. Als ob er aus Zucker wäre! Schmunzelnd entgegnete er: „Vielleicht haben Sie recht, aber Sie waren schließlich auch den ganzen Tag auf den Beinen. Kommen Sie, setzen Sie sich! Sie machen sich zuviel Arbeit, glaub' ich."

„Nein", wehrte Marty energisch ab. „Nein, ich mach' mir nicht zuviel Arbeit. Ich arbeite bloß lieber, als in der Ecke zu sitzen und zu jammern. Aber – na, 'ne Tasse Kaffee könnte vielleicht wirklich nicht schaden. Bei dem Heulen von dem Wind da draußen gefriert einem fast das Blut in den Adern, obwohl's doch hier so schön warm ist."

Sie goß sich eine Tasse ein und setzte sich zu Clark an den Tisch. Nachdem er seine Tasse geleert hatte, sagte er, daß er mit dem Pflügen heute eher aufgehört hätte, um das letzte Gemüse aus dem Garten in den Keller zu schaffen. Draußen sähe es nach Sturm aus. Kurz darauf war er wieder aus dem Haus.

Marty wandte sich wieder ihrem Geburtstagskuchen zu. Er sollte ganz besonders schön werden, und so strengte sie ihre Phantasie an, ihn möglichst bunt zu verzieren. Als sie fertig war, betrachtete sie ihr Werk von allen Seiten. Zugegeben, es hatte wenig Ähnlichkeit mit dem Backwerk aus der Konditorei, aber sie hatte ihr Bestes gegeben. Schließlich stellte sie den Kuchen in den Schrank.

Dann überlegte sie, was sie zum Abendessen kochen würde. In dem Moment hörte sie Missie vom Schlafzimmer her und ging, um die Kleine zu holen.

„Na, Missie, hast du gut geschlafen? Komm zu Mama!" sagte sie.

Als sie dieses Wort zum ersten Mal ausgesprochen hatte, hatte es so fremd und ungewohnt geklungen, daß sie es seitdem vermieden hatte. Jetzt erschien es ihr schon etwas vertrauter, obwohl es ihr immer noch nicht leicht über die Lippen ging.

Als sie die Kleine jetzt aus ihrem Bettchen hob, spürte sie, wie ihr eigenes Kind mehr und mehr Platz beanspruchte. Sie war froh, daß sie ihre neuen Kleider reichlich mit Falten und Kräuseln versehen hatte. Ihre alten waren ihr bestimmt jetzt schon zu eng geworden.

Missie holte schnell ihre Schuhe hervor, und Marty trug das Kind samt den Schuhen in die Küche. Im Schlafzimmer war es inzwischen recht kühl geworden. Marty schüttelte sich bei dem Gedanken an den kalten Winter, der vor der Tür stand. Wie froh war sie, jetzt nicht in ihrem Planwagen wohnen zu müssen!

Sie gab Missie eine Tasse Milch und eine Scheibe Rosinenbrot und wandte sich wieder den Vorbereitungen für das Abendessen zu.

Clark beeilte sich mit der Gartenarbeit und erledigte die Stallarbeit etwas früher als sonst. Marty spürte ihm eine Vorfreude ab, die sie noch nie an ihm gesehen hatte. Sie wußte, daß es ihm nicht leicht gefallen war, diesen Tag ohne Ellen begehen zu müssen, aber jetzt freute er sich doch um Missies willen.

Nach dem Abendessen ging Marty an den Küchenschrank und holte den Kuchen heraus. Missie betrachtete ihn mit großen Augen. Sie wußte nicht, was das alles zu bedeuten hatte.

„Oh, fein! Gut!“ rief sie dann aus und klatschte in die Hände.

„Das ist Missies Geburtstagskuchen“, erklärte ihr Papa. „Missie hat heute Geburtstag. Missie war ein Jahr alt“ – und er hielt den Daumen in die Luft – „und jetzt ist Missie zwei Jahre alt.“ Sein Zeigefinger gesellte sich zu dem Daumen.

„Siehst du, Missie? Zwei Jahre. Komm, Pa zeigt's dir.“

Er nahm ihre kleine Hand in die seine und half ihr, Daumen und Zeigefinger in die Luft zu halten.

„Missie, jetzt bist du zwei Jahre alt.“

„Zwei – Jahre?“ wiederholte Missie.

„Ja, genau!“ lachte ihr Papa. „Zwei Jahre, und jetzt essen wir alle ein Stück von Missies Geburtstagskuchen.“

Marty schnitt den Kuchen an und gab jedem ein Stück auf den Teller. Sie war überrascht, wie gut er geraten war. Plötzlich mußte sie wieder an ihre mißlungenen Brötchen denken. Inzwischen konnten sich ihre Backwaren dank Mas Rezepten und ihrer gesammelten Erfahrungen sehen lassen. In drei Wochen hatte sie doch beträchtliche Fortschritte gemacht.

Als alle ihren Kuchen aufgegessen hatten – Clark sein zweites Stück –, wollte Marty das Geschirr zum Aufwaschen abräumen, aber Clark schlug vor, Missie solle zuerst ihre Geburtstagsgeschenke auspacken. Marty stimmte gern zu. Auch sie war gespannt darauf, wie die Kleine reagieren würde.

Clark ging zum Schuppen und kehrte mit einem kleinen Karton zurück. Dann hob er Missie aus ihrem Stühlchen und reichte ihr den Karton.

„Für Missie zum Geburtstag!“ erklärte er.

Missie drehte sich um und schaute fragend den Kuchen an. Ob der Karton dafür gedacht war?

„Guck mal rein, Missie!“ sagte Clark. „Guck mal in den Karton! Missie kriegt heute ein Geschenk.“

Er half ihr, den Karton zu öffnen. Sprachlos starrte Missie hinein. Clark griff in den Karton, brachte ein buntes Etwas zum Vorschein und stellte es aufrecht auf den Boden. Er zog es auf, und als er es losließ, begann es, sich zu drehen und herumzuwirbeln.

Missie schlug vor lauter Verwunderung die Hände zusammen. Als der Kreisel endlich stehenblieb, schob sie ihn ihrem Pa zu und sagte: „Noch mal!“, und Clark zog ihn erneut auf.

Marty sah dem Spiel eine Weile zu, bevor sie sich wieder dem Geschirr zuwandte. Plötzlich fiel ihr ihr eigenes Geschenk für Missie ein. So aufregend wie Clarks war es ja nun nicht, dachte sie, als sie es aus dem Schlafzimmer holte. Vielleicht würde es Missie nicht einmal gefallen. Nun, sie hatte sich alle Mühe damit gegeben, und mehr konnte sie nicht tun.

„Missie“, sagte sie zu der Kleinen, „ich hab’ auch ’n Geschenk für dich.“

Clark sah auf.

„Da bin ich aber platt“, murmelte er. „Missie, guck mal, was deine Mama dir gemacht hat!“

Marty kniete sich vor das kleine Mädchen und legte ihr das Umschlagtuch, an dem sie Abend für Abend gearbeitet hatte, um die Schultern. Es war aus himmelblauer Wolle gestrickt und mit winzigen rosafarbenen Blüten und Knospen besetzt. Den Rand hatte sie mit langen Fransen eingefaßt, die es der Kleinen besonders angetan hatten.

„Oooh!“ sagte sie freudestrahlend. „Oh, Mama!“

Es war das erste Mal, daß sie sie Mama genannt hatte, und Marty mußte schlucken. Schnell machte sie sich an dem Tuch zu schaffen und strich eine unsichtbare Falte glatt.

Plötzlich spürte sie Clarks Blick auf sich gerichtet. Auf seinem Gesicht spiegelte sich Überraschung und Verwunderung. Marty sah befangen an sich hinunter und entdeckte zu ihrem großen Schreck den Grund seines Erstaunens. Als sie sich vor Missie auf den Boden gekniet hatte, hatte sie sich auf ihren Kleidersaum gekniet, so daß der Stoff sich straff über ihren wachsenden Leib gespannt hatte. Mit rotem Kopf stand sie hastig auf.

„So, jetzt hab ich's endgültig verraten!" dachte sie bestürzt. Nun, sie hätte ihr Geheimnis ohnehin nicht mehr lange hüten können. Außerdem hatte sie keinen Grund, sich zu schämen. Schließlich trug sie Clems Baby unter ihrem Herzen, und Clem war ihr rechtmäßiger Ehemann gewesen. Es war nicht ihre Schuld, daß Clem tot war und die Geburt seines Kindes nicht mehr erleben durfte. Trotzdem wäre es ihr am liebsten gewesen, wenn dieser fremde Mann, der sie in seinen Haushalt geholt hatte, nichts von ihrem Baby erfahren hätte, bis es zur Welt gekommen und alles überstanden war. Aber jetzt war es halt geschehen, und niemand konnte es wieder rückgängig machen. Er wußte also Bescheid, und alles Kopfzerbrechen war zwecklos.

Sie setzte ihr Spülwasser auf, während Clark sich wieder mit Missie beschäftigte.

Werdende Mutter

Am nächsten Morgen fegte ein scharfer, eisiger Nordwind dunkle Wolken über das Land. Die Pferde standen dicht aneinandergedrängt auf der Koppel, und die Kühe hatten im Stall Schutz vor dem unbarmherzigen Wetter gesucht. Nur ein paar vorwitzige Hühner hatten sich aus dem Hühnerstall gewagt, aber auch sie hielt es nicht lange draußen im Gehege. Als Marty sie vom Fenster aus beobachtete, fiel ihr wieder ihr Entschluß ein, Clark zu fragen, ob das Versorgen der Hühner zu ihren Aufgaben gehörte.

„Aber, du liebe Zeit“, dachte sie, „dann hab' ich mir ja 'ne feine Zeit zum Anfangen ausgesucht!“

Als Clark vor dem Frühstück wie gewöhnlich das Morgengebet sprach, dankte er seinem Gott, daß Mensch und Vieh ein Dach über dem Kopf hatten und durch Gottes Güte die Kälte des Winters nicht zu fürchten brauchten. „... und durch die Schufterei dieses Mannes“, fügte Marty in Gedanken hinzu. Im Grunde stimmte sie jedoch seinem Gebet zu. Sie war tatsächlich dankbar, daß der Winter ihr jetzt nicht mehr viel anhaben konnte.

Marty hatte sich schon gefragt, wie in aller Welt sie diesen Tag mit Clark im Haus hinter sich bringen sollte, da sorgte er für eine Überraschung.

„Ich fahr' gleich in die Stadt“, kündigte er an. „Brauchen Sie irgendwas?“

„Aber ... aber heut' ist doch erst Freitag!“ stotterte Marty.

„Ja, ich weiß, aber ich hab' noch was Dringendes zu erledigen, und wenn's bald 'nen Sturm gibt, sitzen wir womöglich wochenlang fest.“

Sein Vorhaben erschien Marty mehr als gewagt. Dieses Mal würde er sich bestimmt eine schlimme Erkältung holen. Irgendwie hatte er es beim letzten Mal geschafft, den Folgen seines Leichtsinns zu entrinnen, aber das konnte ihm unmöglich ein zweites Mal gelingen. Doch ausreden würde sie es ihm wohl kaum können, diesem Dickkopf. Wenn er sich einmal etwas vorgenommen hatte, waren alle Worte überflüssig. Es war doch immer das gleiche mit den Männern. Sie seufzte und stand vom Tisch auf, um ihre Einkaufsliste durchzugehen.

Clark brütete über seiner Kaffeetasse. Schließlich sah er auf und sagte: „Als Mann sieht man wohl nicht, was 'ner Frau gleich aufgefallen wär'. Ich hatte ja keine Ahnung, daß Sie 'n Kind erwarten."

Marty heftete ihre Augen auf die Liste. Sie wollte seinem Blick auf keinen Fall begegnen.

„Tut mir aufrichtig leid, daß ich's nicht gemerkt hab'. Ich hätt' Ihnen sonst 'n paar von den schwereren Arbeiten abgenommen. Von jetzt an sagen Sie mir Bescheid, wenn Sie Waschwasser und dergleichen brauchen."

„Wie albern!" dachte Marty. „Wenn dieses Kind überhaupt an so was Schaden nimmt, dann ist das längst geschehen."

Sie schwieg jedoch weiter. Clark fuhr fort: „Wir haben jede Menge frische Milch im Haus. Das werden Sie hoffentlich ausnutzen. Wenn ich Ihnen sonst irgendwie helfen kann, sagen Sie's mir."

Er machte eine Pause, bevor er weitersprach. „Da ich heut' sowieso in die Stadt komm', dachte ich, Frau McDonald könnte Ihnen vielleicht 'n Paket mit Stoffen und Garn für das Kind fertig machen. Wenn Sie was Bestimmtes haben wollen, schreiben Sie's nur auf die Liste dazu."

Marty sagte noch immer kein Wort. Sie hatte nicht einmal darüber nachgedacht, was sie dem Neugeborenen anziehen würde. Bis dahin war noch so viel Zeit – aber wenn sie sich's recht überlegte, hatte der Mann recht. Eine Säuglingsausstattung vorzubereiten nahm schließlich Wochen und Monate in Anspruch.

„Danke", sagte sie schließlich. „Frau McDonald weiß bestimmt viel besser als ich, was ich brauch'." Sie reichte ihm die Einkaufsliste.

Besorgt schaute sie aus dem Fenster. Ein Sturm konnte manchmal ohne jede Vorwarnung hereinbrechen, hatte sie gehört, und bei dem Gedanken, daß Clark dann gerade unterwegs war, wurde ihr doch etwas mulmig zumute. Er schien ihre Gedanken zu lesen.

„Bis in die Stadt und zurück schaff' ich's allemal", sagte er, „und wenn's doch 'nen Sturm gibt, dann kann ich immer noch bei Nachbarn auf dem Weg Unterschlupf finden."

„Ja, aber das Vieh?" stotterte Marty. „Ich weiß ja noch nicht mal, wo das Futter ist und alles."

Clark wandte sich um und sah ihr offen ins Gesicht. „Wenn's tatsächlich Sturm gibt und ich bei Nachbarn bleiben muß, dann gehen Sie mir keinen Schritt aus dem Haus. Haben Sie gehört?"

Oh ja, Marty hatte gehört. Laut und deutlich genug hatte er sich ja ausgedrückt.

„Machen Sie sich keine Sorgen um die Hühner und Schweine. Nicht mal die Milchkühe. Nichts, gar nichts ist so wichtig, als daß ich Sie dann rausschicken würde."

„Na schön", dachte Marty, „ich bleib' also im Haus. Deswegen braucht er sich doch nicht gleich aufzuregen!" So aufgebracht hatte sie Clark noch nie erlebt. Sie war regelrecht verblüfft.

Er stand auf, knöpfte seine gefütterte Jacke zu und zog seine Handschuhe hervor. Dann zögerte er. „Heut' wäre vielleicht 'ne gute Gelegenheit, eine Steppdecke anzufangen. Der Kleine wird 'ne warme Decke brauchen."

„Das stimmt!“ dachte Marty. „Das wird er tatsächlich.“

„Zur Stallarbeit bin ich wieder da!“ rief Clark von der Tür her. Dann wandte er sich um und sagte ruhig: „Ich freu’ mich aber für Sie, daß er Ihnen ’n Kind zur Erinnerung gelassen hat.“

Rücksichtsvoll und fürsorglich

Zu Martys großer Erleichterung kam Clark tatsächlich rechtzeitig zur Stallarbeit zurück. Inzwischen wirbelten die ersten Schneeflocken zur Erde. Clark ging sofort in den Stall, um Dan und Charlie zu versorgen.

„Um die Pferde ist er mehr besorgt als um sich selbst!" murmelte Marty, die ihn vom Küchenfenster aus kommen gesehen hatte. Sie ging auf den Herd zu und schob die Kaffeekanne mit warmem Kaffee in die Mitte der Herdplatte, damit er schnell heiß wurde.

Missie hatte auf dem Fußboden gespielt. Als sie Bobs Begrüßungsgebell hörte, sprang sie auf.

„Vati tommt!" rief sie aufgeregt.

Marty mußte lächeln. Missie nannte ihn Vati, obwohl Clark sich selbst immer Pa nannte. Ellen hatte ihn sicher als Vati bezeichnet, dachte sie. Nun, um Ellens willen würde auch sie Missie gegenüber von ihm als Vati sprechen.

Bald darauf kam Clark mit vom Wind gerötetem Gesicht und einem Arm voll Päckchen ins Haus. Missie tanzte stürmisch um ihn herum. „Vati, Vati!" rief sie dabei ein ums andere Mal.

Clark erwiderte ihren Gruß, und nachdem er seine Ladung abgelegt hatte, hob er die Kleine mit seinen starken Armen hoch. Als sie ihm die Wange tätschelte, rief sie: „Vati talt!"

„Am besten wärmen Sie sich erst mal auf, bevor Sie wieder in den Stall gehen!" sagte Marty und schenkte ihm eine Tasse Kaffee ein.

„Gute Idee!“ erwiderte er und zog seine schwere Jacke aus, um sie in der Nähe des warmen Ofens aufzuhängen, bis er sie wieder brauchen würde. Er wärmte sich kurz die Hände über der Herdplatte und setzte sich dann an den Tisch. Marty goß etwas Sahne in seinen Kaffee und stellte die Tasse vor ihn hin.

„Das große Bündel da ist für Sie“, sagte Clark. „Frau McDonald hat sich gleich ans Werk gemacht. Hat wohl gemeint, ich wär' der stolze Papa. Ich hab' mir gesagt, 's geht sie eh nichts an und hab' zunächst nichts darauf erwidert.“

Er nahm ein paar Schlucke von seinem Kaffee. Martys Gedanken überschlugen sich.

„Er und der stolze Papa? Wie kann die das bloß denken? Wir sind ja nicht mal richtig verheiratet. – Aber das kann Frau McDonald ja nicht wissen.“ Schamröte stieg ihr in die Wangen.

Clark fuhr fort. „Später hab' ich dann aber gedacht, vielleicht hätt' ich doch besser was gesagt. Also bin ich zurück. ‚Frau McDonald‘, hab' ich gesagt, ‚'s stimmt schon, daß meine Frau 'n Kind erwartet, und ich werd's auch wie eins von meinen behandeln, aber der Vater war ihr erster Mann, und daran liegt ihr wohl 'ne Menge. Ich möchte nicht, daß die Leute einen falschen Eindruck kriegen!‘“

Clark leerte seine Tasse.

„So, jetzt muß ich aber los.“ Er nahm seine Jacke von der Wand und war schon zur Tür hinaus, bevor Marty überhaupt etwas erwidern konnte.

Er hatte ein Einsehen gehabt und war doch tatsächlich in den Laden zurückgegangen, um Frau McDonalds Irrtum aufzuklären. Er wußte ja, daß sie ein ausgesprochen fleißiges Mundwerk hatte. In zwei Tagen würde die ganze Umgebung über das kommende Baby Bescheid wissen. Und Clark hatte gespürt, wie sehr ihr daran lag, daß ihr Kind als Clems Sohn bekannt wurde. Während sie nun die neuen Vorräte in die Schränke stellte, versuchte sie, Klarheit in ihre verwirrten Gedanken zu bringen.

Als sie endlich mit dem Einräumen fertig war, wandte sie sich voller Vorfreude ihrem Stoffbündel zu. Sie beschloß, es auf ihrem Bett zu öffnen. Es war kühl in dem Schlafzimmer, und sie zitterte ein wenig, als sie das Bündel auspackte.

Die Krämerfrau hatte sich selbst übertroffen. Marty standen Mund und Augen vor Staunen offen, als sie die vielen zarten Stoffe erblickte. So viele Sachen konnte doch ein Neugeborenes unmöglich brauchen! Ihre Wangen röteten sich vor Freude bei dem Gedanken an die vielen Tage und Abende, an denen sie an den winzigen Jäckchen und Mützchen arbeiten konnte. Wenn sie doch nur jemanden hätte, dem sie ihren Schatz zeigen konnte! Ob Missie wohl ihre Freude teilen würde? Nein, damit wartete sie am besten noch eine Weile. Die Monate bis zur Ankunft des Säuglings würden der Kleinen nur zu lang werden. Ach, wenn Clem diese Sachen nur sehen könnte! Eine heiße Träne rann über Martys Wange. Schnell wischte sie sie mit dem Handrücken ab. Würde dieser Schmerz denn nie nachlassen?

Als Clark zum Abendessen wieder ins Haus kam, fröstelte ihn sichtlich trotz seiner gefütterten Jacke. „Ist mächtig kalt geworden in den letzten paar Stunden“, sagte er. „Das macht der Wind.“

Bevor er sich an den Tisch setzte, zündete er ein Feuer im Kamin im Wohnzimmer an.

„Wird langsam Zeit, daß wir nicht bloß im Küchenherd 'n Feuer haben“, erklärte er.

Als er vor dem Essen das Gebet sprach, bat er seinen Gott, doch heute abend ganz besonders bei denjenigen zu sein, „die's nicht so gut haben wie wir.“ Marty mußte an ihren Planwagen mit dem zerborstenen Rad denken. Sie schauderte bei der Vorstellung, sich jetzt inmitten von

Wind und Schnee in dem luftigen Wagen unter ihren wenigen Decken zusammenkauern zu müssen.

Nach dem Essen ging Clark wieder an den Kamin, um ein paar Holzscheite nachzulegen, und Missie suchte sich ihr Spielzeug zusammen, um sich damit auf dem Teppich vor dem Kamin niederzulassen.

Marty wusch derweil das Geschirr ab. Sie fühlte sich durch und durch warm und geborgen, mußte sie zugeben. Draußen heulte und pfiff der Wind, doch in dem festgebauten Haus konnte er ihr nichts anhaben.

Es war noch recht früh am Abend. Marty brannte darauf, sich endlich an die Nähmaschine setzen zu können, aber dann fiel ihr ein, wie kühl es in ihrem Zimmer sein würde. Während sie ihre Spülschüssel ausleerte und sie an die Wand hängte, überlegte sie, wie sie sich da nur helfen konnte. In dem Moment sprach Clark sie an.

„In Ihrem Zimmer wird's jetzt wohl ziemlich kalt sein. Hätten Sie Ihre Nähmaschine lieber hier im Wohnzimmer? Genug Platz haben wir ja."

Marty sah ihn an und sagte langsam: „Stört es Sie denn nicht, wenn Sie sie dann dauernd sehen müssen?"

Seine Antwort war ehrlich. Er wußte, daß sie ihn verstehen würde. „Ja, gelegentlich wird's das wohl. Aber mit der Zeit wird's leichter werden, und außerdem wär's glatter Unsinn, die Maschine nicht an einen Platz zu stellen, wo sie auch benutzt werden kann. Ich werd' mich schon dran gewöhnen." Ohne weitere Fragen abzuwarten, drehte er sich um und machte sich an die Arbeit.

Sie kam sich schon beinahe ein wenig selbstsüchtig vor, als sie sich jetzt über die Aussicht freute, in einer warmen Stube nähen zu können. Wenn das Schicksal sie auch durch unerfreuliche Umstände hierher verschlagen hatte, so hätte sie es wesentlich schlechter treffen können.

Und immer noch plagte sie die Sehnsucht nach Clem. Wie gern hätte sie auf das warme Zimmer, die nagelneue

Nähmaschine und die reichhaltige Kost verzichtet, wenn nur ihr Clem noch lebte! Doch sie durfte nicht ungerecht sein. Sie mußte sich eingestehen, daß dieser Mann, dessen Namen und Zuhause sie jetzt teilte, auch seine guten Eigenschaften hatte. Daß er harte Arbeit nicht scheute, hatte sie sehr bald herausgefunden, aber heute hatte sie mehr an ihm entdeckt: Eigenschaften wie Rücksicht und Fürsorglichkeit. Er hatte sie nicht mit ihren Aufgaben überfordert. Sie sollte Missies Mama sein, mehr nicht. Sogar ihre kläglichen Kochkünste hatte er wortlos hingenommen. Nein, entschied sie, so schwer das Leben auch für sie gewesen war, so hätte es doch noch beträchtlich schlimmer kommen können.

Dann richtete sie ihre gesamte Aufmerksamkeit auf ihre Näherei. Missie würde sie noch eine Weile spielen lassen, bevor sie sie ins Bett brachte.

Clark machte es sich mit einem von seinen neuen Büchern im Sessel bequem. Marty breitete ein Schnittmuster aus, das Frau McDonald ihr glücklicherweise dazugelegt hatte. Solch winzige Kleidung hatte sie nämlich noch nie genäht, und ohne das Schnittmuster wäre sie verloren gewesen. Am besten schnitt sie den Stoff auf dem Küchentisch zu, dachte sie; da hatte sie genügend Platz.

*

Unendlich langsam verging der November. Stürme kamen und gingen. Eine hohe Schneedecke hatte sich über die Felder gelegt, und an den Zäunen entlang lag manche trügerische Schneewehe aufgetürmt. Hin und wieder legte sich der scharfe Wind, um der Sonne zu weichen, aber selbst dann erwies sich der Frost als unbezwingbar.

Auf dem kleinen Gehöft ging es wegen des Wetters jetzt geschäftig zu. Es gab noch eine Menge Arbeit zu erledigen. An den klaren Tagen nahm Clark das Gespann mit in den Wald, um Holz für das kommende Jahr zu fällen. Während der stürmischen Tage verbrachte er manchmal mehrere Stunden im Stall, um die unruhigen Tiere zu besänftigen.

Auch Marty hatte alle Hände voll zu tun. Missie, der Haushalt, Brotbacken, Flicken, Waschen und Bügeln – ihre Aufgaben erschienen ihr geradezu ohne Ende, und doch war sie dankbar, daß diese langen Tage randvoll mit Arbeit ausgefüllt waren.

Abends saß sie beglückt an der Nähmaschine und setzte sorgfältig Stich neben Stich. Die kleine Decke, die sie begonnen hatte, hatte sie vorerst beiseite gelegt. Damit hatte es schließlich keine Eile. Sie wollte lieber die Zeit, die ihr blieb, für die Vorbereitungen für ihr Baby nutzen.

Es war ihr aufgefallen, daß Clark von dem Kind als „er" gesprochen hatte. Sie wußte natürlich, daß es genausogut ein Mädchen werden könnte, aber in ihrem Herzen rechnete sie doch fest mit einem Jungen.

Einen Namen hatte sie sich auch schon ausgedacht: Claridge Luke; Claridge wie sein Vater und Luke nach seinem Großvater. Wie stolz würde ihr Vater sein, wenn er erfuhr, daß er einen Enkelsohn hatte, der seinen Namen trug! Aber das würde bis zum Frühjahr warten müssen, wenn der erste Wagentreck in Richtung Osten loszog und sie ihren Sohn und Missie mit sich nach Hause nehmen würde.

Bei dem Gedanken, Missie aus ihrer gewohnten Umgebung herausreißen zu müssen, war ihr inzwischen recht unwohl zumute. Sie sah ja, wie sehr Clark an seiner kleinen Tochter hing, und fragte sich ernsthaft, ob er es fertigbringen würde, Missie dann ziehen zu lassen. Marty selbst hatte die Kleine auch schon ins Herz geschlossen. Es klang ihr kaum noch fremd, von sich selbst als Missies Mama zu sprechen. Von Tag zu Tag freute sie sich mehr über die Gesellschaft der Kleinen. Sie lachte herzlich über ihre possierlichen Spiele, lobte sie gebührend für jedes neue Wort, das sie lernte, und berichtete sogar Clark manchmal abends von ihren Erlebnissen mit Missie.

Ohne daß sie es bemerkt hatte, war ihr das kleine Mädchen ans Herz gewachsen. Sie konnte kaum das neue Jahr erwarten; dann, so hatte sie sich vorgenommen, wollte sie sie in das Geheimnis um das kommende Baby einweihen. Bestimmt würde sich die Kleine begeistert mit ihr freuen. Doch vorerst nahm Marty noch jeden Tag, wie er kam, ohne innezuhalten und sich Gedanken über die Zukunft zu machen. Sie war froh um jeden Tag, der verstrichen war und den sie hinter sich lassen konnte wie einen alten, ausgedienten Schuh am Wegrand des Lebens.

Als der November zu Ende ging, fiel Marty plötzlich auf, daß Clark in der letzten Zeit ungewöhnlich oft in die Stadt gefahren war, besonders für diese Jahreszeit. Vorräte brauchten sie doch eigentlich vorläufig nicht; manchmal kam er auch nur mit wenigen Einkäufen zurück. Gelegentlich hatte er sogar den Wagen zu Hause gelassen und war zu Pferd losgeritten. Zuerst hatte Marty sich nichts weiter dabei gedacht, doch heute morgen beim Frühstück hatte sie sich doch wundern müssen. Clark hatte so beiläufig angekündigt, daß er ein paar Tage unterwegs sein würde. Das Wetter schien sich gerade für eine Weile zu halten, und er wollte diese Gelegenheit für eine Reise in die fernab gelegene Großstadt benutzen. Der junge Tom Graham würde heute abend kommen und über Nacht bleiben, um die Tiere für ihn zu versorgen. Wenn sich das Wetter doch verschlechtern sollte, würde Tom auch den nächsten Tag über hierbleiben, und sollte sie Hilfe brauchen, dann konnte sie sich über Tom an die Grahams wenden.

Seine Worte hatten Marty verwundert. Er war in den letzten beiden Wochen wirklich häufig unterwegs gewesen, und im Grunde ging es sie ja auch nichts an. Vielleicht suchte er neue Geräte aus oder Saatgut oder jemanden, dem er ein paar Schweine verkaufen konnte. Nun, das war seine Sache; sie hatte wirklich keinen Grund, sich den Kopf darüber zu zerbrechen. Tom würde sich schon um das Vieh kümmern. Somit war alles in bester Ordnung.

Trotz allem konnte sie sich einer gewissen Unruhe nicht erwehren, als Clark sich kurz darauf von Missie verabschiedete und sie ermahnte, ihrer Mama zu gehorchen und ein liebes Mädchen zu sein.

„Bis Samstag abend bin ich wieder da!" sagte er dann zu Marty und ging in den Stall, um Dan und Charlie anzuspannen. Als Marty dem Wagen nachschaute, bemerkte sie eine große Kiste auf der Ladefläche, in der ein paar Schweine in die Stadt mitreisten. Wie hatte er doch gesagt? „Wenn wir mehr Geld brauchen, können wir 'n Schwein verkaufen."

Marty grübelte. Was hatte das alles nur zu bedeuten? Bestimmt wollte er einen neuen Pflug oder Saatgut kaufen. Andererseits hatte sie ihn eine Menge Geld gekostet. Er hatte schließlich ihre Winterausstattung bezahlen müssen und die Strickwolle und obendrein all die Stoffe für ihr Baby. Ja, sie war ihn recht teuer zu stehen gekommen, das stand außer Zweifel.

Sie sorgte sich insgeheim, was eigentlich gar nicht ihre Art war, bis sie diese Gedanken schließlich energisch beiseite schob. Ach, wenn sie doch nur ein paar Stunden mit Ma verbringen könnte! Die würde schon Ordnung in ihren verwirrten Sinn bringen.

Tag für Tag verstrich die Zeit, wenn es ihr auch manchmal quälend langsam erschien. Hatte Ma nicht gesagt, daß die Zeit alle Wunden heilt? Sie war froh um jeden Tag, der vorbei war, und hoffte, daß ihr die Zeit während Clarks Abwesenheit nicht allzu lang werden würde.

Als er dann am Samstag endlich nach Hause kam, war Marty zu ihrer eigenen Überraschung erleichtert, als sie das Gespann in den Hof fahren hörte. Eigentlich hatte sie doch keinen Grund, so erleichtert zu sein. Der junge Tom hatte das Vieh gut versorgt, dessen war sie ganz sicher, und sie hatte seine Gesellschaft genossen. Nach dem Abendessen hatte er mit Missie gespielt und ihr ihr neues Buch ein ums andere Mal vorgelesen. Er war mächtig stolz darauf, daß er – wie jedes von Mas Kindern – lesen konnte, und sonnte sich geradezu in Missies Bewunderung. Missie kannte ihr Bilderbuch inzwischen in- und auswendig, aber das hinderte sie nicht daran, immer wieder darum zu betteln, es noch einmal vorgelesen zu bekommen.

Während Clarks Abwesenheit war also alles reibungslos verlaufen, so daß sie sich ihre Erleichterung beim besten Willen nicht erklären konnte. Vielleicht verfolgte sie ein leicht dahingesagtes letztes Lebewohl von Clem in den Tiefen ihrer Erinnerung.

Beim Anblick ihres Vatis geriet Missie in helle Begeisterung. Sie hatte ihn von ihrem Stühlchen am Fenster aus entdeckt. Marty sah, daß die Kiste auf der Ladefläche jetzt leer war, aber offensichtlich hatte Clark weder Geräte noch Saatgut gekauft. Lediglich ein paar kleinere Pakete lagen neben dem Kutschbock. Die beiden Pferde sahen erschöpft aus, als sie auf den Stall zutrotteten.

Auch Clark mußte mächtig müde sein, dachte sie, als sie ihn vom Wagen klettern und Dan und Charlie ausspannen sah. Sein Gang hatte wenig von seiner gewohnten Spannkraft. Vielleicht würde ihn eine heiße Tasse Kaffee etwas aufmuntern, dachte sie.

Den Kaffee hatte Marty längst gekocht und zum Warmhalten auf den Herd gestellt. Jetzt konnte sie endlich aufhören, ständig in der Küche auf und ab zu gehen und nach dem Gespann Ausschau zu halten, wie sie das den ganzen Nachmittag über unbewußt getan hatte. Nun konnte das Leben, so hoffte sie, wieder seinen gewohnten

Gang gehen. Zugegeben, es war alles andere als das, was sie sich immer erträumt hatte, aber wenigstens hatte es eine vertraute Regelmäßigkeit, und darin allein lag schon ein großer Trost.

Als Clark mit seinen wenigen Einkäufen die Küche betrat, begrüßte sie ihn mit einer dampfenden Tasse Kaffee.

Weihnachtsvorbereitungen

„Unser himmlischer Vater“, betete Clark am nächsten Morgen, „wenn wir jetzt in den kommenden Wochen an die Geburt deines Sohnes denken, gib du uns doch dankbare Herzen und hilf uns, anderen mit der Liebe zu begegnen, die er für uns gehabt hat.“

„Er meint wohl Weihnachten“, dachte Marty überrascht. „Meine Güte, bis dahin sind's ja bloß noch zwei Wochen, und ich hab's ganz und gar vergessen!“

Ihre Gedanken überschlugen sich geradezu, so daß der Rest des Gebets ungehört an ihr vorüberging und sie lange nach dem Amen noch immer mit geschlossenen Augen dasaß. Sie schrak erst auf, als Missie sie am Ärmel zupfte und ihr Frühstück haben wollte. Mit glühenden Wangen rührte sie in Missies Haferbrei und blies auf ihren Löffel, um den Brei abzukühlen, bevor sie ihn der Kleinen gab.

„Ehrlich gesagt“, wandte sie sich etwas später an Clark, „ich hab' noch gar nicht dran gedacht, daß bald Weihnachten ist.“

Clark schaute auf.

„Wird wohl nicht einfach für Sie sein. Wenn Sie das Fest dieses Jahr lieber nicht feiern wollen, dann lassen wir's einfach bei der Weihnachtsgeschichte und Missies gefülltem Weihnachtsstrumpf bewenden.“

Marty überlegte.

„Nein“, sagte sie schließlich. „So geht's auch nicht. Missie braucht ihr Weihnachten, und zwar 'n richtiges Weihnachten. Außerdem würde's uns auch nicht gerade schaden. Wir können uns ja nicht ewig mit Kummer und Seufzen aufhalten. Das tut Missie nicht gut, und uns auch nicht. Weihnachten ist 'ne gute Gelegenheit, mal alles Weh und Ach hinter uns zu lassen und nach was Frohem Ausschau zu halten, oder?"

Clark starrte sie verdutzt an. Eine bessere Predigt hätte ihm niemand halten können. Er brauchte ein Weile, bevor er ihr antworten konnte.

„Da ... da haben Sie natürlich recht. Und was haben Sie sich vorgestellt?"

„Ja, also –" Marty dachte nach. Wie hatte man in ihrem Elternhaus doch Weihnachten gefeiert? Die Weihnachtsgeschichte war nie vorgelesen worden, aber das würden sie in diesem Jahr zuallererst tun. Ihr Vater hatte immer eine gute Flasche Weinbrand aufgemacht, worauf sie verzichten würden. Davon abgesehen mußte es doch manches geben, das sie jetzt von ihren Eltern übernehmen konnte. Dieses Jahr war das erste Weihnachtsfest, das sie fern der Heimat verbringen würde – und gleichzeitig das erste, das sie selbst für andere gestaltete. Bei diesem Gedanken wurde ihr doch etwas bange zumute.

„Also, ich werd' mich gleich mal an die Weihnachtsbäckerei machen. Vielleicht hat Ma 'n paar besondere Rezepte, die sie mir leiht. Und dann soll's 'nen Weihnachtsbaum für Missie geben. Den stellen wir Heiligabend auf, nachdem sie schlafen gegangen ist, und dann schnüren wir Puffmais und buntes Papier zu Girlanden auf lange Fäden, und an die Fenster stellen wir Kerzen, und zum Essen gibt's eins von den fettesten Hähnchen. Und ich denk' mir was aus, was ich für Missie machen könnte ..."

Ihre Begeisterung war ansteckend. Auch Clark ließ sich von der weihnachtlichen Vorfreude anstecken.

„Nichts da, Hähnchen!" sagte er. „Ich geh' zu den Vikkers und kauf' uns 'nen richtigen Truthahn. Frau Vicker hat erstklassige Exemplare. Vielleicht fällt uns ja was ein, was wir Missie gemeinsam schenken könnten. Ich reit' gleich heute zu Ma rüber und hol' die Rezepte. Oder noch besser, es sieht so aus, als ob's heute mal nicht schneien wird. Soll ich Dan und Charlie anspannen, damit Sie selbst rüberfahren können?"

„Oh, darf ich das wirklich?" fragte Marty freudig überrascht. „Ich würd' furchtbar gern auf 'n paar Stunden zu Ma fahren, wenn's Ihnen nichts ausmacht!"

So war es also abgemacht, daß Marty zu den Grahams fahren würde, doch kurz darauf hatte Clark noch eine Idee. Wenn sie nichts dagegen hatte, würde er sie bei Ma abliefern und von da aus mit Missie zu den Vickers weiterfahren, um den Truthahn gleich abzuholen. Dann hatten sie das wenigstens schon erledigt, bis Weihnachten wurde. Und Missie würde die frische Luft auch nicht schaden.

Gesagt, getan. Marty beeilte sich mit dem Abwasch, während Clark das Gespann holte. Sie packte Missie warm ein und zog selbst ihren neuen Mantel an. Heute trug sie ihn zum ersten Mal, und als sie an sich hinuntersah, mußte sie schmunzelnd feststellen, daß es wohl auch vorläufig zum letzten Mal sein würde. Zwei von den Knöpfen weigerten sich standhaft, sich schließen zu lassen. „Also schön", seufzte sie und nahm ihr Schultertuch vom Haken, „dann muß ich halt den Rest von mir hiermit warmhalten."

Die Zeit bei Ma verging wie im Fluge. Die beiden Frauen studierten Backrezepte, und Marty wählte viel mehr aus, als sie in den kurzen Wochen vor Weihnachten je ausprobieren konnte. Dazu ließ sie sich von Ma auf das genaueste erklären, wie man einen Truthahn brät, denn dies war ihr erster Versuch. Während die beiden dann weihnachtliche Erinnerungen und Pläne für die kommenden Festtage austauschten, spürte Marty ein neues Interesse am Leben. Allzulange hatte sie geglaubt, das Kind, das in ihr heranwuchs, wäre das einzige Lebendige an ihr, sonst sei alles erstorben. Jetzt endlich, zum ersten Mal seit Monaten, regte sich ihre alte Lebenslust wieder.

Viel zu bald hörte sie das Gespann einfahren. Clark wurde auf eine Tasse Kaffee hereingebeten, bevor es wieder nach Hause ging. Er trug eine rotwangige Missie ins Haus. Die Kleine war schier außer sich vor Aufregung über ihren Ausflug und mußte jedem gleich von dem „Koller-Koller“ draußen im Wagen erzählen.

Marty konnte das Tier von draußen protestieren hören, daß man es so einfach von seinen Artgenossen fortgenommen hatte. Von jetzt an würde es sein Quartier im Hühnerstall aufschlagen, und bis kurz vor Weihnachten würde es auf das großzügigste mit Mais und allerlei anderen Leckerbissen verköstigt werden.

Missie tollte mit der kleinen Lou in der Stube umher, während die Erwachsenen ihren Kaffee tranken. Vor lauter Toben und Jauchzen vergaß sie ganz und gar, ihre Milch zu trinken.

Auf dem Heimweg wagte Marty eine Frage, über die sie eine Weile nachgedacht hatte. Sie zögerte ein wenig und suchte nach Worten.

„Glauben Sie ... ich mein', hätten Sie wohl was dagegen, wenn ich ... wenn wir die Grahams zum Weihnachtsessen einladen würden?“

„Was, alle?“ lautete die erschrockene Antwort.

„Ja, sicher. Ich weiß, die sind zu dreizehnt, und mit uns dreien sind's dann sechzehn. Wenn wir den Küchentisch ausziehen, passen acht dran: vier Erwachsene und die vier kleinsten Grahams. Missie sitzt auf ihrem Stühlchen. Da bleiben sieben von den Grahams-Kindern übrig. Denen stellen wir 'nen großen Tisch im Wohnzimmer auf, und Laura und Sally Anne können sie dann gut versorgen.“

Sie hätte weitergeredet, wenn Clark sie nicht mit einem Lachen und einer erhobenen Hand unterbrochen hätte.

„Momentchen mal! Sie haben sich also alles fix und fertig ausgedacht. Haben Sie Ma schon eingeweiht?“

„’türlich nicht!“ Es klang beinahe entrüstet. „Ich werd’ ihr doch nichts sagen, bevor ich Sie nicht gefragt hab’!“

Er warf einen Blick zu ihr hinüber. Seine Stimme wurde ernst.

„Na, ich weiß nicht.“ Er zögerte. „Scheint mir ’n ziemlich großes Vorhaben zu sein, ’n Weihnachtsessen für sechzehn Personen auf den Tisch zu bringen, und das in unserem kleinen Haus und obendrein in Ihrem Zustand.“

Marty wußte, daß sie jetzt um ihren Wunsch kämpfen mußte.

„Unsinn, das mit meinem Zustand! Mir geht’s so gut wie eh und je. Und das Essen, das mach’ ich, soweit’s geht, im voraus fertig, bevor’s eng wird im Haus. Ist kaum der Rede wert. Und wenn sie kommen, dann springen Ma und die Mädchen bestimmt ein und helfen, auch mit dem Geschirr. – Au, verflixt!“

Sie unterbrach sich und warf einen ängstlichen Blick auf Clark. „Das Geschirr! Haben wir überhaupt genug für so viele?“

„Ich weiß nicht, aber wenn Sie zu wenig haben, kann Ma ja welches von ihrem mitbringen.“

„Prima!“

Sie lächelte im stillen. Er hatte also so gut wie erlaubt, daß sie kamen. Zugegeben, sie hatte ihn mit dem Geschirr ein wenig abgelenkt, aber allzu schuldbewußt konnte sie darüber nicht sein.

„Dann ist es also abgemacht!“ sagte sie erleichtert, und es war eher eine Bestätigung als eine Frage.

Eingeschneit

Clark verbrachte die nächsten Tage wieder mit Holzfällen im Wald, während Marty in der Küche ans Werk ging. Nachdem sie sich alle Rezepte noch einmal genau angesehen und eine Auswahl getroffen hatte, begann sie, Tag für Tag ganze Bleche voller Leckereien herzustellen, bis sie schließlich in den Schränken kaum noch Platz für die duftenden Backwaren fand. Missie kostete von allem, aber die Lebkuchenmänner, die Marty extra für die Kinder gebacken hatte, schmeckten ihr am besten.

Die Abende verbrachten Marty und Clark damit, an einem Puppenhaus für Missie zu arbeiten. Clark hatte einen einfachen Rahmen mit zwei Zimmern getischlert und bastelte jetzt winzige Stühle, Tische und Betten aus Holz. Martys Aufgabe war es, das Haus mit Vorhängen, Teppichen und Decken zu versehen. „Mit solchen Sachen kennt sich 'ne Frau besser aus“, hatte Clark gemeint.

Die Arbeit hatte ihr viel Freude gemacht. Nach und nach nahm das Häuschen Gestalt an, und ständig hatte einer von ihnen eine neue Idee dafür. In der Küche stand ein Schränkchen, dessen Türen sich richtig öffnen ließen, ein Tisch, zwei Stühle und eine Eckbank. Das alles hatte Clark gemacht. Marty hatte einen winzigen Vorhang für das Fenster genäht, ein paar bunte Teppiche auf den Fußboden gelegt und die Stühle mit kleinen Kissen gepolstert.

Im Wohn- und Schlafzimmer standen ein mit Kissen und Decke ausgestattetes Bett, eine winzige Wiege, zwei Stühle und eine Truhe, die man öffnen konnte. Marty hatte noch die Decke und das Kissen für die Wiege und die Vorhänge für dieses Zimmer zu nähen. Clark arbeitete gerade an dem Herd für die Küche. „Ohne Herd ist die ganze Küche nicht viel wert“, hatte er erklärt.

Marty war glücklich über das Geschenk für Missie. Bis Weihnachten würde es bequem fertig werden. Clark war noch mehrere Male in der Stadt gewesen und hatte bei der Gelegenheit die Einladung an die Grahams ausgerichtet. Diese Fahrten schienen eine besondere Dringlichkeit zu haben, obwohl er meistens mit leeren Händen zurückkehrte. Marty konnte sich das Ganze nicht erklären, aber sie wollte sich auch nicht den Kopf über etwas zerbrechen, das sie im Grunde nichts anging.

Von seiner letzten Fahrt in die Stadt hatte er ihr ein paar besondere Gewürze für ihre Weihnachtsbäckerei und mehrere Kleinigkeiten für Missie mitgebracht.

„Für Missies Weihnachtsstrumpf“, hatte er gesagt, als er ihr das Paket ausgehändigt hatte.

Über all diese Dinge sann Marty nach, während sie ihre Plätzchen zum Abkühlen auf die Anrichte legte. Ob Clark wohl ein Weihnachtsgeschenk von ihr erwartete? Nein, bestimmt nicht. Nett wäre es schon, wenn sie ihm eine Kleinigkeit schenken könnte, aber sie besaß keinen roten Heller, und selbst wenn sie Geld gehabt hätte, gab es ja kein Geschäft in der Nähe, wo sie es hätte ausgeben können. Und was konnte man schon für einen Mann nähen?

Plötzlich fiel ihr das Stück von dem blaugrauen Wollstoff ein, das in ihrem Nähkorb lag. Wenn sie mit ihren Plätzchen fertig war, würde sie sich das einmal ansehen. Vielleicht war es ja genug für einen Herrenschal.

Als sie ein wenig später den Stoffrest aus dem Korb hervorzog, stellte sie befriedigt fest, daß er durchaus für einen Schal reichte. Clark würde erst am frühen Abend vom Holzfällen nach Hause kommen, und so setzte sie sich gleich an die Nähmaschine. Sie schnitt den Stoff zu und säumte ihn sorgfältig. Dann legte sie ihn beiseite. Morgen würde sie seine Anfangsbuchstaben darauf sticken.

Bis Weihnachten war es nun nicht mehr lange. Ob die Festtage selbst wohl genauso bunt und ausgefüllt sein würden wie die Vorbereitungen?

Schließlich waren es nur noch drei Tage. Gestern abend hatten sie den letzten Handgriff an dem Puppenhaus für Missie getan und einander zu dem vollendeten Werk gratuliert. Sie hatten gerade gefrühstückt, und Clark war wieder in den Wald gefahren. Marty hatte ihn gebeten, nach ein paar schönen Fichtenzweigen für ihren Weihnachtsschmuck Ausschau zu halten, und er hatte versprochen, sein Bestes zu tun.

Den Morgen würde er mit Holzfällen verbringen, und nachmittags würde er dann den Truthahn schlachten, der zur Zeit sein Leben ohne Frühstück fristen mußte. Marty beeilte sich mit der morgendlichen Hausarbeit, um anschließend den Schal für Clark fertigzustellen. Mit sauberen, feinen Stichen stickte sie ein zierliches „C.D." darauf und legte ihn dann zusammengefaltet in die Schublade.

Noch zwei Tage bis Weihnachten. Heute war allerdings Sonntag, so daß die letzten Vorbereitungen bis morgen warten mußten. Marty überlegte, daß ein Ruhetag vielleicht gar keine schlechte Idee war, und nachdem sie Missie zu ihrem Mittagsschlaf in ihr Bettchen gelegt hatte, streckte sie sich einfach auch unter ihren warmen Decken aus. Jetzt spürte sie erst, wie müde sie war. Unter der Last ihres ungeborenen Kindes war ihr jede Arbeit doppelt mühsam geworden. Sie schloß die Augen und fiel in einen erquickenden, tiefen Schlaf.

Nur noch ein Tag: Morgen war Weihnachten! Der Truthahn hing leblos zum Durchkühlen draußen am Haken. Marty hatte aus den Fichtenzweigen, die Clark ihr aus dem Wald mitgebracht hatte, Weihnachtskränze gewunden und sie mit ihrem kostbaren Bindfaden aus der

Stadt umschnürt. In jedem Fenster und an der Tür hatte sie einen davon befestigt. Eine kleine Fichte wartete draußen darauf, hergerichtet und geputzt zu werden. Puffmais war auf lange Schnüre gezogen worden, und Marty hatte Girlanden aus kleinen Stücken von buntem Papier hergestellt. Sogar braunes Packpapier von den Einkäufen aus der Stadt hatte sie dazu verwendet.

Der Schal lag fertig in der Schublade, aber als Marty ihn jetzt betrachtete, kamen ihr doch Bedenken. Irgendwie war sie sich nicht sicher, ob so etwas ein angebrachtes Geschenk für einen Mann wie Clark war. Sie fragte sich ernsthaft, ob sie den Mut aufbringen würde, ihm den Schal zu schenken. Schließlich schob sie ihre Gedanken beiseite. Sie würde schon sehen, wie sie es am Heiligen Abend machte. Es hatte keinen Zweck, sich im voraus den Kopf zu zerbrechen. Vorerst mußte sie ihre Gedanken bei den Essensvorbereitungen haben. Berge von Kartoffeln, Rüben und Möhren mußten für das Festessen am nächsten Tag geputzt werden. Dazu gab es mehrere Kohlköpfe kleinzuschneiden. Der Brotteig konnte bald in den Ofen geschoben werden. Die Bohnen standen zum Einweichen im großen Topf. Später würde sie sie mit geräuchertem Speck kochen. Gläser mit eingemachtem Gemüse und sauren Gurken standen auf dem Boden aufgereiht, und Nüsse hatte sie zum Rösten am offenen Feuer neben den Kamin gelegt.

Marty sah sich um. Alles schien soweit in bester Ordnung zu sein. Es gab köstliche Sachen in Hülle und Fülle. Der Weihnachtsfeiertag versprach ein guter Tag zu werden. Sie konnte es kaum erwarten, heute abend den Weihnachtsbaum für Missie zu schmücken und ihren Strumpf zu füllen.

Weihnachten! Marty schlug die Augen früher als gewöhnlich auf und war gleich hellwach. Sie hatte die Füllung für den Truthahn zuzubereiten, das Gemüse aufzusetzen, das Gebäck vom Schuppen hereinzubringen, wo es bestimmt bei diesem Wetter steinhart gefroren war, und noch vieles andere. Tausend Gedanken schwirrten ihr durch den Kopf, während sie sich hastig ankleidete.

Im Schlafzimmer war es inzwischen so kalt geworden, daß sie froh war über die warme Küche. Sie sah schnell nach, ob Missie fest zugedeckt war, und schlich sich dann auf Zehenspitzen zur Tür hinaus.

Auch im Wohnzimmer war es kalt. Schnell ging sie weiter zur Küche. Die Lampe brannte noch nicht; Clark schlief also noch. Fröstelnd zündete sie sie an und schichtete Brennholz im Herd auf. Vor Kälte waren ihre Fingerspitzen fast taub. Während sie eine Flamme zu entfachen versuchte, konnte sie den Wind draußen heulen hören. Es würde eine Weile dauern, bis die Wärme sich in dem kleinen Haus ausbreiten würde. Sie eilte ins Wohnzimmer, um im Kamin ein zweites Feuer anzuzünden. Bis Missie aufstand, mußte sie das Haus wenigstens einigermaßen warm bekommen.

Als beide Feuer kräftig loderten, sah sie auf die Uhr. Zwanzig vor sechs. Kein Wunder, daß Clark noch nicht auf war. Während der Wintermonate stand er gewöhnlich erst um halb sieben auf. Na, um so besser. Sie konnte ja jede Minute gebrauchen. Sie hatte nämlich noch jede Menge Arbeit vor sich.

Immer noch fröstelnd trat sie an das mit Eisblumen bedeckte Fenster und kratzte mit dem Finger eine kleine Öffnung frei. Dann preßte sie das Gesicht dicht an die Scheibe und schaute in den frühen Morgen hinaus. Ein scharfer Wind wirbelte dichte Schneeflocken zur Erde, die schon mit einer hohen Schneedecke bedeckt war. Durch das Schneegestöber konnte sie kaum den Brunnen erkennen.

Niemand brauchte Marty zu sagen, daß sie hier einen der gefürchteten Prärieschneestürme vor sich hatte. Eine ohnmächtige Enttäuschung bemächtigte sich ihrer. Sie wollte aufschreien, mit den Füßen stampfen, sich schluchzend auf ihr Bett werfen. Doch was würde es nützen, wenn sie sich auflehnte? Sie war ja völlig machtlos. Der Sturm würde weiter wüten.

Plötzlich straffte sie ihre Schultern. Warum sollte sie eigentlich dem Sturm das Feld räumen?

„Tob du ruhig weiter!“ zischte sie in die Dunkelheit hinaus. „Tob nur feste! Wir haben ’nen prächigen Truthahn fix und fertig für den Ofen. Wir haben Berge von leckeren Sachen. Wir haben Missie. Wir feiern einfach trotzdem Weihnachten!“

Sie wischte sich die Tränen mit einem Schürzenzipfel ab, richtete sich auf und wandte sich um, um frisches Brennholz nachzulegen. Sie hatte nicht bemerkt, daß Clark mit seinen Stiefeln in der Hand dastand und ihr zugesehen hatte.

Er räusperte sich. Sie schaute auf. Er suchte nach Worten. Er wußte, wie enttäuscht sie war. Sie hatte sich doch so sehr auf diesen Tag gefreut, und nun war alles verdorben. Was sollte er nur sagen? Er setzte sich und begann, seine Stiefel zu schnüren.

Marty nahm ihm seine Sorge ab. Sie baute sich mit einem Lächeln, das ihn restlos verblüffte, vor ihm auf und deutete mit einer ausladenden Geste auf die Anrichte, die sich unter den vollen Töpfen und Schüsseln förmlich bog.

„Ach du liebe Zeit!“ sagte sie mit gespieltem Entsetzen. „Was machen wir bloß mit all dem Essen? Wir werden wohl den ganzen Tag mit Messer und Gabel in der Hand zubringen müssen!“

Sie ging zur Anrichte zurück, um den Truthahn zu füllen.

„Ich hoffe bloß, die Grahams stehen jetzt nicht ganz ohne ein Essen da! Wir drei haben Berge davon, und die mit ihren vielen hungrigen Mündern –“

Clark hatte sie wortlos angestarrt. Als er endlich die Sprache wiedergefunden hatte, sagte er überzeugend: „So ohne weiteres läßt sich Ma nicht ohne Verpflegung im Haus überraschen. Die kennt schließlich den Winter hier! Ich glaub' nicht, daß es denen an irgendwas fehlt."

Marty schien erleichtert.

„Da bin ich aber froh", erwiderte sie. „Ich hatte mir nämlich schon Sorgen gemacht."

Clark sah ihr schweigend zu, wie sie den Truthahn füllte. Als sie fertig war, sprang er auf.

„Halt, den heb' am besten ich in den Ofen. Das ist 'n schwerer Brocken!"

Marty hatte nichts dagegen. Der Truthahn war im Ofen, und das Feuer erwärmte die Küche allmählich. Marty setzte das Kaffeewasser auf und nahm sich einen Stuhl.

„Beinahe hätte der Schneesturm gewonnen", gestand sie. „Aber der kann erst gewinnen, wenn man sich geschlagen gibt, oder?"

Clark sagte nichts, aber in seinen Augen konnte sie ablesen, wie gut er ihre Enttäuschung verstand – und wie froh er war, daß sie sie überwunden hatte.

Er langte über den Tisch und ergriff ihre Hand. Als er sprach, war seine Stimme leise und sanft. „Ich bin mächtig stolz auf Sie."

Er hatte sie noch nie angerührt, außer wenn er ihr auf den Wagen geholfen hatte. Eine leichte Wärme durchrieselte sie. Vielleicht war es ja nur das Verständnis, das er für sie gezeigt hatte. Sie hoffte, daß er ihre geröteten Wangen nicht bemerkt hatte, und sprach schnell weiter.

„Den Truthahn müssen wir wohl ganz braten, aber die Reste können wir draußen einfrieren. Ich verteil' dann das Gemüse in kleinere Töpfe und koch' bloß, was wir für heute brauchen. Der Rest hält sich 'ne Weile in der Kühlkiste. Und das Gebäck, hm ... Davon essen wir bis zum Frühling, wenn uns keiner dabei hilft!" lachte sie.

„Also, das ist was, worüber ich mich kaum beklagen werde!" sagte Clark. „Ich hatte schon Sorge, daß diese hungrigen kleinen Grahams mir alles ratzekahl aufessen würden. Diese Sorge bin ich wenigstens jetzt los!"

„Sagen Sie mal", fragte Marty mit erhobenem Zeigefinger, „Sie haben doch nicht am Ende den Sturm herbeigebetet?"

Sie hatte ihn noch nie so herzlich lachen hören und stimmte fröhlich ein. Inzwischen kochte der Kaffee, und sie goß zwei Tassen ein, während Clark die Sahne holte. Die Küche war inzwischen etwas wärmer geworden, und der heiße Kaffee wärmte sie von innen.

„Ach ja", sagte sie und stand so schnell auf, wie es ihre schwere Last zuließ, „dann können wir eigentlich gleich 'n Plätzchen dazu essen. Irgendwann müssen wir ja anfangen. Was darf's denn sein, der Herr?"

Clark wählte einen Gewürztaler, und Marty nahm sich ein einfaches Sandplätzchen.

Bei Kaffee und Plätzchen schmiedeten sie nun gemeinsam einen Plan für den Tag. Clark würde das Vieh erst versorgen, nachdem Missie aufgestanden war. Dann würden sie alle zusammen gemütlich frühstücken, und das große Essen sollte es am frühen Nachmittag geben. Zum Abendessen würden sie einfach „Nachlese halten", wie Clark es nannte, damit Marty nicht den ganzen Tag am Herd stehen mußte. Marty war einverstanden.

„Als ich 'n junger Bengel war, hatten wir zu Hause ein Spiel", fuhr Clark fort. „Hab's seit Jahren nicht mehr gespielt. Man braucht 'n Brett dazu und Steinchen. Während Sie in der Küche zu tun haben, mach' ich uns mal eins zurecht."

Minute um Minute rückte der Uhrzeiger vorwärts, doch der Schnee fiel unverändert dicht, und der Wind ließ keinen Augenblick nach. Doch jetzt machte das alles nichts mehr aus. Mit dem Sturm hatten sie sich abgefunden, und Clark und Marty begingen den Tag mit neuen Erwartungen.

Als Missie sich vom Schlafzimmer her meldete, stand Clark auf, um sie zu holen. Marty setzte sich derweil ins Wohnzimmer an den Kamin, um sich das Schauspiel nicht entgehen zu lassen. Sie wurde nicht enttäuscht. Missie geriet völlig aus dem Häuschen. Sie lief zwischen ihrem Weihnachtsstrumpf und dem Puppenhäuschen hin und her und jauchzte vor Entzücken. Schließlich blieb sie mitten im Wohnzimmer stehen, klatschte in die Hände und rief: „Weihnachten prima!“

Clark und Marty lachten. Die Kleine lief wieder auf das Puppenhaus zu, kniete sich davor und nahm jedes kleine Möbel einzeln in die Hand, um es zu bestaunen.

Nach einer Weile mußte Clark sich geradezu losreißen, um das Vieh zu versorgen. Draußen tobte der Sturm mit unveränderter Gewalt. An einem solchen Tag würde die Arbeit kein Kinderspiel sein. Er war froh, daß alle Tiere ein windgeschütztes Obdach hatten.

Marty sah ihm besorgt nach. Bei dem dichten Schneefall war der Stall nicht einmal mehr zu sehen. Sie war erleichtert, daß er Bob, den Hund, mit sich nahm. Sollte Clark in dem Schneegestöber die Orientierung verlieren, dann konnte er sich auf Bobs Richtungssinn verlassen. Er hatte auch Anweisungen für sie hinterlassen. Wenn er zu einer abgemachten Zeit nicht wieder im Haus war, sollte sie das Gewehr in die Luft abfeuern und das notfalls alle fünf Minuten wiederholen. Marty hoffte aufrichtig, daß es nicht dazu kommen würde.

Zu ihrer großen Erleichterung war Clark vor der verabredeten Zeit wieder zurück. Er war kräftig durchgefroren, aber er hatte alle Arbeiten erledigen können, und die Tiere waren versorgt und in Sicherheit.

Marty stellte die letzte Schüssel auf den Tisch, und sie setzten sich. Missie konnte sich kaum von ihren neuen

Spielsachen trennen; sie kam erst, nachdem Clark ihr versprochen hatte, daß sie nach dem Frühstück gleich weiterspielen durfte.

Alle falteten die Hände, als Clark anfing zu beten.

„Manchmal, Herr, verstehen wir deine Wege nicht, aber wir danken dir, daß der Sturm kam, bevor die Grahams zu uns unterwegs waren. Das hätte schlimm ausgehen können, wenn sie auf dem Weg davon überrascht worden wären."

Daran hatte Marty noch gar nicht gedacht, aber sie stimmte aus ganzem Herzen zu.

„Und Herr, wir danken dir dafür, daß du hier bei uns bist. Segne diesen Tag! Hilf, daß er uns warme Erinnerungen hinterläßt, selbst wenn's draußen noch so kalt ist. Danke, Herr, für dieses Essen, das du uns in deiner Güte gibst. Amen."

„Amen", echote Missie und sah zu ihrem Pa auf. „Haus!" sagte sie und zeigte mit dem Arm quer durch das Zimmer. „Danke – Haus!"

Clark schaute ratlos drein. Auch Marty wußte nicht gleich, was die Kleine meinte, doch sie versuchte, ihre Gedanken zu erraten.

„Ich glaub', sie will, daß Sie auch für ihr Puppenhaus danken."

„Ja, Missie? Gut, dann beten wir nochmals: Und, Herr, danke auch für Missies neues Puppenhaus. Amen."

„Amen", wiederholte Missie zufrieden und begann, sich über ihr Frühstück herzumachen.

Der Tag verging schnell. Clark und Marty rösteten Nüsse im offenen Kamin, spielten das Spiel, das Clark zurechtgemacht hatte – wobei Marty mit erstaunlicher Treffsicherheit jedesmal gewann – und sahen Missie beim Spielen zu. Nachdem sie die Kleine zu ihrem Mittagsschlaf ins Bettchen gebracht hatte, erledigte Marty die letzten Essensvorbereitungen. Wenn Missie aufwachte, würden sie essen. Es sollte ein Festschmaus werden, wie er im Buche steht: von Pfannkuchen bis zu den raffiniertesten Leckereien. Marty war zufrieden. All diese Köstlichkeiten hatte sie selbst hergestellt, und das nach nur etwas über zwei Monaten Einarbeitung.

Nachdem alle reichlich von dem festlichen Mahl gegessen hatten, schlug Clark vor, gleich anschließend im Wohnzimmer die Weihnachtsgeschichte zu lesen.

„Sie sind ja 'ne prima Köchin!" bemerkte er, und Marty errötete bei dem Kompliment.

Sie gingen ins Wohnzimmer. Clark setzte Missie auf seine Knie und schlug die Bibel auf. Zuerst las er vor, wie ein Engel der Jungfrau Maria erschien und ihr sagte, daß sie auserwählt sei, das Jesuskind zur Welt zu bringen. Dann las er die Geschichte von Marias und Josephs Reise nach Bethlehem, wo sie keinen Raum in der Herberge finden konnten, so daß Jesus in einem Stall geboren werden mußte. Die Hirten auf dem Feld hörten die frohe Nachricht von den Engeln und beeilten sich, den neugeborenen König zu sehen. Dann kamen die Weisen vom Morgenland. Sie waren dem Stern gefolgt und brachten dem Kind kostbare Geschenke. Dann mußten sie auf einem anderen Weg in ihr Land zurückkehren, um das Leben des Jesuskindes zu schützen.

Marty hatte noch nie eine so schöne Geschichte gehört. Sie konnte sich nicht erinnern, die ganze Weihnachtsgeschichte je im Zusammenhang gehört zu haben. Ein kleines, neugeborenes Kind war Gottes Sohn! Sie strich über ihren wachsenden Leib.

„Das würd' ich mir ja nicht gerade wünschen, meinen Sohn in 'nem Stall zur Welt zu bringen", dachte sie. „Gott wär's sicher anders auch lieber gewesen, aber niemand hatte Platz für ein armes Baby. Und trotzdem hat Gott dieses Kind bewahrt und Engel zu den Hirten geschickt und die Weisen mit ihren Geschenken.

Die Geschichte hatte Marty ungemein gefesselt, und sie war noch in Gedanken damit beschäftigt, als sie später das Geschirr abwusch. Nachdem sie die Küche wieder in Ordnung gebracht hatte, ging sie ins Wohnzimmer zurück. Clark war nach draußen gegangen, um die Tiere zu versorgen, bevor es dunkel wurde. Bei diesem Schneesturm war es schon bei Tag schwierig genug, auch nur die Hand vor den Augen zu sehen.

Marty setzte sich vor das Kaminfeuer und nahm die Bibel auf den Schoß. Wenn sie doch nur wüßte, wo die Weihnachtsgeschichte geschrieben stand, damit sie sie noch einmal für sich lesen konnte! Doch so lange sie auch hin- und herblätterte, sie konnte die Stelle, die Clark vorgelesen hatte, nicht finden. Statt dessen entdeckte sie die Psalmen und begann, einige davon zu lesen. Ein nie gekannter Trost sprach aus ihnen, selbst wenn Marty hier und da an einem Wort herumrätselte.

Sie las, bis sie Clark zur Haustür hereinkommen hörte. Dann legte sie die Bibel beiseite, um das Kaffeewasser aufzusetzen und die „Nachlese" bereitzustellen.

Später am Abend, nachdem Missie in ihr Bettchen gebracht worden war, bat Marty Clark, ob er wohl die Weihnachtsgeschichte noch einmal vorlesen würde. Während er las, hörte sie aufmerksam zu, damit ihr ja kein einziges Wort entging. Diesmal entdeckte sie Einzelheiten, die ihr vorher gar nicht aufgefallen waren. Sie fragte sich, ob Clem wohl diese Geschichte gekannt hatte. Sie war ja so ergreifend.

„O Clem!" rief es in ihr. „Wenn wir doch nur dieses Weihnachten hätten zusammen erleben können!"

Als Clark geendet hatte, saß Marty still da. Nur ihre Stricknadeln klapperten leise; selbst an Weihnachten wollte Marty nicht müßig sein.

Clark ging in seinen Anbau und kehrte mit einem Päckchen zurück.

„Es ist bloß 'ne Kleinigkeit", sagte er entschuldigend. „Zum Dank dafür, daß Sie Missies Mama geworden sind."

Marty nahm es mit einem Anflug von Verlegenheit entgegen. Unter dem braunen Packpapier kam eine wunderhübsche Kommodengarnitur zum Vorschein: Kamm, Bürste und Handspiegel. Mit feinen Pinselstrichen gemalte goldene und rote Blüten verzierten den elfenbeinfarbigen Grund. Marty war sprachlos.

Als sie den Spiegel in den Händen drehte, entdeckte sie Initialen auf dem Griff: M.L.C.D. Es brauchte eine Weile, bis sie begriff, daß das ihre eigenen Initialen waren: Martha Lucinda Claridge Davis. Er hatte ihr nicht nur eine Kommodengarnitur geschenkt, sondern auch ihren Namen zurückgegeben. Ein paar Tränen liefen ihr über die Wangen.

„Es ist wunderschön!" flüsterte sie. „Ich ... ich weiß gar nicht, wie ich mich bedanken soll."

Clark schien den Grund ihrer Tränen zu verstehen. Sie waren ihr erst gekommen, als sie die Gravur gesehen hatte. Er schwieg einfach. Worte waren jetzt nicht angebracht.

Marty stand auf und ging in ihr Zimmer, um die Garnitur auf ihre Kommode zu legen. Plötzlich fiel ihr der Schal wieder ein. Sie hob ihn aus der Schublade hervor und sah ihn prüfend an. Nein. Nein, das konnte sie nicht tun! Sie brachte es einfach nicht fertig. Sie legte ihn in die Kommode zurück. Der Schal war nicht gut genug. Einfach nicht gut genug.

Besuch von den Grahams

Hinterher erklärte Marty dieses Weihnachtsfest trotz ihrer großen Enttäuschung als einen vollen Erfolg. Sie hatte sich so darauf gefreut, es mit den Grahams feiern zu können, aber nun war es eben anders gekommen, als sie es sich vorgestellt hatte. Außerdem spürte sie irgendwie, daß Clarks Gebet erhört worden war und daß jeder eine schöne Erinnerung an dieses Fest mitnehmen würde.

Nach und nach legte sich der Sturm. Der Wind ließ nach, und die Sonne kam wieder zum Vorschein. Das Vieh löste sich aus seiner Erstarrung, und auch die Hühner wagten sich wieder in ihr Drahtgehege hervor. Bob, der Hund, tollte munter im Schnee. Marty beneidete ihn um seine Beweglichkeit. Wie herrlich mußte es doch sein, so leicht und beschwingt umherjagen zu können!

Zum ersten Mal seit Monaten betrachtete sie ihre Hände und Arme eingehend. Sie waren dünner und knochiger geworden. Sie hob ihre Rocksäume in die Höhe und sah auf ihre Beine hinunter. Ja, sie war deutlich magerer geworden – mit Ausnahme ihrer Mitte, wo sie mächtig zugenommen hatte. Sie würde mehr essen müssen, ermahnte sie sich. Schmal war sie schon immer gewesen. Wenn das Kind geboren war, würde sie der Wind glatt wegpusten, wenn man sie nicht festband, wie ihr Vater immer gesagt hatte. Nun, im Moment trug sie genug Blei mit sich herum, das stand fest. Das Baby wurde von Tag zu Tag schwerer. Sie fühlte sich schrecklich unbeholfen, was sie überhaupt nicht gewohnt war. Nun ja, überlegte sie, das war schließlich nicht anders zu erwarten gewesen.

Der Dezember war so gut wie vorbei. So sehr sie auch darüber erleichtert war, dachte sie doch mit Grauen an den schier endlos erscheinenden Januar. Wenn sie ihn nur schnell hinter sich bringen konnte! Sie würde eben einen Tag um den andern nehmen müssen, wie sie kamen.

Mit einem klaren, windstillen Tag zog das neue Jahr ins Land. Marty hatte das ruhige Wetter zu schätzen gelernt. Den scharfen Wind mochte sie gar nicht. Beim bloßen Gedanken daran schauderte sie.

Ein neues Jahr. Was mochte es für sie bringen? Ein gesundes Kind, hoffte sie. Eine beklemmende Angst kroch in ihr hoch, und sie betete zu Clarks Gott, er möge doch bitte helfen, daß alles gut verlaufen würde.

Gestern war Clark wieder in der Stadt gewesen und wortkarg und bedrückt zurückgekehrt. Marty war nahe daran gewesen, ihn zu fragen, was dies alles zu bedeuten hatte, aber sie beherrschte ihre Neugier. „Wenn es mich was anginge, dann hätte er's mir erzählt!" sagte sie sich.

Während sie das Frühstück vorbereitete, sann sie weiter über das neue Jahr nach. Am ersten Tag eines nagelneuen Jahres mußte doch einfach etwas Gutes geschehen.

Ein Blick aus dem Küchenfenster sagte ihr, daß sie recht haben sollte. Draußen im Schnee standen drei anmutige Rehe. Marty drehte sich um und lief ins Schlafzimmer, um Missie zu holen.

„Missie, Missie, komm ganz schnell!" rief sie ihr zu und lief in die Küche zurück. Sie hoffte inständig, daß die Rehe noch nicht davongesprungen waren. Doch die standen unverändert still und grasten an einer Stelle, die die Pferde vom Schnee freigescharrt hatten.

„Guck mal, Missie!" sagte Marty und zeigte auf die Tiere.

„Ooooh!" sagte Missie überwältigt. „Wau, wau, wau!"

„Nein, Missie", lachte Marty. „Das sind keine Hunde. Das sind Rehe!"

„Rehe?“

„Ja, Rehe. Sind sie nicht hübsch?“

„Schön!“

In diesem Moment kam Clark aus dem Stall. Bob, der Hund, lief ihm mit Gebell voraus. Kaum hatten die Rehe ihn gewittert, da streckten sie ihre schlanken Hälse und sprangen wie auf Kommando in langen Sätzen davon. Im Nu waren sie über den Zaun hinweg zwischen den Bäumen hindurch im Wald verschwunden. Es war ein atemberaubender Anblick. Marty und Missie standen noch immer am Fenster, als Clark ins Haus kam.

„Vati!“ rief Missie aufgeregt und zeigte nach draußen. „Rehe! Springen!“

„So, so, du hast sie also auch gesehen, was?“

„Das war ’n richtiges Schauspiel“, erklärte Marty.

„Na ja, nett sind sie ja anzusehen, aber sie könnten uns noch zur Landplage werden. Ich seh’ ihre Spuren immer dichter am Haus. Würd’ mich nicht wundern, wenn ich sie eines Tages neben den Milchkühen am Futtertrog fänd‘!“

Marty lachte leise bei diesem Gedanken. Schließlich wandte sie sich vom Fenster ab, um das Frühstück auf den Tisch zu bringen. Später, als sie das Geschirr nach dem Mittagessen gespült hatte und mit einem winzigen Nachthemd für ihr Baby im Sessel saß, hörte sie Bob bellen. Das mußte Besuch bedeuten, beschloß sie. Eilig trat sie ans Fenster und sah hinaus.

„Da sind ja Ma und Ben!“ rief sie voller Freude.

Schnell legte sie ihr Nähzeug beiseite und lief hinaus, um ihre Nachbarn zu begrüßen. Clark kam eilig vom Garten herein. Er schien nicht im geringsten überrascht zu sein.

Die Männer versorgten zuerst die Pferde, die den Schlitten teils durch hohe Schneewehen hindurch hatten ziehen müssen und deshalb ziemlich erschöpft waren. Dann setzten sie sich ins Wohnzimmer vor den Kamin und begannen, sich über die Aussaat im Frühjahr und neue Anbauflächen zu unterhalten.

„Wie können die bloß jetzt an Aussaat denken, wo der Schnee meterhoch auf den Feldern liegt?" wunderte sich Marty im stillen.

Die Frauen ließen sich derweil in der Küche nieder. Ma hatte ihr Strickzeug mitgebracht, und Marty holte ihren halbfertigen Strumpf hervor. Sie war bei der Ferse stekkengeblieben und war dankbar für Mas Hilfe.

Beim Stricken tauschten sie sich über das Weihnachtsfest aus. Beide waren enttäuscht gewesen, daß sie es nicht gemeinsam hatten feiern können, aber sie waren sich einig, daß es trotz allem ein schönes Fest gewesen war. Ma erzählte Marty, wie sehr sie sich gefreut hatte, als Clark sie und Ben gestern auf dem Weg in die Stadt zum Neujahrskaffee eingeladen hatte.

„Aha!" dachte Marty überrascht. „Und mir hat er nichts davon gesagt – vielleicht für den Fall, daß es wieder schlechtes Wetter gibt!" Deshalb bedeutete ihr der heutige Besuch noch viel mehr.

Ma erzählte Marty, daß der junge Jason Stern ein häufiger Gast in ihrem Haus geworden war. An Heiligabend war er schließlich zu ihr und Ben gekommen und hatte um Sally Annes Hand angehalten. Die Hochzeit sollte im Frühjahr sein, wenn der Pastor wieder auf Rundreise ging.

„Er ist wohl 'n ordentlicher junger Mann, und ich hab' allen Grund, stolz zu sein, aber der Gedanke, sie so bald aus dem Haus zu geben ... sie ist ja noch nicht mal achtzehn!"

Marty mußte daran denken, wie sie unter Tränen ihre Eltern angefleht hatte, Clem heiraten zu dürfen. Damals war sie ungefähr in Sally Annes Alter gewesen. Plötzlich sah sie ihre Eltern in einem völlig neuen Licht. Kein Wunder, daß sie so gezögert hatten. Sie hatten gewußt, wie schwer das Leben sein konnte. Trotzdem war sie froh um die kurze Zeit, die sie mit Clem gemeinsam verlebt hatte, wenn es auch manchmal nicht einfach gewesen war.

„Dieser Jason!“ fuhr Ma fort. „Der holt doch tatsächlich schon das Holz für ihr Haus aus dem Wald! Zum Frühjahr will er alles bereit haben, damit's mit dem Haus- und Stallbauen gleich losgehen kann. Arbeitet wie ein Bär, der Junge. Wir konnten nicht nein sagen, Ben und ich, aber vermissen werden wir sie doch. Sie hat immer 'n Lachen und 'ne helfende Hand. Ich glaub', Laura ist auch 'n bißchen unglücklich. Sie war einfach nicht sie selbst in den letzten paar Tagen, regelrecht mürrisch und abweisend. Still war sie schon immer, aber jetzt ist sie geradezu verschlossen. Ich mach' mir richtig Sorgen um sie.“

Gedankenverloren schaute Ma in die Ferne. Dann zwang sie sich in die Gegenwart zurück.

„Wir müssen uns feste dranhalten, um Sally Anne 'ne ordentliche Aussteuer geben zu können – Decken, Bettzeug, Vorhänge und so. Bis zum Frühling werden wir wohl nicht viel Zeit zum Däumchendrehen haben!“

Auf einmal wechselte Ma das Thema.

„Gibt's was Neues in der Sache mit dem Doktor?“

„Was für 'n Doktor?“ fragte Marty mit großen Augen.

„Der, den Clark in die Stadt holen will. Für den er die ganze Zeit herumgefahren ist, um Unterschriften zu sammeln. Er setzt ja alles dran, daß er kommt, bevor dein Kind geboren wird.“

Marty war sprachlos. Jetzt war es an Ma, sich zu wundern.

„Hat er dir denn nichts davon erzählt?“

Marty schüttelte den Kopf.

„Liebe Güte, jetzt hab' ich wahrscheinlich die Katze aus dem Sack gelassen!“ rief Ma erschrocken, „aber der ganze Westen weiß doch Bescheid darüber. Da dachte ich bestimmt, du weißt es auch. Na, vielleicht hat er's dir nicht gesagt, damit du dir keine großen Hoffnungen machst, falls es nicht klappt. Also bitte, sag's ihm lieber nicht, daß ich mich verplappert hab', ja?"

Marty nickte nur.

Das war es also gewesen! All die dringenden Fahrten in die Stadt und manchmal noch weiter – und das alles bloß, um einen Doktor in die Stadt zu holen, bevor ihr Kind zur Welt kommen sollte! Noch immer kopfschüttelnd stand sie auf, um das Kaffeewasser aufzusetzen. Hastig klapperte sie mit dem Kessel und hoffte, daß Ma ihre Tränen nicht bemerkt hatte.

Zum Mittagessen erwartete die Gäste eine reichgedeckte Tafel. Marty mußte an Mas ersten Besuch denken, als sie außer Kaffee nichts anzubieten gehabt hatte. Heute bog sich der Tisch förmlich unter der köstlichen Last von frischem Brot und Marmelade, feinstem Kuchen und Kleingebäck. Ben lobte Martys Kochkünste, worauf sie lachend erwiderte, daß das bei ihrer erstklassigen Lehrerin gar nicht anders zu erwarten war.

Missie wachte auf und gesellte sich auf ihrem Stühlchen dazu. Sie erbat sich einen Lebkuchenmann. Bei gutem Essen und angeregter Unterhaltung verging die Zeit schnell.

Marty ließ die Grahams nur ungern wieder gehen, aber sie war dankbar für den unerwarteten Besuch und wollte genausowenig wie sie, daß sie im Dunkeln zurückfahren mußten.

Nachdem Ma und Ben sich verabschiedet hatten, räumte Marty in bester Stimmung den Tisch ab. Mit einem leichten Zwinkern wandte sie sich an Clark.

„Vielen Dank, daß Sie mir den Besuch eingeladen haben!"

Überrascht schaute er auf.

„Ma hat's mir verraten", fuhr sie fort, und verschmitzt fügte sie hinzu: „Ist mir aber nicht entgangen, daß Sie die vielen hungrigen Kinder nicht mit eingeladen haben!"

Beide lachten aus vollem Herzen.

Der Januar zog sich unendlich langsam dahin. Clark war häufig unterwegs. Marty rätselte jedoch nicht mehr daran herum, welche Bewandtnis es mit diesen Fahrten hatte. Sie wußte ja jetzt, daß er ihretwegen losfuhr, und das trotz der klirrenden Kälte.

Ihre Säuglingsausstattung war inzwischen fast vollständig. Sie freute sich auf den Tag, an dem sie diese winzigen Sachen zum erstenmal benützen würde.

Clark sprach davon, eine Wiege für das Neugeborene zu basteln, aber Marty versicherte ihm, daß es damit noch Zeit habe, denn sie würde das Kind zunächst mit in ihr eigenes Bett nehmen. Das hielt Clark für eine gute Idee und versprach, sobald sich das Wetter besserte, ein größeres Bett für Missie zu zimmern, damit Martys Baby dann in Missies Kinderbettchen schlafen konnte.

Gegen Ende des Monats fand Marty schließlich, daß es an der Zeit sei, Missie in ihr Geheimnis einzuweihen. Es war an einem frühen Nachmittag; sie und Missie waren allein im Haus, während Clark wieder zur Stadt gefahren war.

„Komm mal mit Mama!“ sagte Marty zu der Kleinen. „Mama will dir was zeigen.“

Missie ließ sich nicht lange bitten. Für Abwechslung war sie immer zu haben. Gespannt folgte sie ihrer Mama ins Schlafzimmer, wo Marty die winzigen Nachthemdchen und Mützchen aus der Schublade hervorzog. Ihr Gesicht glühte dabei vor Freude.

„Guck mal, Missie!“ sagte sie. „Das alles ist für das kleine Baby. Bald kommt ein Baby bei uns an. Ein Baby für Mama und Missie. Ein ganz winzig kleines, ungefähr soooooo klein“ – sie deutete die Größe mit den Händen an –, „und dann kann Missie helfen, für das Baby zu sorgen.“

Missie schaute aufmerksam zu Marty auf. Sie verstand nicht, was das alles zu bedeuten hatte, aber Mama freute sich, und wenn Mama sich freute, dann mußte es etwas Gutes sein.

„Ba-by", wiederholte Missie und strich über das weiche Nachthemdchen. „Ba-by. Für Mama. Und für Missie?"

„Ja, genau!" strahlte Marty. „Ein Baby für Missie. Guck mal hier, Missie", und sie setzte sich auf die Bettkante, „da drin schläft das Baby jetzt noch."

Sie legte Missies Hand auf ihren Leib. Prompt meldete sich das Ungeborene mit einem kräftigen Fußtritt. Überrascht zog Missie ihre Hand zurück.

„Das war das Baby, Missie! Bald schläft es in Mamas Bett. Und wenn es kommt, dann ziehen wir ihm diese niedlichen Jäckchen an und wickeln es in diese weichen Decken hier, und dann tragen wir's auf unseren Armen anstatt in Mamas Bauch."

Missie verstand bei weitem nicht alles, was sie gehört hatte, aber sie hatte begriffen, daß ein Baby unterwegs war und daß Mama sich darauf freute. Das Baby würde weiche Sachen angezogen bekommen und in Mamas Bett schlafen. Zaghaft strich sie über Martys Leib und wiederholte: „Mamas Ba-by."

Marty hob das kleine Mädchen auf ihren Schoß und drückte es an sich. „O Missie!" sagte sie. „Mama freut sich ja so!"

Am frühen Abend kam Clark mit einer merkwürdigen Last auf dem Schlitten nach Hause.

„Nanu", dachte Marty, „das kann wohl kaum der neue Doktor sein. Jetzt bin ich aber mächtig gespannt!"

Nachdem Clark die Pferde abgerieben und gefüttert hatte, trug er das unförmige Paket zur Haustür herein.

Ein Schaukelstuhl! Marty wollte kaum ihren Augen trauen.

„Ein Schaukelstuhl!" rief sie überrascht.

„Jawohl, ein Schaukelstuhl", bestätigte Clark. „Ich hab' mir vor langer Zeit geschworen, falls es je wieder 'n brüllendes Kleinkind in diesem Haus gibt, dann muß 'n Schaukelstuhl her, damit Ruhe einkehrt."

Er hatte es mit einem Lachen gesagt, aber Marty wußte, daß er damit seinen Kummer überspielen wollte.

„Na prächtig!" sagte sie. „Da setzen Sie sich am besten gleich mal drauf und zeigen Missie, wie's geht, bevor Sie in den Stall gehen."

Clark folgte ihrem Vorschlag und hob Missie auf seine Knie. Dann schaukelte er zweimal hin und her. Missie sah verblüfft um sich. Sie schaute genau zu, wie Clark noch ein paarmal hin- und zurückwippte, bevor sie sich endlich genießerisch an ihn schmiegte.

„Daran werd' ich viel Freude haben", dachte Marty. „Kann's mir ja kaum vorstellen: Ich mit meinem Kind im Arm, und da schaukeln wir dann hin und her und hin und her. Ach, ich wünschte, es wär' schon soweit!"

Das Kind schien ihre Ungeduld zu teilen. Es versetzte seiner Mutter einen derartigen Tritt, daß sie nach Luft schnappen mußte.

Als Clark wieder ins Haus kam, rutschte Missie von dem neuen Schaukelstuhl herunter und lief ihm entgegen.

„Vati, komm!" drängte sie ihn.

„Immer langsam mit den jungen Pferden, Missie!" lachte Clark. „Laß deinen Pa erst mal seine Jacke ausziehen. Ich komm' ja schon!"

Missie sah ungeduldig zu, wie er seine Jacke an den Haken hängte, und griff dann nach seiner Hand.

„Komm! Guck mal!"

Sowohl Marty als auch Clark glaubten, es sei der neue Schaukelstuhl, der sie so begeistert hatte. Beide waren gleichermaßen verblüfft, als sich die Kleine jetzt vor Marty aufbaute.

„Guck, Ba-by!" rief sie hell entzückt und zeigte unverkennbar auf die richtige Stelle. „Ba-by für Missie!"

Marty errötete leicht, während Clark amüsiert grinste.

„Da hast du aber gut aufgepaßt!“ lachte er und nahm die Kleine auf den Arm.

„Missie soll also ’n Baby haben, und in dem Schaukelstuhl wiegen wir’s dann hin und her“, sagte er und trug sie zum Schaukelstuhl. „Da üben wir am besten schon mal, meinst du nicht auch? Komm, wir schaukeln noch ’n bißchen, bevor das Essen fertig ist, ja?“

Und genau das taten sie dann auch.

Claridge Luke

Der Februar war zur Hälfte verstrichen. Marty saß Clark am Tisch gegenüber. Beide waren schweigsam und tief in Gedanken versunken. Clark ließ die Schultern fast unmerklich hängen. Alle seine Mühe war vergeblich gewesen. Es hatte sich zwar ein Arzt für die Stadt gefunden, aber der konnte erst im April kommen, und das war zu spät für Clarks Zwecke. So hoffte und betete er inständig, daß die Geburt ohne Komplikationen verlaufen würde.

Auch Marty war bedrückt. Ihr Kind war ihr zur bleischweren Last geworden, und irgend etwas war so anders in den letzten Tagen. Sie wußte selbst nicht, was es war, aber sie spürte es, und es beunruhigte sie. „In solchen Zeiten braucht eine Frau eben einen richtigen Ehemann", dachte sie, „einen, mit dem man über alles reden kann." Wenn doch nur Clem bei ihr wäre! Clem hätte sie alles sagen können.

„Ich hab' mir überlegt", unterbrach Clark ihre Gedanken, „lange kann's doch jetzt nicht mehr dauern mit Ihnen. Vielleicht hilft's Ihnen ja, wenn Ma 'n paar Tage eher kommt und einfach bei Ihnen ist."

Das hatte Marty nicht einmal zu hoffen gewagt. „Glauben Sie wirklich, daß sie so lange von zu Hause weg kann?"

„Wüßte nicht, wieso nicht. Sally Anne und Laura sind schließlich auch noch da. Außerdem wäre das 'ne gute Übung für Sally Anne. Die wird ja bald auf eigenen Füßen stehen, hört man. Ich reit' gleich mal rüber und sprech' mit Ma. Hoffe doch, wir werden sie nicht allzulange hier festhalten müssen!"

„Oh, das hoff' ich auch!" stimmte Marty aus vollem Herzen zu.

Sie war so dankbar für Clarks Vorschlag, daß sie nur mit Mühe die Tränen zurückhalten konnte. Und so kam es also, daß Ma noch am selben Tag mitsamt ihrem schweren Federbett und ein paar Wolldecken Einzug hielt. Sie wollte im Wohnzimmer auf dem Fußboden schlafen. Auf diese Weise hatte sie sich schon manches Mal ein Nachtlager gebaut, woraus Marty großen Trost schöpfte.

Das Baby ließ nicht lange auf sich warten. Zwei Tage später, am sechzehnten Februar, wachte Marty nach einem unruhigen Schlaf zwischen drei und vier Uhr morgens auf. Sie wälzte sich hin und her, ohne eine bequeme Lage finden zu können. Sie fühlte sich elend. Nach und nach wurden aus ihrem allgemeinen Unwohlsein die ersten deutlichen Wehen. Sie kamen noch in größeren Abständen und waren recht leicht, aber Marty hatte nicht die geringsten Zweifel daran, was sie zu bedeuten hatten. Gegen sechs Uhr kam Ma, die ihre Unruhe eher geahnt als gehört hatte, um nach ihr zu sehen.

Marty stöhnte. „O Ma, mir ist so schlecht!" murmelte sie.

Ma legte ihr eine Hand auf den Leib und wartete die nächste Wehe ab. „Na, bestens", sagte sie. „Kräftig und nicht zu lang. Es ist unterwegs!"

Dann lief Ma in die Küche und sah nach, ob das Feuer im Herd noch brannte. Sie legte frisches Holz nach und füllte den Kessel mit Wasser. Dazu stellte sie einen großen Topf mit Wasser auf die Herdplatte. An heißem Wasser wollte sie lieber nicht sparen. Es würde zwar bestimmt noch ein paar Stunden dauern, aber Ma hielt viel davon, für alle Vorkommnisse gerüstet zu sein.

Clark hatte sie in der Küche hantieren gehört und kam vom Anbau herein. Er war jetzt schon bleich.

„Hat gar keinen Zweck, sich aufzuregen, Clark!" sagte Ma mit einem kurzen Blick auf ihn. „Ich weiß, sie ist 'n schmales Ding, aber sie trägt das Kind gut. Es ist schon tiefer ins Becken gerutscht. Scheint goldrichtig zu liegen. Lange dauert's nicht mehr, bis du's im Schaukelstuhl auf dem Schoß halten kannst!"

Ein Stöhnen kam vom Schlafzimmer. Ma eilte zurück. Clark sank auf einen Küchenstuhl. „O Gott", betete er leise, „jetzt liegt alles an dir und Ma. Ich hab' den Doktor einfach nicht mehr rechtzeitig kriegen können. Hilf du, bitte! Ma hat schon so viele Kinder auf die Welt geholt. Hilf ihr jetzt auch bei diesem!" Er sagte kein „Amen", denn das Gebet war noch nicht zu Ende. Es wurde den ganzen Tag über fortgesetzt.

Missie bekam ihren warmen Mantel angezogen und wurde mit ihrem Pa nach draußen geschickt, damit sie ihre Mama nicht stöhnen hörte.

Marty hielt sich tapfer. Die Wehen kamen stärker und in immer kürzeren Abständen. Schweißperlen standen ihr auf dem Gesicht. Bei jeder Wehe unterdrückte sie mühsam einen Schrei. Ma blieb ständig in ihrer Nähe, wischte ihr die Stirn und machte ihr Mut.

Die Stunden schleppten sich dahin. Marty maß die Zeit in Wehen. Clark versuchte draußen angestrengt, sich auf seine Arbeit zu konzentrieren, und auch Ma wünschte sich nichts sehnlicher, als den Tag mit einer glücklichen Entbindung hinter sich zu bringen.

Langsam wanderte die Sonne weiter nach Westen. Würde diese Quälerei denn nie ein Ende nehmen? fragte sich Marty. Sie wußte nicht, wie lange sie das noch ertragen konnte. Aus ihrer langjährigen Erfahrung wußte Ma jedoch, daß alles bald vorüber sein würde.

Gegen vier Uhr stieß Marty endlich einen langgezogenen Schrei aus, der plötzlich damit endete, daß ein kleiner Junge das Licht der Welt erblickte.

Marty schluchzte erschöpft, aber überglücklich. Endlich waren diese schweren Stunden vorbei, und Mas erfahrene Hände waren da, um das Neugeborene zu versorgen. Ein frohes Lächeln huschte über ihr Gesicht, als sie ihren Sohn zum ersten Mal schreien hörte.

„'s geht ihm gut", sagte Ma. „Ein Prachtjunge!"

Im Handumdrehen hatte sie Mutter und Sohn zum Vorzeigen hergerichtet. Sie legte Marty das winzige Bündel in die Arme und machte sich auf den Weg, um Clark die frohe Nachricht zu bringen.

„Er ist da!" rief sie schon von weitem. „Ein Junge!"

Clark lief ihr mit Missie auf dem Arm entgegen.

„Und wie geht's ihr?" Seine Augen forschten in Mas Gesicht.

„Bestens!" antwortete Ma. Sie konnte ihre eigene Erleichterung kaum verbergen. „Hat ihre Sache prima gemacht, und sie hat 'nen prächtigen kleinen Jungen. Wenn du dich 'n bißchen beruhigst und aufhörst, so zu rennen, dann laß' ich dich vielleicht mal kurz bei ihr reinschauen."

Clark ging langsamer. Im Haus zog er seine Jacke aus und half Missie aus ihrem Mantel. Er war froh, endlich in die warme Stube zu kommen. Draußen war es kälter geworden.

„Komm, Missie, wir wärmen uns schnell 'n bißchen auf, und dann besuchen wir deine Mama!"

Nachdem sie ein paar Minuten vor dem Herd gestanden hatten, hob er die Kleine auf den Arm und folgte Ma ins Schlafzimmer.

Clark sah auf eine erschöpfte Marty hinunter. Sie war abgekämpft, müde und bleich. Feuchte, lose Haarsträhnen verrieten Spuren ihres langen Kampfes, aber ihre Augen strahlten. Dann wanderte sein Blick auf das kleine Bündel an ihrer Seite. Er war rot und runzelig, aber es war ein Prachtjunge, das stand fest. Ein winziges Fäustchen lag an seiner Wange.

„Ein feiner Junge!“ sagte Clark endlich. „Wie soll er denn heißen?“

„Claridge Luke“, antwortete Marty.

„Das ist ’n guter Name. Nach wem heißt er Luke?“

„Nach meinem Vater.“

„Der wär’ bestimmt mächtig stolz auf seinen Enkel. Und sein Pa erst! Wie würde der sich freuen!“

Marty nickte nur. Da war der Schmerz wieder, der ihr die Kehle zuschnüren wollte.

„Claridge Luke Davis.“ Clark sagte es langsam. „Klingt gut. Macht’s Ihnen wohl was aus, wenn ich ihn ab und zu Clare nenne?“

„Gar nicht“, erwiderte Marty. Nichts auf der ganzen Welt würde ihr je wieder etwas ausmachen, dachte sie in ihrem großen Glück.

Beide hatten derweil Missie ganz vergessen. Das kleine Mädchen starrte von Clarks Armen hinunter auf das merkwürdige rotgesichtige Bündel. Es hatte eins von den hübschen kleinen Jäckchen an, die Mama ihr gezeigt hatte, und es lag in Mamas Bett. Schließlich fragte sie zaghaft, als ob sie sich vergewissern wollte: „Ba-by?“

Clark lenkte ihr wieder seine Aufmerksamkeit zu. „Ja, Missie, Baby. Das ist das Baby, das deine Mama gekriegt hat. Es heißt Clare.“

„Ba-by schaukeln?“ fragte Missie.

„Damit hat’s noch ’n bißchen Zeit!“ lachte Clark. „Zuerst ruhen sich deine Mama und das Baby mal gründlich aus. Am besten gehen wir gleich wieder und lassen die beiden allein.“

Marty antwortete nur mit einem leisen Lächeln. Sie war unsagbar glücklich und traurig zugleich, und sooo müde.

„Das war das schwerste Stück Arbeit, das ich je geleistet hab’“, murmelte sie, nachdem Clark und Missie die Tür hinter sich geschlossen hatten. Sie nahm einen

Schluck von Mas besonderem Tee und war gleich darauf eingeschlafen.

Draußen betete Clark wieder. „Danke, Vater im Himmel! Danke, daß du Ma geholfen hast, und daß Marty alles so gut überstanden hat. Danke für ihren gesunden kleinen Jungen!" Jetzt konnte er endlich „Amen" sagen.

Mas Geschichte

Nach Claridge Lukes Geburt blieb Ma noch mehrere Tage bei Marty.

„Ich warte, bis du wieder auf den Beinen bist", erklärte sie. „Außerdem kann meine Bande mich zu Hause im Moment ganz gut entbehren."

Marty war dankbar für die Gesellschaft ihrer älteren Freundin. Immer wieder bestaunte sie ihren kleinen Sohn. Am liebsten wäre sie gleich am zweiten Tag wieder aufgestanden, doch Ma ließ sie zuerst nur für kurze Zeit aufsein, und nur allmählich durfte sie ihre gewohnten Aufgaben wieder übernehmen.

Missie war hell entzückt über das neugeborene Baby. Mit Vorliebe saß sie neben dem winzigen Bündel auf Martys Schoß im Schaukelstuhl. Sogar Clark ließ sich von der allgemeinen Begeisterung anstecken und erklärte: „Er ist ja schon 'nen halben Zoll gewachsen und hat zwei Pfund zugenommen. Das sieht man doch mit bloßem Auge!"

Endlich kam der Tag, an dem Marty sich kräftig genug fühlte, ihren Haushalt wieder allein zu versorgen. Sie meinte außerdem, daß Ma bestimmt bei sich zu Hause jetzt wieder nach dem Rechten sehen wollte.

Ma nickte. „Ja, ich glaub', du wirst jetzt auch ohne mich zurechtkommen. Laß es nur langsam gehen und übernimm dich nicht! Clark kann mich morgen nach Hause bringen."

Marty sah dem nächsten Tag mit gemischten Gefühlen entgegen. Einerseits würde sie ihre Freundin vermissen, aber andererseits freute sie sich auch darauf, wieder allein in ihrem kleinen Haushalt wirtschaften zu können.

Bei ihrem Nachmittagskaffee unterhielten sich die beiden Frauen angeregt. Sie sprachen über ihre Familien und über die Zukunft. Ma sagte wieder, wie schwer es ihr fallen würde, Sally Anne aus dem Haus gehen zu lassen.

„Sie ist doch noch so jung!“ seufzte sie. „Aber wenn so ’n junges Ding sich einmal was in den Kopf gesetzt hat, dann gibt’s kein Zurück.“

„Aber sie tut’s doch nicht aus reiner Dickköpfigkeit!“ protestierte Marty. „Sie ist halt bis über beide Ohren verliebt. Weißt du denn nicht mehr, wie’s ist, wenn man so verliebt ist, daß einem fast das Herz stehenbleibt, wenn er bloß auftaucht, und wie einem das Gesicht glüht, so sehr man auch dagegen kämpft? Weißt du noch, wie’s einen schier um den Verstand gebracht hat, dieses Verliebtsein?“

„Ja, vielleicht“, antwortete Ma zögernd. „Ist aber schon mächtig lange her. Als ich Thornton kennengelernt hab’, da ist’s mir wohl nicht viel anders als Sally Anne ergangen.“

„Erzähl doch mal, wie es damals war, als Thornton starb, ja?“

„Als Thornton starb?“ wiederholte Ma gedankenverloren. „Also, das ist auch schon lange her. Manchmal kommt’s mir vor, als ob alles erst gestern gewesen wäre, obwohl’s jetzt nicht mehr so weh tut. Ich wär’ am liebsten auch gestorben damals, aber das hab ich nicht fertiggebracht. Ich hatte ja drei kleine Kinder, die ohne mich gar niemanden gehabt hätten. So hab’ ich mich dann irgendwie durchgeschlagen. Es war, als ob ich nur zur Hälfte lebte. Die andere Hälfte war tot oder betäubt oder … ich weiß auch nicht.“

Marty verstand nur zu gut. Zu Ma sagte sie: „Und dann hast du Ben kennengelernt.“

„Ja, dann kam Ben. Er war ’n guter Mensch, zuverlässig und fleißig.“

„Und da hast du dich Hals über Kopf in ihn verliebt?"

Ma schüttelte den Kopf. „Nein, Marty, Herzklopfen und heiße Wangen hat's bei mir nicht gegeben."

Marty sah sie mit großen Augen an.

„Nee, bei Ben war alles anders. Ich hab' ihn gebraucht, und er mich. Ich hab' ihn nicht aus Liebe geheiratet, Marty, sondern wegen der Kinder – meinen und seinen."

Ma hielt inne und drehte ihre Kaffeetasse in den Händen. „Marty, ich ..." Marty spürte, wie schwer es ihr fiel, weiterzusprechen. „Ich hab' zuerst richtige Schuldgefühle gehabt und kam mir wie ... wie 'n liederliches Weib vor, weil ich das Bett mit 'nem Mann geteilt hab', den ich gar nicht geliebt hab'."

Wenn Ma nicht so ernst dreingeschaut hätte, wäre das Ganze geradezu komisch gewesen. Ma Graham, diese treue und zuverlässige Seele, mit ihrem festen Glauben an Gott und einer elfköpfigen Kinderschar – und ein liederliches Weib? Aber Marty lachte nicht. Sie verstand, wie ihre Freundin empfunden hatte.

„Das hätt' ich nie gedacht", flüsterte sie beinahe, „daß du Ben nicht geliebt hast."

Ma fuhr auf.

„Um Himmels willen, Kind!" rief sie abwehrend. „Das war damals! Heute hab' ich meinen Ben lieb, da kannst du dich drauf verlassen! Er ist so gut zu mir, und ich lieb' ihn mehr als mein Leben."

Jetzt war es an Marty, überrascht zu sein.

„Wie ... wie ist denn das alles gekommen?" fragte sie. „Das Herzklopfen und die roten Wangen?"

Ma lächelte. „Nein, das hat's nie gegeben. Ich hab' 'ne Lektion lernen müssen. Richtige Liebe kann nämlich auch anders kommen. Sicher, manchmal kommt sie wild und romantisch und macht aus normalen Menschen stotternde Narren. So ist es mir auch mal ergangen; aber so muß es nicht immer sein, und es ist kein bißchen weniger echt, wenn's anders ist. Weißt du, Marty, manchmal schleicht die Liebe sich ein, ohne daß du's gleich merkst. Du spürst nicht mal, wie sie wächst und immer stärker wird. Und eines Tages fällt's dir auf, daß sie da ist, und dann fragst du dich: ‚Wie lange hab' ich diese Gefühle eigentlich schon gehabt? Und warum hab' ich so lange nichts davon gewußt?'"

Marty regte sich. Merkwürdig, was sie da gehört hatte! In Gedanken sah sie eine junge Frau vor sich, die wie sie selbst früh Witwe geworden war und die in ihrem großen Kummer getan hatte, was für ihre Kinder am besten gewesen war. Und dennoch hatte Ma Schuldgefühle gehabt. Marty schauderte.

„Das hätt' ich nie fertiggebracht", dachte sie im stillen. „Bin ja heilfroh, daß mir so was erspart geblieben ist. Ich, ich brauchte bloß Mama zu sein, weiter nichts."

Damit schob sie ihre Gedanken beiseite und stand auf, um die Kaffeekanne vom Herd zu holen. Sie wollte einfach nicht mehr darüber nachdenken. Die Gegenwart war schließlich viel erfreulicher. Ma war rundum glücklich und hatte keinen Grund mehr, irgendwelche Schuldgefühle zu haben. Sie liebte ihren Ben aus ganzem Herzen. Wie das gekommen war, wußte sie selbst nicht zu sagen, aber ihre Liebe war echt. Sie hatte sich wohl ganz unbemerkt in ihr Herz geschlichen, heimlich und leise. Ja, so war es.

Die Wochen vergingen jetzt schneller. Der kleine Claridge wuchs und gedieh von Tag zu Tag, und Missie war ungeheuer stolz auf ihr Brüderchen. Oft schaukelte auch Clark den Kleinen im Schaukelstuhl, wenn er unruhig war, während seine Mutter gerade das Essen auf den Tisch brachte oder das Geschirr abwusch. Abends war Marty meistens todmüde, aber sie schlief gut, obwohl der kleine Clare mehrmals in der Nacht gestillt werden wollte.

Clark ging fast jeden Tag zum Holzfällen in den Wald. Er hatte zu Marty gesagt, das Haus platze fast aus allen Nähten und er beabsichtige, im Frühjahr den Anbau abzureißen, um Platz für zwei neue Schlafzimmer zu schaffen. Ob er wohl ganz vergessen hatte, daß er Marty das Geld für ihre Heimreise versprochen hatte? Nun, daran konnte sie ihn immer noch erinnern. Es war ja erst Anfang März.

Gratulanten

Ein Neugeborenes gab den Frauen in der Nachbarschaft einen willkommenen Anlaß, ihre Arbeit einmal zur Seite zu legen, um der jungen Mutter einen Besuch abzustatten. So kam es auch, daß Marty in den ersten Wochen nach Clares Geburt ihre bis dahin unbekannten Nachbarsfrauen bei sich begrüßen konnte.

Die erste war Wanda Marshall. Sie war jung und zierlich gebaut. Ihr blondes Haar mußte einmal sehr hübsch gewesen sein. Sie hatte blaue Augen, die traurig in die Ferne blickten, selbst wenn sie lachte. Marty erkannte sie als die junge Frau wieder, die sie am Tag von Clems Beerdigung angesprochen und sie eingeladen hatte, bei sich zu wohnen.

Marty stellte ihr Butterfaß, an dem sie gerade arbeitete, beiseite und begrüßte Frau Marshall herzlich: „Da freu' ich mich aber, daß Sie gekommen sind!"

Wanda lächelte zaghaft und überreichte ein Geschenk für das Baby. Marty packte es gleich aus. Es war ein Lätzchen, das mit der feinsten Stickerei verziert war. So zart und akkurat war es gearbeitet, daß Marty fand, es ähnelte der Geberin. Sie dankte ihr von Herzen und lobte die feinen Stiche. Wanda zuckte nur mit den schmalen Schultern.

„Ich habe ja sonst nichts zu tun."

„Liebe Güte!" rief Marty aus. „Seitdem ich Clare hab', komm' ich schier zu gar nichts anderem mehr! Selbst abends find' ich kaum mal Zeit, die Beine hochzulegen."

Wanda gab keine Antwort. Sie sah sich schüchtern um und fragte beinahe flüsternd: „Darf ich wohl das Baby sehen?"

„Aber sicher!“ lachte Marty. „Missie und der Kleine halten zwar gerade ihren Mittagsschlaf, aber wenn wir leise sind, können wir mal kurz reingucken. Danach trinken wir dann erst mal 'ne Tasse Kaffee, bis er wach wird.“

Marty ging voraus zum Schlafzimmer. Wanda beugte sich über die schlafende Missie mit ihren zerzausten Locken und geröteten Wangen. „Sie ist ein hübsches Kind, nicht wahr“, sagte sie leise.

„Missie? Ja, wie ein Püppchen“, sagte Marty mit Nachdruck.

Dann stellten die beiden Frauen sich an Martys Bett, wo der kleine Clare schlief. Er war fest in eine der weichen Decken eingewickelt, die seine stolze Mama für ihn genäht hatte. Sein dunkles Köpfchen schaute oben heraus, und wenn man etwas näher trat, konnte man sein rosiges Gesicht mit Augenwimpern so zart wie Seide sehen. Eine kleine Faust hielt den Zipfel der Decke umklammert.

Marty fand, daß er ein zu niedliches Bild abgab, und wunderte sich, daß ihr Gast stumm geblieben war. Als sie schließlich aufschaute, sah sie Frau Marshall gerade auf Zehenspitzen aus dem Zimmer eilen.

Marty war verwundert. Nun, manche Leute waren halt da anders. Sie küßte Clares weiche Stirn und folgte ihrer Besucherin in die Küche zurück.

Dort fand sie Frau Marshall am Fenster stehen. Sie hatte ihr den Rücken zugekehrt und schaute hinaus. Ohne etwas zu sagen, legte Marty Brennholz nach und setzte das Kaffeewasser auf. Als Frau Marshall sich schließlich umwandte, sah Marty zu ihrem Erstaunen, daß sie mit den Tränen kämpfte.

„Tut ... tut mir leid“, sagte sie mit einem mühsamen Lächeln. „Er ist wirklich ein süßes Kind, einfach herzig.“

Sie setzte sich an den Tisch und spielte nervös mit den Händen. Den Blick hielt sie gesenkt. Als sie schließlich den Kopf hob, fand Marty, daß sie plötzlich um Jahre gealtert aussah. Wieder versuchte sie ein Lächeln und sprach weiter:

„Tut mir leid, wirklich. Ich habe ja nicht geahnt, daß es so schwer sein würde. Das heißt, ich hätte nicht gedacht, daß ich mich so töricht benehmen würde. Wissen Sie, ich hätte so gern selbst ein Kind. Ein eigenes. Hab' ich ja gehabt. Drei sogar, aber keins davon ist am Leben geblieben. Alle sind …"

Die Stimme versagte ihr. Doch auf einmal fingen ihre Augen zu funkeln an. „Daran ist nur dieser trostlose Westen schuld!" rief sie wütend. „Wenn ich doch bloß an der Küste geblieben wäre, wo ich hingehöre, dann wäre alles anders gekommen. Dann hätte ich jetzt meinen Jodi und meine Esther und meinen Kyle. Dieses elende Leben in der Prärie! Sehen Sie doch, wie es Ihnen ergangen ist! Sie haben Ihren Mann verloren, und dann mußten Sie einen … einen wildfremden Mann heiraten, nur um sich über Wasser zu halten. Eine Schande ist das! Eine Schande!"

Die junge Frau schluchzte herzzerbrechend. Marty stand wie gelähmt an der Anrichte, wo sie Kuchen geschnitten hatte. Wie konnte sie diese arme Frau nur trösten?

Schließlich trat sie auf Wanda zu und legte ihr eine Hand auf die Schulter. „Das tut mir aber leid für Sie!" sagte sie mitfühlend. „Aufrichtig leid! Wenn ich meinen Clare hätte hergeben müssen – ich weiß nicht, ob ich das je verwunden hätte."

Clems Tod erwähnte sie erst gar nicht. Diese Frau hier hatte gegen einen Feind anzukämpfen, den Marty längst besiegt hatte: Bitterkeit. Marty fuhr fort. „Ich kann mir gar nicht vorstellen, wie weh das tun muß, drei kleine Kinder zu beerdigen! Das ist sicher furchtbar schwer."

Sie legte ihre Arme um die bebenden Schultern der jungen Frau und zog sie an sich. „Es muß furchtbar sein, das zu verlieren, worauf man sich so sehr gefreut hat. Aber eins weiß ich ganz bestimmt: daß Sie deshalb den Westen nicht hassen dürfen. So was kann überall passieren, überall! Die Frauen in den großen Städten verlieren auch manchmal ihre Babys. Sie dürfen dieses Land nicht hassen. Es ist so schön. Und Sie, Sie sind doch noch jung und hübsch. Seien Sie doch bitte nicht so bitter! Davon wird's nicht besser – wenn man nicht annehmen will, was nun mal passiert ist. Niemand kann's ungeschehen machen."

Wanda hatte sich inzwischen unter Martys tröstenden Worten etwas beruhigt.

„Das Leben ist, was man draus macht. Drei Kinder zu verlieren ist wahrlich nicht einfach, das steht fest, aber Sie sind doch noch jung, und vielleicht gibt –" beinahe hätte sie „Clarks Gott" gesagt – „vielleicht bekommen Sie in Zukunft doch noch Kinder. Lassen Sie den Kopf nicht hängen und geben Sie die Hoffnung nicht auf!"

Marty unterbrach sich. Liebe Zeit, sie hatte gar nicht gewußt, daß sie solch lange Reden halten konnte!

„Und außerdem", fiel ihr auf einmal ein, „kommt ja bald 'n Doktor in unsere Stadt. Vielleicht wird dann manches besser ..."

Wanda hatte aufgehört zu schluchzen. Sie blieb noch eine Weile an Marty angelehnt, bevor sie sich wieder aufrichtete. „Entschuldigen Sie bitte!" sagte sie leise. „Ich habe mich furchtbar dumm benommen. Sie sind so freundlich und so tapfer, und recht haben Sie obendrein. Es ... es geht schon wieder. Und das mit dem Doktor ist wirklich eine gute Nachricht."

Der Kaffee drohte überzukochen, und Marty lief schnell an den Herd. Als die beiden Frauen sich dann bei einer dampfenden Tasse gegenübersaßen, tauschten sie sich über ihre Herkunft aus.

So erfuhr Marty, daß Wanda ein typisches Stadtmädchen gewesen war. Sie kam aus einer vornehmen Familie, hatte die besten Schulen besucht und war, wie sie selbst zugeben mußte, ein wenig verwöhnt aufgewachsen. Wie es sie dann so weit in den Westen verschlangen konnte, war ihr selbst manchmal noch ein Rätsel.

Clare meldete sich vom Schlafzimmer her, und Marty holte ihn in die Küche, um ihn zu stillen, während sie sich weiter mit ihrem Gast unterhielt. Aus Angst, daß Wanda der Anblick schwer werden könnte, deckte sie den Säugling gut zu.

Wanda klagte, wie wenig es für sie zu tun gab. Sie war geschickt mit Nadel und Faden, wie Marty selbst gesehen hatte, aber sie hatte niemanden, für den sie nähen konnte. Sie hatte noch nie eine Steppdecke aus Stoffresten gearbeitet, und stricken oder häkeln konnte sie auch nicht. Sie kochte so ungern, daß sie nur so lange am Herd stand, wie es unbedingt sein mußte. Lesen – ja das machte ihr Spaß, aber die wenigen Bücher, die sie besaß, hatte sie schon so oft gelesen, daß sie sie inzwischen auswendig kannte.

Marty erbot sich, ihr das Häkeln und Stricken beizubringen.

„Oh, würden Sie das wirklich tun?" fragte Wanda dankbar. „Das würde ich so gerne lernen."

„Ja, natürlich", antwortete Marty fröhlich. „Kommen Sie doch einfach mal vorbei, und dann machen wir's uns mit unserem Strickzeug gemütlich."

Der kleine Clare hatte seine Mahlzeit beendet und begann, lebhaft zu strampeln. Marty knöpfte ihre Bluse wieder zu und hob den Säugling an ihre Schulter. Prompt wurde sie mit einem unüberhörbaren Bäuerchen belohnt.

Wanda lachte leise. Dann fragte sie zaghaft: „Ob ich ihn wohl auch einmal halten darf?"

„Natürlich, gern!" antwortete Marty. „Setzen Sie sich doch mit ihm in den Schaukelstuhl. Das mag er so gern."

Marty sah zu, wie Wanda das Baby behutsam zum Schaukelstuhl trug und sich mit ihm auf dem Schoß zurechtkuschelte. Dann ließ sie die beiden allein und räumte den Tisch ab.

Wenig später wachte Missie auf. Als Marty die Kleine holen ging, schaukelte Wanda den zufriedenen Clare sanft hin und her. Ihre Augen waren in die Ferne gerichtet.

„Das arme Ding!" dachte Marty. „Ich hab' wirklich allen Grund, dankbar zu sein!"

Die nächste Gratulantin war Ma Graham. Sie schenkte Marty eine hübsche selbstgestrickte Babydecke. Marty bewunderte die feinen Maschen und die zarten Farben.

Ma hatte ihre ganze Kinderschar mitgebracht. Jedes von ihnen hatte sich schon seit langem darauf gefreut, den neuen kleinen Nachbarn zu begrüßen. Ma seufzte leise, als Sally Anne das Neugeborene mit glänzenden Augen an sich drückte. Jedes der Kinder durfte das Baby dann einmal auf den Arm nehmen, auch die Jungen, die von Anfang an gelernt hatten, auch das kleinste Lebewesen zu achten und liebzuhaben.

Schließlich setzten sich alle zum Mittagessen um den Tisch, und bevor sie wußten, wie ihnen geschah, war der Nachmittag vorbei.

Am Tag darauf klopfte eine ärmlich gekleidete, fremde Frau mit zwei ebenso ärmlich gekleideten kleinen Mädchen an Martys Tür. Marty begrüßte sie und bat sie einzutreten. Anstatt einer Antwort reichte die Frau Marty ein lose eingewickeltes Päckchen.

Marty bedankte sich und packte es aus. Zum Vorschein kam wieder ein Lätzchen, doch dieses hatte nicht die geringste Ähnlichkeit mit dem, das Wanda Marshall gemacht hatte. Es war aus dem groben Stoff einer abgetragenen Arbeitshose genäht, doch die Stiche waren sauber und regelmäßig gesetzt. Keine Stickerei verzierte den vom Einpacken zerknitterten Stoff. Marty dankte der Frau jedoch von Herzen und lud sie noch einmal ein, ins Haus zu kommen.

Das Trio folgte ihr stumm und mit gesenktem Blick.

„Ich glaub', wir kennen uns noch gar nicht", sagte Marty mutig.

„Oh, ich heiß' ..." murmelte die Frau, ohne aufzusehen. Marty hatte den Vornamen nicht verstanden, doch den Nachnamen konnte sie ausmachen.

„Aha, Frau Larson."

„Die Frau nickte nur. Ihr Blick schien noch immer am Fußboden zu kleben.

„Und die beiden Mädchen?"

Die Angesprochenen liefen tiefrot an und sahen aus, als ob sie sich am liebsten in den Rockfalten ihrer Mutter vergraben hätten.

„Das hier ist Nandry, und das ist Cathy."

Marty war sich nicht sicher, ob sie die Namen richtig verstanden hatte, aber sie wagte nicht, noch einmal danach zu fragen.

Während das Kaffeewasser zum Kochen kam, holte Marty tief Luft und versuchte, ein Gespräch in Gang zu bringen. „Schönes Wetter für Anfang März, nicht?"

Wieder nickte die Frau stumm.

„Ist Ihr Mann auch zum Holzfällen draußen?"

Sie schüttelte den Kopf.

„Dem ist heut' nicht gut", flüsterte sie endlich, wobei sie verlegen den Knopf an ihrer Jacke drehte.

„Oh!" Marty ergriff die Gelegenheit beim Schopf. „Das tut mir aber leid. Was fehlt ihm denn?"

Frau Larson zuckte nur mit den Achseln zum Zeichen, daß es ihr selbst ein Rätsel war.

Marty wechselte das Thema.

„Möchten Sie den Kleinen sehen?"

Das Trio nickte.

Marty stand auf. „Er schläft gerade. Aber kommen Sie ruhig mit!“ Zum Leisesein brauchte sie die drei wohl kaum zu ermahnen, dachte sie. Zu mehr als einem Flüstern waren die ohnehin nicht imstande.

Sie stellten sich an das Bett, auf dem Clare schlief, und jedes von den dreien hob den Blick von den ausgetretenen Schuhen gerade lange genug, um das Kind anzusehen. War da nicht ein Funke von Interesse auf dem Gesicht der jüngeren Tochter? Nein, das mußte sie sich nur eingebildet haben, entschied Marty und führte die drei wieder in die Küche.

„Inzwischen kochte das Kaffeewasser. Martys Gäste nahmen sich jeder scheu ein Plätzchen aus der Schale und knabberten langsam daran, um es möglichst lange genießen zu können. Marty gewann den Eindruck, daß solche Leckereien wohl eine seltene Kostbarkeit in ihrem Haus sein mußten.

So still, wie sie gekommen waren, machten sie sich auch wieder auf den Heimweg. Nicht einmal zum Abschied hoben sie den Blick vom Boden.

Marty trat ans Küchenfenster und sah ihnen nach. Sie waren zu Fuß gekommen. Durch die Schneewehen war die Straße sogar für die Pferde schwer passierbar, und trotzdem hatten sie sich mit ihrem kleinen Geschenk für das Neugeborene auf den Weg gemacht. Draußen wehte ein scharfer Wind, und keins von den dreien war warm angezogen. Als Marty sie in ihren im Wind flatternden Kleidern durch den Schnee stapfen sah, stiegen ihr plötzlich die Tränen in die Augen. Sie nahm das Geschenk, das sie ihr gebracht hatten, in die Hand. Auf einmal hatte es einen ganz neuen Wert in ihren Augen.

Hildi Stern und Frau Watley kamen zusammen. Hildi war eine freundliche, gutmütige Frau in den mittleren Jahren. Längst nicht so lebenserfahren wie Ma Graham, dachte Marty, aber bestimmt eine gute Nachbarin.

Frau Watley hatte sich nur mit Nachnamen vorgestellt. Sie war eine beleibte, behäbige Frau, die sich nicht gern vom Fleck bewegte. Als Marty sich erbot, die beiden Gäste ins Schlafzimmer zu führen, damit sie das schlafende Baby sehen konnten, beeilte sich Frau Watley vorzuschlagen: „Bringen Sie den Kleinen doch hier her ins Wohnzimmer, meine Liebe!“ So beschlossen sie zu warten, bis Clare aufwachte.

Jede der beiden Frauen hatte ein Geschenk mitgebracht. Hildi Sterns Päckchen enthielt einen kleinen selbstgestrickten Pullover, über den sich Marty herzlich freute.

Frau Watley überreichte ihr das dritte Lätzchen. Es war schlicht, aber sauber genäht. Marty bedankte sich bei den beiden Frauen mit aufrichtigen Worten.

Beim Kaffeetrinken lobte Frau Watley ein ums andere Mal Martys Koch- und Backkünste, nachdem sie sich an Kuchen und Plätzchen ausgiebig gütlich getan hatte. Anschließend begutachteten die beiden Besucherinnen das Baby. Sie erklärten es für „ein herziges Kind“ und gratulierten Marty zu ihrem prächtigen Sohn. Schließlich wandte sich Frau Watley an Hildi Stern.

„Holen Sie doch bitte jetzt das Gespann, meine Liebe! Ich warte dann an der Tür.“

Mit herzlichen Worten verabschiedeten sich die beiden.

Frau Vickers war die letzte der Nachbarsfrauen, die nahe genug wohnten, um dem Neugeborenen trotz Eis und Schnee einen Besuch abstatten zu können. Ihr Sohn Shem fuhr sie zu Marty. Beim Absteigen vom Wagen schickte sie ihn mit den Pferden in den Stall. Auf dem Pfad zum Haus fing sie schon von weitem zu reden an, noch bevor Marty die Tür öffnen konnte.

„Meine Güte, was für ’n Winter dieses Jahr! Trotzdem, ich hab’ schon schlimmere erlebt – aber auch bessere – da können Sie Gift drauf nehmen. Hab' gehört, Sie haben was Kleines gekriegt – muß von ihrem Ersten sein, hab' ich gleich gesagt – mit dem anderen ist sie dafür noch nicht lange genug verheiratet. Wie geht's ihm denn? Hab' gehört, er ist gesund – darauf kommt's schließlich an, sag ich immer. Lieber gesund als hübsch!"

Sie klopfte sich den Schnee von den Stiefeln und watschelte gleich durch in die Küche. „Meine Güte, haben Sie vielleicht 'n Glück gehabt – so 'n feines Häuschen – 'n bißchen besser als der Planwagen, den Sie davor hatten, was? So 'n Haus hat nicht jede Frau, und Ihnen fällt gleich alles fix und fertig in den Schoß. Na, dann lassen Sie mal Ihren Kleinen sehen!"

Marty schlug höflich, aber bestimmt vor, daß sie erst einmal Kaffee trinken sollten, bis Clare aufwachte, und Frau Vickers nickte widerspruchslos. Sie ließ sich auf einem der Küchenstühle nieder und fuhr sich mit der Zungenspitze über die Lippen, als ob sie die auf Hochtouren laufende Maschinerie ölen wollte.

Von jetzt an konnte Marty nicht mehr als ein gelegentliches Nicken oder Kopfschütteln zur Unterhaltung beitragen. „Na, um so besser", dachte sie im stillen. So kam sie wenigstens nicht in Versuchung, etwas zu sagen, das sie später bereuen würde.

Zwischen hastigen Schlucken aus ihrer Kaffeetasse und großen Bissen Kuchen ließ Frau Vickers einen wahren Wortschwall über ihre Gastgeberin ergehen.

„Jedd Larson ist 'n hoffnungsloser Fall von Faulpelz und Taugenichts – steht erst auf, wenn andere Leute ihr Tagewerk getan haben – außer wenn's ans Essen und Kinderhaben geht – die sind erst zehn Jahre verheiratet und haben acht Blagen gehabt – nur drei davon sind am Leben geblieben – fünf sind unter der Erde. Die Frau, nein, so was von Schüchternheit – sieht aus wie 'n gerupftes Huhn – kein Wunder, daß keiner zu ihr hingeht –"

Marty nahm sich vor, am ersten Frühlingstag zu Frau Larson zu fahren, um ihr einen Besuch abzustatten.

„Die Grahams wieder – haben Sie schon mal so viele Kinder in 'ner einzigen Familie gesehen? 'ne Schande, so was! Wie die Kaninchen!"

Marty mußte sich beherrschen, um ihr nicht ins Wort zu fallen.

„Haben Sie die kleine Marshalls kennengelernt? Also, die Dame wär' besser da geblieben, wo der Pfeffer wächst – die mit ihrem ganzen Gehabe – kann ja noch nicht mal 'n Kind durchbringen – 'ne Frau, die's nicht schafft, ihre Kinder groß zu kriegen, hat im Westen nichts verloren, sag ich immer – und komisch ist sie auch – weiß nicht genau, wieso, aber – nee, irgendwas stimmt nicht bei der – begrüßt einen nicht mal richtig, wenn man kommt. Ich, also ich bin jedesmal hin, als eins von den Kindern starb, wie sich's gehört – hab' ihr gleich gesagt, was sie wieder falsch gemacht hat – und stellen Sie sich vor, da dreht die mir glatt den Rücken zu!"

„Arme Wanda!" dachte Marty mitleidig.

„Na, dann soll sie doch, sag ich mir, und geh' halt wieder. Sind Hildi und Maude schon hiergewesen? Hab' sie neulich vorbeifahren sehen – sind bestimmt auf dem Weg zu dem kleinen Davis, sag' ich – also, Hildi, die ist 'ne anständige Nachbarin – obwohl, die hat auch so ihre Makken – ich bin ja nicht von der Sorte, die über so was reden. Aber Maude Watley – das ist was anderes – die rührt doch keinen Finger, wenn's nicht unbedingt sein muß – ist immer schon so breit wie die Prärie selbst gewesen – obwohl, bevor die ihren Mann hatte, war sie wohl Tänzerin gewesen – soll natürlich keiner wissen, aber's ist die reine Wahrheit. Waren Sie schon mal in der Stadt?"

Marty schüttelte den Kopf, und Frau Vickers redete flugs weiter.

„Also, wenn Sie in die Stadt fahren, passen Sie auf, daß

Sie bloß Frau McDonald nichts erzählen, das nicht morgen der ganze Westen wissen soll – so was von losem Mundwerk!“

Außerdem erfuhr Marty, daß Miss Standen in der Stadt samstags mit ihrem Verehrer gesehen würde.

Der Reisepastor hatte bestimmt was zu verbergen, sonst würde er sich endlich irgendwo niederlassen.

Milt Conners, der einzige Junggeselle weit und breit, wurde von Tag zu Tag kauziger. Wurde Zeit, daß der sich 'ne Frau suchte – das würde ihn schon zurechtbiegen – außerdem besorgte er sich neuerdings Schnaps – woher er den hatte, wußte keiner, aber sie hatte so ihren Verdacht.

Und der neue Doktor, der im April kommen sollte – Clark hatte wohl dafür gesorgt, daß er kam, hatte sie gehört – also, 'nen Doktor konnten sie gebrauchen, das stand fest – sie hoffte bloß, daß der auch sein Geld wert war – 'n Quacksalber hätte nämlich gerade noch gefehlt.

So, so und Sally Anne wollte also heiraten – Jason Stern war der Auserwählte – na, die beiden Familien würden wohl in den nächsten Jahren noch manche Hochzeit zusammen feiern.

Endlich hielt sie inne, um Luft zu holen, und Marty ergriff die Gelegenheit beim Schopf, um zu bemerken, daß ihr Sohn draußen im Stall bestimmt fror und nach Hause wollte. Nun, sie würde schnell ein Stück Kuchen und ein paar Plätzchen für ihn einpacken.

Frau Vickers verstand und begann, sich wortreich zu verabschieden. Das Baby hatte sie nicht einmal sehen wollen. Marty griff sich an den Kopf. „Bin ich froh, daß sie endlich fort ist!“ seufzte sie erleichtert.

*

Der März brachte Berge von Arbeit mit sich. Clark fällte Holz bis in die Abenddämmerung hinein und verrichtete seine Stallarbeit anschließend beim Schein einer Laterne. Während des Abendbrots rechnete er Marty vor, wieviele Stämme er heute aus dem Wald geholt hatte, und zusammen überlegten sie dann, wann mit dem neuen Anbau begonnen werden konnte.

Auch Marty hatte mit dem Haushalt, dem Säugling und Missie alle Hände voll zu tun. Sie konnte kaum die Wäsche so schnell trocknen, wie sie wieder gebraucht wurde.

Abends ruhten Clark und Marty sich gern beim offenen Kamin aus. Marty arbeitete an ihrer Steppdecke oder strickte, während Clark ein Buch las oder kleinere Tischlerarbeiten durchführte. Marty fand es mit der Zeit immer leichter, sich mit Clark zu unterhalten. Oft freute sie sich sogar auf diese abendlichen Gespräche.

Clark hatte manchen Abend damit verbracht, ein großes Bett für Missie zu zimmern, damit Clare bald in ihrem Kinderbettchen schlafen konnte. Marty beobachtete interessiert, wie mit Hilfe der wenigen einfachen Werkzeuge, die er dabei benutzte, das Bett unter seinen geschickten Händen langsam Gestalt annahm. Die Decke, an der sie nähte, war für das Bett bestimmt.

Während der Arbeit unterhielten sie sich über dies und das. Der frühe Frost und lange Winter hatte die Tiere aus den Bergen zur Futtersuche in die Täler getrieben. Ein paar Kojoten waren des Nachts bedenklich nahe gekommen und hatten Bob zu lautstarkem Gebell veranlaßt.

Während der Wintermonate sah man wenig von den Nachbarn, so daß sich Neuigkeiten nur langsam herumsprachen. In der Stadt waren wohl die Masern ausgebrochen, hatte man gehört, aber niemand war ernsthaft erkrankt.

Sie besprachen auch die Aussaat im Frühjahr und Clarks Pläne, neue Felder zu roden. Sie erzählten einander, welche neuen Wörter Missie tagsüber gelernt hatte und welche Fortschritte Clare wieder gemacht hatte. Es waren die alltäglichen, unbedeutenden Dinge des Lebens, über die sie sprachen, doch dabei lernten sie sich, ohne sich dessen bewußt zu sein, immer besser kennen. In einfachen, ungezwungenen Worten tauschten sie sich aus über alles, was sie bewegte.

Eines Abends, während Marty an der Decke nähte und Clark an dem Bettgerüst hobelte, kamen sie auf die Bibelstelle zu sprechen, die Clark am Morgen beim Frühstück vorgelesen hatte. Manches Wort war unverstanden an Marty, die ohne die Bibel aufgewachsen war, vorübergerauscht. Clark erklärte ihr mit seinen eigenen Worten, was es mit der Verheißung des Messias auf sich hatte. Die Juden hatten eine völlig falsche Vorstellung von seinem Kommen: Sie hofften darauf, von der römischen Herrschaft befreit zu werden, doch der Messias befreit von Sünden. Sie suchten ein großes irdisches Reich, doch das Königreich des Messias ist im Himmel.

Marty begann, etwas mehr von Clarks Gott zu verstehen, aber sie hatte noch manche Frage.

„Glauben Sie wirklich, daß der Gott, der die ganze Welt geschaffen hat, Sie persönlich kennt?“ fragte sie.

„Da bin ich mir ganz sicher“, antwortete Clark schlicht.

„Und woher wissen Sie das?“

„Weil er schon so viele meiner Gebete erhört hat.“

„Sie meinen, daß er Ihnen immer gibt, worum Sie bitten?“

Clark überlegte und schüttelte dann den Kopf.

„Nein, so mein’ ich das nicht. Manchmal hilft er mir, halt einfach ohne das auszukommen, worum ich gebetet hab’.“

„Das klingt aber komisch.“

„Find’ ich eigentlich nicht. Oft beten wir nämlich um Dinge, die wir gar nicht so dringend brauchen, wie wir meinen.“

„Was denn zum Beispiel?“

„Och, 'ne gute Ernte vielleicht, oder 'nen neuen Pflug oder 'n Kalb."

„Und wenn man was verliert, das man viel lieber behalten hätte?"

„Sie meinen, wie Clem oder Ellen?"

Marty nickte langsam.

„Dann nimmt er zwar den Schmerz nicht weg, aber er hilft ihn tragen."

„Ich hätt' gut jemand gebrauchen können, der meinen mit mir getragen hätte."

„Gott war da, und ich glaub' ganz bestimmt, er hat Ihnen mehr geholfen, als Sie ahnten."

„Aber ich hab' ja nicht mal drum gebetet."

„Ich aber."

Feuer

Am sechzehnten März feierte Clare seinen ersten Monat als Erdenbürger. Soweit war er ein recht friedliches Kind gewesen, aber Clark warnte immer wieder: „Warten Sie's bloß ab, bis die ersten Zähne kommen!"

Marty hoffte, daß Clark sich irren würde. Und im stillen hoffte Clark dasselbe.

Draußen war es wieder kälter geworden, und es sah nach einem neuen Schneesturm aus, so daß Clark früh am Morgen in die Stadt gefahren war, um die notwendigsten Vorräte zu besorgen.

Er kam früher als gewöhnlich zurück. Das Wetter hatte sich bis jetzt gehalten. Frau McDonald hatte Clark ein Geschenk für das Baby mitgegeben. Marty packte es aus, und zum Vorschein kam Lätzchen Nummer vier.

„Also, ich muß schon sagen", lachte Marty, „dieser Junge leidet keinen Mangel an Lätzchen. Da kann die fröhliche Spuckerei ja bald losgehen!"

Clark lachte mit ihr.

Missies neues Bett stand inzwischen fertig im Schlafzimmer, und ihr Kinderbettchen war im Wohnzimmer aufgestellt worden, wo es tagsüber wärmer war. Der Kleine lag jetzt öfters wach und sah sich mit großen Augen in der Welt um. Nachts nahm ihn Marty mit sich ins Bett.

Mit der Abenddämmerung drehte sich der Wind. Clark sah zum Fenster hinaus und bemerkte: „Na, vielleicht bleibt uns der Sturm ja doch noch erspart."

Das war eine erfreuliche Aussicht. Frischer Schneefall in den letzten Tagen hatte die Hoffnung auf einen baldigen Frühling zunichte gemacht. Die Schneedecke wuchs noch immer, und ein kalter Wind fegte durch die kahlen Bäume und Sträucher.

Nach einem langen, arbeitsreichen Tag waren beide müde. Clark hatte eine eilige Fahrt in die Stadt hinter sich, und Marty hatte den Tag mit Brotbacken und Waschen verbracht. So löschten sie heute die Lampen etwas früher als gewöhnlich.

Marty streckte sich behaglich unter den warmen Dekken aus. Sie stillte den kleinen Clare ausgiebig, damit er für ein paar Stunden zufrieden schlafen konnte, und kuschelte sich mit ihm im Arm zurecht.

Kaum war sie eingeschlafen, als sie plötzlich aufschreckte. Clark stand vor ihr im Zimmer und sagte hastig, während er in seine Jacke schlüpfte: „Der Stall brennt! Sie bleiben hier. Ich hol' die Tiere!" Und damit war er schon zur Tür hinaus.

In Martys Kopf drehte sich alles. Hatte sie geträumt? Nein, Clark war wirklich hier gewesen. Sie lag wie gelähmt da. Was sollte sie nur tun? Schließlich sprang sie mit einem Satz aus dem Bett und lief, ohne sich ein Kleid oder auch nur ihre Hausschuhe überzustreifen, aus dem Schlafzimmer in die Küche. Schon vom Wohnzimmer aus konnte sie die grelle Glut durch das Fenster scheinen sehen. Panik ergriff sie. Flammen loderten aus dem Stalldach. Der schwarze Rauch quoll dicht in den glühenden Nachthimmel empor. Und da war Clark. Er rannte in großen Sätzen auf den Stall zu. Dort angekommen, riß er das Tor auf. Der Rauch strömte ihm entgegen.

Plötzlich fiel Marty wieder ein, was er zu ihr gesagt hatte. Ihre Stimme überschlug sich beinahe.

„Nein, Clark, nein! Gehen Sie da nicht rein! Bitte, bitte nicht!"

Aber da war er schon im Stall – und das bloß für das Vieh. Vieh konnte man doch neu kaufen! Regungslos vor Entsetzen starrte sie durchs Fenster. Die Minuten wurden ihr zur Ewigkeit. Ihre Lippen bewegten sich zu einem geflüsterten, verzweifelten Gebet. Und dann stürzte Dan – oder war es Charlie? – durch die Rauchwand ins Freie, dicht gefolgt von dem anderen Pferd. Das Reitpferd kam als nächstes mit fliegendem Zaumzeug. Es stürmte in vollem Galopp mitten in den Weidenzaun, fing sich wieder und lief weiter.

Marty ließ das Tor nicht aus dem Auge. „O Clark, Clark, bitte! Gott, wenn es dich gibt, laß ihn doch schnell rauskommen!"

Doch statt dessen kam jetzt eine Milchkuh zum Vorschein, und noch eine, und noch eine.

„O Gott!" schluchzte Marty. „Hilf ihm, sonst schafft er es nie!"

Inzwischen hatten die Flammen auf die Seitenwände übergegriffen. Sie fraßen sich hungrig auf das Tor zu. Da endlich sah sie ihn, wie er mit schwerem Zaumzeug in der Hand ins Freie stolperte. Mühsam erreichte er den Weidenzaun und lehnte sich daran, um sich das nasse Handtuch, das er sich auf dem Weg aus dem Haus in aller Eile genommen hatte, vom Gesicht zu reißen.

„O Gott!" rief Marty, indem sie ohnmächtig auf den kalten Küchenfußboden sank.

Es wurde eine lange Nacht. Marty nahm nur wie durch einen Nebelschleier wahr, was um sie herum geschah. Clark war in Sicherheit, aber der Stall war restlos abgebrannt. Überall waren Nachbarn mit Wasser und Schnee unterwegs, um die anderen Gebäude zu retten.

Die Frauen liefen geschäftig zwischen der Küche und dem Stall hin und her, um den Männern Wurstbrote und heißen Kaffee zu bringen. Marty war wie benommen. Eine der Frauen legte ihr Clare in die Arme.

„Er schreit vor Hunger", sagte sie. „Kommen Sie, setzen Sie sich hin und stillen Sie ihn!"

Marty gehorchte wortlos.

Endlich dämmerte der Morgen. Von dem Stall waren nur noch verkohlte Holzbohlen und Asche übrig, aber keins von den anderen Gebäuden war abgebrannt.

Müde, rußgeschwärzte Gestalten versammelten sich im Hof, um Kaffee und Brote in Empfang zu nehmen. Ihre Kleidung war vom Eis verkrustet, und sie wärmten ihre Hände an den heißen Tassen. Sie sprachen mit gedämpfter Stimme, denn jeder von ihnen wußte, wie vernichtend der Verlust von Stall und Futtervorräten in der kalten Jahreszeit war.

Nachdem die letzte Kaffeetasse geleert war, machten sich die hilfreichen Nachbarn auf den Heimweg. Die Männer hatten es jetzt eilig, nach Hause zu kommen und die vereisten Jacken und Hosen gegen trockene, warme Sachen zu vertauschen. Als das erste Gespann gerade wegfuhr, tauchte Jedd Larson mit seinem Wagen auf.

„Ach nee, sieh mal an!" hörte Marty jemanden flüstern. „Jedd Larson! Der kommt noch zu spät zu seiner eigenen Beerdigung!"

Jedd fing gleich da an, wo die anderen aufgehört hatten, und nahm sich eine Tasse Kaffee und die letzten belegten Brote. Während ein Gespann nach dem anderen den Hof verließ, schien Jedd sich auf einen längeren Aufenthalt einzurichten.

„Armer Clark!" dachte Marty mit einem Blick aus dem Küchenfenster. „Er sieht ja total abgekämpft aus. Nichts wie Ruß und Asche, und ganz verfroren, und da kommt Jedd an und will unterhalten werden – keinen Funken Anstand hat der Kerl! Also, das laß' ich nicht zu!" Entschlossen zog sie sich das Umschlagtuch fester um die Schultern und ging nach draußen.

„Guten Tag, Herr Larson", begrüßte sie ihn. „Nett von Ihnen, daß Sie zum Helfen gekommen sind, aber soweit haben wir jetzt alles unter Kontrolle, dank unserer Nachbarn. Haben Sie Kaffee gehabt? Gut. Tut mir leid, daß ich einfach reingeplatzt komme, aber mein Mann wird im Haus gebraucht, wenn Sie ihn bitte entschuldigen wollen."

Sie hatte noch nie von Clark als ihrem Mann gesprochen, und wenn sie genauer hingesehen hätte, hätte sie maßloses Erstaunen in seinen Augen lesen können. Sie deutete auf die Tür. Clark bedankte sich bei Jedd für sein Kommen, bevor er ins Haus ging.

„Und grüßen Sie Ihre Frau! Wir wollen Sie wirklich nicht länger aufhalten. Zu Hause wartet bestimmt auch Arbeit auf Sie. Kommen Sie doch demnächst mal vorbei, wenn wir uns in Ruhe zusammensetzen können. Nochmals vielen Dank! Gute Nachbarn sind doch viel wert. So, jetzt muß ich aber rein zu meinen Kindern. Wiedersehen, Herr Larson!"

Marty ging ins Haus zurück. Jedd stieg auf seinen Wagen und kutschierte davon. Anstatt Schneekufen hatte er noch immer Räder am Wagen. Das hatte er längst in Ordnung bringen wollen, aber er hatte halt nie die Zeit dazu gefunden.

Im Haus fand Marty einen verwunderten Clark vor. Er war zweimal durch das ganze Haus gegangen, um nach der Ursache für Martys Bitte hereinzukommen, zu suchen, doch alles schien in bester Ordnung zu sein. Missie, die er weinend vorzufinden erwartete, schlief ruhig in ihrem Bett. Von dem Aufruhr um das Feuer hatte sie nicht das geringste mitbekommen. Clare lag wach in seinem Bettchen und lutschte zufrieden an seinem Fäustchen.

Marty kam ins Zimmer, und Clark sah auf. „Wo werd' ich denn gebraucht?" fragte er. Er hatte eine Brandblase im Gesicht.

Sie starrte ihn an. Die ganze Nacht hindurch hatte sie sich tapfer geschlagen und Tausende von Fragen beantwortet: wo der Kaffee war, ob sie sich nicht lieber setzen wollte, wo sie die Butter aufbewahrte. Mit Mühe hatte sie sich zurückgehalten, um nicht aus dem Haus zu laufen und sich davon zu überzeugen, daß Clark auch wirklich unverletzt war. Sie hatte ihren Zorn über dieses Unglück im Zaum gehalten. Sie konnte einfach nicht begreifen, weshalb diese Katastrophe ausgerechnet Clark hatte passieren müssen, der doch immer so hart gearbeitet und seinen Nachbarn geholfen hatte, der immer ruhig blieb und nie die Geduld verlor, der nicht trank und seine Frau nicht schlug, der an Gott glaubte und täglich zu ihm betete, der die Bibel las und danach lebte. Warum ausgerechnet er? Warum nicht der ewig faule Jedd Larson? Warum? Warum? Marty hatte sich die ganze Nacht über tapfer geschlagen, aber jetzt war sie am Ende. Sie drehte sich um und lehnte sich an die Wand. Ihre Schultern bebten vor Schluchzen.

Sie spürte seine Hände auf ihren Schultern. Wie ein weinendes Kind zog er sie an sich und strich ihr über das lange, lose Haar. Schweigend ließ er sie weinen, bis sie sich wieder gefaßt hatte. Schließlich löste sie sich von ihm und wischte sich mit ihrem Schürzenzipfel die Tränen aus dem Gesicht. „O Clark“, flüsterte sie, „was fangen wir jetzt bloß an?“

Er schwieg eine Weile, bevor er antwortete. Dann sagte er ruhig: „Wir befehlen's Gott an, und was wir brauchen, wird er uns geben, und was wir nicht brauchen, da hilft er uns, ohne das auszukommen.“

Und dann senkten sie beide den Kopf und beteten.

Das Versorgen der Tiere an diesem Morgen war eine mühsame Aufgabe. Die Pferde waren davongelaufen. Auch die Kühe hatten das Weite gesucht. Die Schweine standen friedlich in ihren Boxen, und den Hühnern war ebenfalls nichts zugestoßen. Ihr Futter war jedoch zum großen Teil verbrannt, so daß Clark nach Notlösungen suchen mußte. Das Vieh auf der Weide wollte auch gefüttert werden, doch ihr Futter war ganz und gar in den

Flammen aufgegangen. Clark tat sein Bestes und kam dann zum Frühstück ins Haus.

Marty sorgte sich wegen der Brandblasen in seinem Gesicht und an seinen Händen, aber er wehrte nur ab. „Halb so schlimm!“ meinte er.

Nach dem Morgengebet und dem Abschnitt aus der Bibel begann ein wortkarges Frühstück. Auch Missie war ungewöhnlich still. Sie spürte, daß irgend etwas nicht stimmte.

Schließlich brach Marty das Schweigen. „Was haben Sie denn jetzt vor?“ fragte sie.

„Erst mal fahr’ ich rüber zu Ben. Der hat nämlich angeboten, zwei von den Milchkühen zu nehmen. Er füttert sie mir für die Milch. Wenn ich wieder Futter für sie hab’, kriegen wir sie zurück.“

„Und der Rest von dem Vieh?“

„Die fünfzehn Rinder werden wir verkaufen müssen.“

„Und die Schweine?“

„Die meisten werden auch verkauft. Vielleicht kann ich ’n paar Ferkel behalten.“

„Womit wollen Sie die denn füttern?“

„Das Saatgut hab’ ich ja noch. Das steht in Kisten im Schweinestall. Ich rode halt das neue Feld erst nächstes Jahr und füttere mir statt dessen ’ne Sau oder zwei durch.“

„Und die Pferde?“

„Pferde können sich ganz gut ihr Futter selbst suchen, auch im Winter. Die scharren den Schnee mit den Hufen weg zum Grasen. Mit dem Geld für die Rinder kauf’ ich dann genug Futter für eine Milchkuh.“

„Sie haben ja schon an alles gedacht.“

„Noch nicht ganz, aber zum großen Teil. Wir werden’s schon hinkriegen. Wenn alles gut geht, haben wir bis zur Ernte alles wieder wie gehabt.“

„Aber mein Reisegeld ...?“ dachte Marty, ohne es laut zu sagen.

Clark mußte ihr den Gedanken vom Gesicht abgelesen haben. Er sah sie eindringlich an; dann sagte er langsam: „Als ich Sie gebeten hab', zu uns zu kommen und Missies Mama zu werden, da hab' ich Ihnen ein Versprechen gegeben, und das gilt auch jetzt noch. Ehrlich gestanden würd' ich Sie vermissen, wenn Sie gehen, Sie und die Kinder, aber ich werd' Sie nicht aufhalten, wenn sie wirklich lieber ziehen wollen."

Zum ersten Mal war Marty sich gar nicht mehr so sicher.

Clark führte seine Pläne aus. Die Schweine wurden alle bis auf zwei Ferkel verkauft; ebenso die Rinder. Von einem Teil des Erlöses kaufte er genug Futter für die Milchkuh und die beiden Ferkel, um das Saatgut soweit wie möglich aufzusparen. Das Geld von der Ernte würde er dringender denn je für eine neue Viehherde brauchen. Auch von den Hühnern behielt er nur ein paar Hennen und einen Hahn. Die übrigen wechselten in der Stadt den Besitzer.

Clark mußte jetzt jede Menge zusätzliches Holz fällen, denn sobald es Frühling wurde, sollte ein neuer Stall gebaut werden.

Er reparierte den Weidenzaun und brachte die Milchkuh und die beiden Zugpferde auf der Weide unter, wo sie in dem Holzschuppen Schutz vor Wind und Wetter finden konnten.

Das Leben ging weiter. Niemand wünschte sich den Frühling sehnlicher herbei als Marty.

Der neue Stall

Auf einen stürmischen März folgte ein ruhigerer April. Mit jedem neuen Tag schmolz mehr von der Schneedekke; die Sonne schien immer wärmer, und unter dem grau gewordenen Schnee tauchten nach und nach grüne Flekken auf. Dan und Charlie wanderten hungrig zwischen den frischen Grasstellen hin und her. Die Milchkuh war nahe dran zu kalben und gab nun keine Milch mehr. Clark mußte alle paar Tage zu den Grahams fahren, um Milch von dort zu holen.

Gegen Ende des Monats sah Marty zum Fenster hinaus auf den in der Sonnenwärme dampfenden, leeren Garten. Sie konnte es kaum erwarten, mit der Aussaat zu beginnen. Die Monate im Haus waren ihr doch recht lang geworden, und sie freute sich auf eine Arbeit, die sie in der frischen Luft verrichten konnte.

Doch vor der Frühjahrsaussaat kam erst einmal der neue Stall an die Reihe. Während der letzten drei Wochen waren die Männer aus der Nachbarschaft mit Clark in den Wald gefahren und hatten ihm beim Holzfällen geholfen. Die Stämme warteten jetzt fertig aufgeschichtet auf den Baubeginn. Wenn alles wie geplant verlief, hatten die Männer sogar ihre Hilfe für den Anbau der beiden Schlafzimmer versprochen.

Marty sah durchs Fenster und versuchte, sich den neuen Stall an der Stelle des alten vorzustellen. Wie gut, wenn Clark endlich wieder einen Stall für seine Tiere hatte! Die Schlafzimmer konnten ihrethalben warten, wenn es sein mußte.

Doch wichtiger als der neue Stall war das Haus für Jason Stern und Sally Anne. Morgen sollte es errichtet werden. Für diesen großen Tag hatte Marty Sauerkraut mit Speck gekocht und mehrere Laibe Brot und Kuchen gebacken. Während die Männer zusammen zimmerten, würden die Frauen für das Essen sorgen. Marty freute sich auf morgen, wenn sie einen ganzen Tag mit ihren Nachbarinnen verbringen durfte.

Bis zum späten Nachmittag hatte das Haus bereits Gestalt angenommen. Die Frauen unterhielten sich derweil und tauschten Rezepte und Strickmuster aus. Die Larsons kamen spät. Frau Larson stellte ihren Topf mit Kartoffelsuppe scheu auf den Tisch zu den anderen guten Sachen. Die meisten Frauen schienen nicht einmal Notiz von ihr zu nehmen, aber Marty begrüßte sie freundlich.

Jedd kam gerade noch rechtzeitig, um mit den letzten Bohlen zu helfen, doch was er an Schweiß und Einsatz verpaßt hatte, machte er durch gute Ratschläge wieder wett. Beim anschließenden Essen langte er nicht weniger kräftig zu als alle anderen.

Marty machte sich befriedigt wieder auf den Heimweg. Sally Anne würde ein gemütliches Häuschen ihr eigen nennen können. Zugegeben, es war noch vieles daran zu tun, aber Jason würde das in seinem Eifer ohne Zweifel bald erledigt haben. Eine Zeitlang hatte Marty sich auch mit Wanda Marshall unterhalten und ihr ein paar einfache Häkelmuster beigebracht. Wanda war eine aufmerksame Schülerin gewesen.

Frau Vickers war zwischen den Frauen umhergeflattert, um allerhand Neuigkeiten zu verbreiten, während Frau Watley sich ein sonniges Plätzchen in der Nähe des Kuchens gesucht hatte und mit der Kaffeetasse in der Hand über der Tafel thronte.

Ja, dachte Marty, alles in allem war es ein großer Spaß gewesen, und nächste Woche waren sie an der Reihe.

Die Nachbarn hielten Wort und erschienen früh am Dienstagmorgen. Stamm um Stamm wurde der neue Stall errichtet. Clark und Todd Stern schwangen geschickt die Axt und hieben Kerben in jeden Stamm, um sie gut zusammenzufügen.

Als die Frauen die Männer zum Essen riefen, stand das Gerüst des Stalls fest im Boden verankert. Die Männer hatten es eilig, wieder an die Arbeit zu kommen, und hielten sich nicht lange beim Essen auf.

Während die Frauen dann das Geschirr spülten, kam Tommy Graham in die Küche gelaufen. „Pa hat gesagt, wenn Sie die Sachen aus dem Anbau holen, reißen wir ihn gleich ab und bauen die neuen Schlafzimmer."

Marty ließ das Geschirrtuch fallen und eilte in den Anbau. Dies war das erste Mal, daß sie den kärglichen Raum betrat. Auf dem hölzernen Bettrahmen lag eine grobe Strohmatratze. Wie hart und unbequem die sein mußte! Und sie selbst hatte solch ein weiches, warmes Bett. Sie seufzte und machte sich an die Arbeit. Die wenigen Gegenstände waren im Nu aus dem Anbau geschafft.

Kaum war Marty fertig, da hörte sie schon die Hämmer und Stemmeisen von draußen. Die Männer arbeiteten pausenlos, bis es Zeit fürs Abendbrot war und das Gerüst fertig stand.

Das einfache Abendessen war geradezu ein Festmahl. Die Männer waren mit ihrer Arbeit zufrieden. Clark Davis war bei den Nachbarn beliebt. Es gab keinen in der Runde, dem Clark nicht schon geholfen hätte. Deshalb freuten sie sich, daß sie ihm auch einmal einen Gefallen tun konnten.

Nach dem Essen unterhielten sich die Männer, während die Frauen die Tische abräumten und ihre Töpfe und Kuchenbleche einsammelten.

Jedd hatte sich diesmal selbst übertroffen. Er war gerade rechtzeitig zu beiden Mahlzeiten aufgetaucht und hatte beide Male kräftig zugelangt. Die Frau war heute nicht recht auf dem Damm und ließ sich entschuldigen, erklärte er. Die Ärmste tat Marty leid.

Endlich hatte sich auch der letzte Nachbar wieder auf den Heimweg gemacht. Manch einer hatte versprochen, zum Dachdecken und Fußbodenlegen wiederzukommen.

Clark konnte sich nur noch mühsam auf den Beinen halten. Er hatte mehr als alle anderen an seinem Anbau gearbeitet. Jetzt warteten die Tiere darauf, versorgt zu werden. Er streckte sich auf der harten Strohmatratze im Wohnzimmer aus, um sich ein paar Minuten auszuruhen, bevor er endgültig zu Bett ging, aber Sekunden später war er bereits fest eingeschlafen.

So fand Marty ihn auf dem Weg in ihr Schlafzimmer und blieb stehen.

„Liebe Güte!" rief sie leise. „Er ist ja restlos erledigt!"

Vorsichtig legte sie ihm ein Kissen unter den Kopf und streifte ihm die Schuhe ab. Dann breitete sie eine Decke über ihn und ging in ihr Schlafzimmer.

Laura

In knapp zwei Wochen sollte der Pastor kommen und Sally Anne und Jason trauen. Ma ließ ihre Tochter nur schweren Herzens aus dem Haus gehen, aber so war es halt im Leben. Von jetzt an würde sie eins nach dem anderen ziehen lassen müssen.

Den Gedanken, daß Sally Anne das Nest bald verlassen würde, konnte sie hinnehmen, doch Lauras Verschlossenheit machte ihr Sorgen. Das Mädchen war so anders in letzter Zeit, so wortkarg und zugeknöpft. Oft war sie stundenlang von zu Hause fort, und manchmal ritt sie sogar auf einem der Arbeitspferde aus.

Endlich konnte Ma es nicht länger ertragen und nahm sich vor, dem Mädchen ins Gewissen zu reden. Sie wartete eine Gelegenheit ab, mit ihr allein zu sein, und begann so behutsam, wie sie konnte.

„Laura, irgend etwas stimmt doch nicht mit dir. Wenn du 'n offenes Ohr brauchst, ich hör' dir gern zu."

Laura sah ihr voller Trotz in die Augen.

„Wieso? Ich hab doch nichts!" erwiderte sie hitzig.

„Du, das glaub' ich aber doch. Vielleicht ist's ja ganz normal, daß dir all der Aufwand für Sally Anne auf die Nerven geht."

Laura hob das Kinn. „Was kümmert die mich schon?"

„Nun, sie ist immerhin deine Schwester ..."

„Nee, ist sie nicht!"

Ma sah ihr ins Gesicht. Allmählich wurde sie ärgerlich.

„Jetzt hör mir mal gut zu, meine Liebe. Sally und du, ihr habt euch immer gut verstanden, seitdem ich deine Ma bin."

„Bist ja gar nicht meine Ma!"

Ma blieben Mund und Augen offen. Daß hier etwas im Argen lag, hatte sie schon länger geahnt, aber daß es so schlimm war, darauf war sie nicht gefaßt gewesen. Endlich fing sie sich wieder.

„Laura, das tut mir leid, wirklich leid. Ich hab' ja nicht gewußt, daß du so unglücklich bist. Ich hab' mein Bestes versucht, um dir 'ne gute Mutter zu sein. Ich hab' dich so lieb wie jedes von meinen Kindern, und dein Pa, der würde auch sein letztes Hemd für dich geben."

„Lange lieg' ich euch sowieso nicht mehr auf der Tasche!" erklärte Laura.

„Was soll denn das heißen?"

„Ich heirate auch."

„Was? Du willst auch heiraten? Aber du hast ja nicht mal 'nen Verehrer!"

„Hab' ich wohl."

„So? Davon wußten wir ja gar nichts. Wer ist es denn?"

„Milt Conners."

Ma stockte der Atem. Nie im Leben würde sie so etwas zulassen. Dieser ewig betrunkene Taugenichts von Milt Conners! Nein, nur über ihre Leiche würde Laura den heiraten.

Als sie endlich die Sprache wiedergefunden hatte, sagte sie fest entschlossen, aber so sanft wie möglich: „O nein, das tust du mir nicht an! Keiner in diesem Haus wird sich mit Milt Conners einlassen. Und wenn ich dich schon nicht davon abbringen kann, dann wird dein Pa dir's auszureden wissen."

„Ihr könnt mich aber nicht davon abbringen!" rief Laura.

„Doch, das können wir wohl, darauf kannst du dich verlassen!" sagte Ma ebenso entschlossen. Aus ihren sonst so freundlichen Augen blitzte es.

„Zu spät!" schleuderte Laura ihr entgegen.

„Was soll das heißen?“

„Ich ... ich krieg’ ’n Kind von ihm.“

Ma hielt sich an einem Stuhl fest.

„Was hast du da gesagt, Mädchen?“

Laura blieb störrisch. Sollte Ma doch toben und sie anbrüllen oder schlagen. Wenn Sally Anne vor dem Altar stand, würde sie daneben stehen.

„Ich erwarte ’n Kind von ihm!“ wiederholte sie.

Bleich trat Ma einen Schritt vor. Die Tränen strömten ihr schon über das Gesicht. Sie zog Laura an sich und legte die Arme um sie. Ihren Kopf vergrub sie in dem langen braunen Haar.

„O mein armes Kind!“ weinte sie. „Mein armes, armes Kind!“

Auf die Tränen und die tiefe Liebe war Laura nicht gefaßt gewesen. Beinahe hätte sie nachgegeben. Sie hatte Ma angelogen, und das war eigentlich nicht ihre Art, aber sie wußte genau, daß Ma und Pa es ihr sonst nie erlauben würden, Milt Conners zu heiraten. Es war eine Notlüge gewesen. Sie würde hart bleiben müssen und später zusehen, wie sie zurechtkam.

Die zwei Wochen bis zur Ankunft des Pastors vergingen wie im Flug. Als Sally Anne erfuhr, daß Laura auch heiraten wollte, bot sie ihr gleich einen Teil ihrer eigenen Mitgift an, doch Laura nahm nichts davon an. Milt hätte den Haushalt schon beisammen, erklärte sie stolz. Trotzdem saß Ma jeden Abend bis tief in die Nacht im Wohnzimmer und nähte Decken, Handtücher und Vorhänge.

Ben ging seiner gewohnten Arbeit nach, aber er ließ seine Schultern dabei hängen, und sein Gesicht war wie von Schmerz verzerrt. Die Vorfreude auf den großen Tag war von allen gewichen. Nicht einmal Laura hatte das Strahlen einer jungen Braut, doch mit eiserner Entschlossenheit beteiligte sie sich an den Vorbereitungen für die Hochzeit.

Der große Tag

Der Pastor sollte am Ostersamstag ankommen. Früh am Sonntagmorgen sollte dann erst ein Gottesdienst unter freiem Himmel stattfinden, auf den die beiden Trauungen folgen sollten. Später war ein gemeinsames Essen zu Ehren der jungen Paare geplant.

Marty freute sich auf diesen Tag. Sie würde alle ihre Nachbarinnen wiedersehen, die sie inzwischen kennengelernt hatte. Während des Winters war sie allzulange ans Haus gefesselt gewesen. Jetzt lockte sie der Duft des Frühlings hinaus – egal, wohin, solange sie nur an der frischen Luft sein konnte. Auf den Gottesdienst war sie sehr gespannt. Sie hatte noch nie an einem teilgenommen, in dem eine Sonntagspredigt gehalten wurde. Hochzeiten und Beerdigungen waren die einzigen Anlässe für ihre bisherigen wenigen Kirchenbesuche gewesen.

Sie freute sich für Sally Anne in ihrem strahlenden Glück, doch der Gedanke an Laura machte ihr das Herz schwer. Ma hatte ihr den Grund für ihre und Bens Zustimmung zu dieser Heirat anvertraut. Marty teilte Mas tiefe Besorgnis und ihr Gefühl der Hilflosigkeit. Das starrköpfige Mädchen hatte ihr Unglück selbst heraufbeschworen, und nichts und niemand konnte es jetzt noch abwenden.

Marty bestickte zwei Kopfkissenpaare für die jungen Bräute. Selbst bei dieser Arbeit wollten sie ihre Gefühle übermannen. Die beiden Kissen für Sally Anne machten ihr viel Freude; die anderen dagegen wollten ihr kaum von der Hand gehen, so schwer und unbeholfen wurden ihr die Hände.

Die Tage vergingen wie im Flug, und ehe sie sich's versah, war es Sonntag. Die Sonne strahlte hell vom Himmel, als Marty am Morgen ihre Töpfe mit dem Essen für den großen Tag bereitstellte und Missie und Clare die feinsten Sachen anzog.

Sie selbst trug ihr neues blaugraues Wollkleid. Es hatte lange gedauert, bis sie sich dazu überwinden konnte. Clark sah sie tatsächlich bewundernd an, und sie errötete unter seinem Blick. Schließlich war alles auf dem Wagen, und los ging die Fahrt.

Sie waren eine der ersten Familien, die bei den Grahams ankamen, und Marty lief gleich ins Haus, um Ma bei den letzten Vorbereitungen zur Hand zu gehen. Clark hatte ihr versichert, daß Missie und Clare in der Zwischenzeit gut bei ihm aufgehoben seien und die frische Luft ihnen guttun würde. Auf dem Weg ins Haus hörte sie, wie Ben zu Clark sagte, daß aus Clare ein recht ansehnlicher Sprößling geworden sei, worauf Clark ihm stolz von den neuesten Fortschritten des Kleinen berichtete. Marty mußte lächeln.

Behelfsmäßige Bänke waren für den Gottesdienst im Freien aufgestellt worden, und lange Tische standen für das Festessen bereit.

In Mas Haus ging es wie in einem Bienenkorb zu. Der Besuch des Pastors und zwei Trauungen sorgten für allerhand Umtrieb und Geschäftigkeit.

Die Sterns trafen ein. Sally Annes Wangen glühten, als Jason seine Braut voll Stolz betrachtete.

Gerade als der Gottesdienst beginnen sollte, tauchte Milt Conners auf. Er schaute so finster drein wie eh und je. Die Männer begrüßten ihn und machten ihm Platz auf der Bank, doch Marty spürte ein tiefes Unbehagen in sich, das sie nicht abschütteln konnte.

Nachdem alle saßen, stand Ben Graham auf und hieß die Nachbarn herzlich willkommen. Er hoffte, daß jedermann in dem Gottesdienst reich gesegnet würde, und lud alle ein, den Trauungen seiner beiden ältesten Töchter beizuwohnen. Er dankte allen, die geholfen hatten, den Tisch mit all den guten Sachen zu decken.

Dann begrüßte er Pastor Simmons: „Wir freuen uns alle, Sie heut' an diesem schönen Ostersonntag hier zu haben. Das ist ein ganz besonderer Tag für uns."

Der Pastor ergriff das Wort. Er freue sich über diesen „wunderbaren Tag, den der Herr gemacht hat", sagte er und begrüßte die Nachbarn zu dieser doppelt bedeutsamen Gelegenheit mit warmen Worten. Dann sprach er das Eingangsgebet.

Es folgten mehrere Lieder, die aus dem Gedächtnis gesungen wurden; Liederbücher gab es nicht. Marty kannte keins der Lieder, doch sie hörte gern zu. Vielleicht konnte Clark ihr später das eine oder andere davon beibringen. Sie klangen alle so schön.

Als der Pastor dann mit seiner Predigt begann, hörte Marty aufmerksam zu. Es war die Ostergeschichte, die er erzählte, angefangen bei den Wundern und Werken des Herrn Jesus auf der Erde und seiner Gefangennahme bis hin zu den falschen Anschuldigungen, die zu seinem Tod am Kreuz führten. Der Pastor erklärte, warum die Menschen damals nach dem Leben des Heilands trachteten und warum der himmlische Vater das grausame Sterben seines Sohnes zuließ.

Marty war überwältigt. Sie hatte zwar gewußt, wie heuchlerisch die Pharisäer und Schriftgelehrten gewesen waren und auf welch qualvolle Weise Jesus ums Leben gekommen war, aber noch nie hatte ihr jemand gesagt, was das alles mit ihr zu tun hatte: Er hatte die Strafe für ihre Sünden an seinem Leib getragen; die Schuld der ganzen Welt hatte er am Kreuz ein für allemal bezahlt.

„Das hab' ich nicht gewußt", betete sie in ihrem Herzen. „Ich hab' ja nicht gewußt, daß du auch für mich gestorben bist, Jesus. Oh, wie leid mir das tut! So leid! Herr Jesus, ich will dir ganz gehören. Mach du mit meinem Leben, was dir gefällt." Dicke Tränen liefen ihr über die Wangen. Sie wischte sie nicht einmal ab. Clark warf ihr einen besorgten Blick von der Seite zu.

Doch die Predigt war noch nicht zu Ende. Der Pastor fuhr fort mit der Geschichte von den Frauen, die früh am Morgen an das Grab kamen, um ihren Herrn zu suchen, aber das Grab war leer. „Er lebt!" sagte der Pastor. „Und weil er Sünde und Tod überwunden hat, darum können auch wir überwinden!"

Eine unsagbare Freude ergriff Marty. Beinahe hätte sie laut gejubelt, doch damit würde sie warten. Sie mußte es einfach jemandem sagen, der sie verstand. Sie war Clarks Gott persönlich begegnet, und ihr Leben gehörte jetzt ihm.

Sie suchte Clarks Hand und legte die ihre in seine starke Hand. Er las ihre Freude von ihren Augen ab. Die große Hand drückte die kleine sanft. Marty wußte, daß er ihre Freude teilte, weil auch sie jetzt seinem Gott gehörte. Das war genug.

Auf die Predigt folgten die Trauungen. Laura und Milt kamen zuerst an die Reihe. Sally Anne hatte das so gewollt. Milt sah auf seine Füße hinunter, die sich unruhig vor- und zurückbewegten. Seine Kleidung war abgetragen und schäbig, doch seine Haare und den Bart hatte er sich wenigstens schneiden lassen. Laura sah scheu zu ihm auf. Marty schöpfte Hoffnung, daß dieser Mann sich unter dem Einfluß einer liebenden Frau vielleicht noch bessern könnte. Sie hoffte aus ganzem Herzen, daß die beiden zusammen glücklich wurden.

Jason und Sally Anne waren als nächste dran. Marty spürte ihnen ihre Freude förmlich ab. Wie leicht war es doch, sich an ihrem Glück zu freuen!

Kaum waren die Trauungen vorbei, da begannen die Nachbarn auch schon, Reis durch die Luft zu werfen,

Kuhglocken zu läuten und sich in Reih und Glied aufzustellen, um den jungen Paaren zu gratulieren. Schließlich durften die beiden Paare sich an den Tisch setzen, auf dem die Geschenke aufgetürmt lagen, und während die Frauen das Essen auftrugen, packten die Bräute die Pakete aus.

Das Essen war reichhaltig und wohlschmeckend. Jedermann war besonders guter Dinge. Der Frühling war endlich da; sie hatten gerade die Ostergeschichte gehört und eine Doppelhochzeit erlebt, und alle Nachbarn und Freunde waren zu dem Fest versammelt. Das Leben war doch schön.

Mitten im fröhlichsten Lachen und Plaudern kamen die Larsons an. Jedd band sein Gespann nicht einmal fest. Frau Larson stellte eine Schüssel mit Maisbrei zu den übrigen Leckereien und schob ihre Kinder dann mit gesenktem Blick zu einem unbesetzten Tisch am Rand des Geschehens. Marty stand auf und gab vor, frisches Trinkwasser zu holen. Sie ging auf die Larsons zu und hoffte, etwas von ihrer neu gefundenen Freude auszustrahlen.

„Willkommen zusammen! Schön, euch alle wiederzusehen!"

Die Frau hob kaum den Blick, als sie den Gruß erwiderte, doch eine kaum merkliche Röte stieg in ihre Wangen.

„Der Herrgott hat so viel für uns getan", fuhr Marty fort und strich den Kindern übers Haar. „Der Pastor hat's gerade heut' morgen wieder gesagt, wie Gott uns restlos umkrempeln kann und 'nen neuen Menschen aus uns macht. Da wird einem vor Freude ganz kribbelig zumute!"

Frau Larson sah auf. War da nicht ein Funke von Hoffnung in ihren Augen? Inzwischen hatte Jedd seinen Teller randvoll beladen und mit dem Essen angefangen. Die Unterhaltung konnte bis später warten.

Nachdem die Tische abgeräumt waren und die beiden jungen Paare ihre Geschenke in die Wagen gepackt hatten, blieben Marty und Clark noch eine Weile sitzen. Sie spürten Ben und Ma ab, wie schwer ihnen der Abschied von ihren Töchtern fiel.

Ma blieb tapfer, doch als sie Sally Anne zum Abschied umarmte, sah sie sehnsüchtig in die Ferne. Dann zog sie Laura an sich und drückte sie fest, bevor sie sie ziehen ließ. Tiefe Besorgnis spiegelte sich in ihren Augen. Marty wandte sich ab, um nicht selbst in Tränen auszubrechen.

Aussaat

Die Sonne gewann von Tag zu Tag neue Kraft. Clark hatte den letzten Hammerschlag an den neuen Schlafzimmern getan und pflügte jetzt die Felder. Jeden Tag wuchs die Ackerfläche, die bald die neue Saat aufnehmen sollte.

Die drei Kühe konnten sich leicht von dem frischen Gras auf der Weide ernähren. Ein junges Kalb tollte in seiner Umzäunung. Die beiden anderen Kühe sollten ebenfalls bald kalben.

Eine der Säue hatte geworfen. Es waren nur sechs Ferkel geworden, von denen zwei gleich eingegangen waren, aber Clark und Marty hofften, daß die zweite Sau einen größeren Wurf haben würde. Drei von Martys acht Hennen brüteten. Sie hoffte, daß die Hühnerschar bald wieder vollzählig war.

Der neue Stall stand hoch und stabil gebaut an der Stelle, wo einst der alte gewesen war. Er war etwas größer als sein Vorgänger. Die Fugen waren noch nicht verkittet, doch das konnte bis nach der Aussaat warten. Das Dach war gedeckt, und die Bodenbretter lagen, und das war schließlich vorerst die Hauptsache.

Marty summte vor sich hin, während sie die Pfannkuchen zum Frühstück vorbereitete. Sie hatten mehrere Tage lang keine Pfannkuchen gegessen, und Missie hatte sie sich gewünscht. Als sie den Teig rührte, mußte sie an die beiden frischgebackenen Ehefrauen denken. Wie es wohl um deren Kochkünste stand? Bestimmt waren sie wesentlich erfolgreicher als sie selbst noch vor wenigen Monaten. Ma hatte ihre Töchter zweifellos von klein auf mit solchen Dingen vertraut gemacht.

Sie hatte gehört, daß Sally Anne sich gut in ihre neue Rolle als Hausfrau eingelebt hatte. Sie und Jason waren vor ein paar Tagen gekommen, um das geliehene Reitpferd zurückzubringen. Jasons Augen hatten vor Stolz gefunkelt, als er berichtete, wie Sally Anne ihre Vorhänge aufgehängt, die Teppiche gelegt und ihre neue Küche eingeräumt hatte. Auch mit ihren Kochkünsten war er sehr zufrieden, hatte er gesagt, und Sally Annes Wangen hatten geglüht. Clark und Marty hatten sich später amüsiert darüber unterhalten. Marty mußte bei dem Gedanken an das glückliche junge Paar lächeln.

Dann wanderten ihre Gedanken zu Laura. Wie es ihr wohl ergehen mochte? Clark hatte sie neulich auf dem Heimweg von der Stadt gesehen. Er war gerade um eine Kurve gebogen, als er Laura plötzlich auf der Straße gehen sah. Sie schien sich bei seinem Anblick etwas erschreckt zu haben und war schnell ausgewichen. Als er sein Gespann anhielt, um ihr anzubieten, sie bis nach Hause mitzunehmen, hatte sie ihm zur zugerufen: „Nee, danke! Laufen ist sowieso besser für mich." Sie hatte verstört ausgesehen, und unter dem linken Auge hatte ein großer blauer Fleck geprangt. So war er halt weitergefahren, doch als er Marty von dieser Begegnung berichtete, konnte sie ihm eine tiefe Besorgnis abspüren. Arme Laura! dachte Marty; ein Kind von diesem Rohling zu erwarten und dabei so unglücklich und einsam zu sein. Sie tat ihr unendlich leid.

Von draußen hörte sie Clark auf dem Weg zum Haus eine Melodie pfeifen, und sie beeilte sich mit den Pfannkuchen. „Ob die Aussaatszeit im Frühling 'nen Mann wohl immer so fröhlich stimmt?" fragte sie sich.

Auch sie freute sich über den Frühling. Sie konnte es kaum erwarten, die Gartenarbeit in Angriff zu nehmen. Und wie herrlich war es, wieder so federleicht und schlank zu sein! Sie glaubte förmlich durch die Luft fliegen zu können, so unbeschwert fühlte sie sich. Sie war von Herzen dankbar, Clare jetzt in ihren Armen anstatt in ihrem Leib tragen zu können. Er war ihr doch zuletzt eine recht schwere Last gewesen.

Bei der morgendlichen Bibellese sah Marty die Worte des Herrn Jesus in einem völlig neuen Licht: „Kommt her zu mir alle, die ihr mühselig und beladen seid; ich will euch erquicken." Und leise betete sie: „Ich dank' dir, Herr, daß du auch mich erquickst. Ich hab' so viel Trost in dir gefunden, und darum bin ich froh."

Nachdem Clark das Morgengebet gesprochen hatte, fragte Marty: „Ist es nicht bald an der Zeit, im Garten mit dem Säen zu beginnen?"

„Ja, 'n paar Gemüsesorten könnten jetzt ausgesät werden. Ich hab' gedacht, vielleicht pflüg ich heut' morgen erst mal den Boden, damit Sie bald anfangen können. Wollen Sie heut' schon säen?"

„Oh ja!" rief Marty begeistert. „Mir kann's gar nicht früh genug losgehen. Bloß ..."

„Bloß was?"

Marty errötete.

„Ich ... also, ich hab' noch nie was angebaut."

„Wie, noch nie was angebaut?"

„Ja, eben noch nie selbst was ausgesät."

„Haben Ihre Eltern denn keinen Garten gehabt?"

„Meine Ma hat immer gesagt, das wär' nichts wie Arbeit und Ärger, und lieber kaufte sie, was sie brauchte, von den Nachbarn oder im Laden. Für Gartenarbeit hatte sie nicht viel übrig."

„Und Sie?"

„Ich, ich würd' furchtbar gern meine eigenen Pflanzen aus dem Boden wachsen sehen. Ich möchte's wirklich gern mal versuchen. Nur ..."

„Nur?"

„Also", schluckte Marty, „ich weiß, 'n Garten ist

Frauensache, aber ich, äh ... hm, ich wollt' mal fragen, ob Sie's mir nicht beim ersten Mal zeigen könnten."

Clark lächelte in sich hinein. Er hätte sie nicht so lange an der Angel zappeln lassen sollen, aber dies war das erste Mal gewesen, daß Marty ihn überhaupt um etwas gebeten hatte, und er freute sich darüber. Er versuchte, so ungerührt wie möglich dreinzuschauen, und anwortete bedächtig: „Na, vielleicht kann ich es ja dieses eine Mal tun."

Marty sah ihn erleichtert an.

„Die beste Zeit dazu ist gleich nach dem Mittagessen, wenn die Kinder schlafen. Glauben Sie, daß Sie den Boden bis dahin pflügen können?"

Clark nickte und stand auf, um sich und Marty frischen Kaffee nachzugießen. Marty verschluckte sich beinahe an ihrem Pfannkuchen. Seit Monaten war es nicht mehr vorgekommen, daß sie seine leere Tasse nicht bemerkt hatte. Clark schien das nicht das geringste auszumachen. Er schob seinen Teller zurück und trank genüßlich seinen Kaffee. Als er damit fertig war, stand er auf und nahm seine Mütze vom Haken. „Richtig guter Kaffee!" sagte er und ging.

Nachdem das Geschirr vom Mittagessen gespült war und die Kinder in ihren Betten lagen, breiteten Clark und Marty die schier zahllosen Saattütchen auf dem Tisch aus, um diejenigen auszusuchen, die heute ausgesät werden sollten. Clark zeigte ihr geduldig die verschiedenen Arten und erklärte ihr, welche Bodenverhältnisse und Pflege eine jede zum Gedeihen brauchte. Marty hörte ihm aufmerksam zu. Clark kannte sich mit so vielen Dingen aus, und als er jetzt von den verschiedenen Pflanzensorten sprach, wurden sie vor ihrem inneren Auge zu lebendigen Persönlichkeiten – wie Kinder, von denen jedes auf seine Art gehegt und gepflegt werden will.

Sie suchten sich die Tütchen aus, die sie gleich aussäen wollten, und gingen in den Garten. Die Sonne schien warm vom Himmel, und vom Boden stieg ein erdiger, würziger Duft auf.

Marty hockte sich nieder und ließ eine Handvoll Erde durch ihre Finger rieseln. „Wie schön!“ wollte sie sagen, aber das erschien ihr ein unpassendes Wort für die dunklen Erdklumpen in ihrer Hand. Sie stand auf und ging ein paar Schritte, doch dann überkam es sie. Sie drehte Clark den Rücken zu und streifte ihre Schuhe ab. Die Strümpfe zog sie auch aus und stopfte sie in ihre Schuhspitzen. Jetzt stand sie barfuß auf dem sonnenwarmen, fruchtbaren Erdboden und grub ihre Zehen tief hinein. Plötzlich war sie wieder ein Kind, jung und frei von den Lasten des Erwachsenseins.

„Kein Wunder, daß die Pferde sich so gern auf der Erde wälzen, wenn man ihnen Sattel und Zaumzeug abnimmt“, dachte sie. „Ich würd's ihnen ja am liebsten gleichtun!“

Clark hatte schon die ersten Furchen für die Saat geharkt. Sie beugte sich nieder und begann, winzige Kapseln voller künftigen Lebens in die gelockerte Erde zu legen. „Es dauert gar nicht mehr lange, und ich guck' euch beim Wachsen zu“, redete sie leise mit ihnen.

Clark kam zurück und füllte die Furchen über den Saatkörnern wieder auf.

„Er sieht aus, als ob's ihm ebensoviel Spaß macht wie mir“, dachte Marty. „Am liebsten würd' ich mit dem Kalb drüben auf der Weide um die Wette tollen. Ach, ist das Leben schön!“

Seite an Seite arbeiteten sie, ohne viel dabei zu reden. Sie spürten eine besondere Verbundenheit, Nähe zum Erdboden und zueinander. Die letzten Saatkörner waren in die Furchen gelegt, als Clark in die Hocke ging, um die Erde sorgsam darüber glattzustreichen. Marty sah ihn in dieser unstabilen Lage über den Boden gebeugt und konnte der Versuchung nicht widerstehen: Sie versetzte ihm von hinten einen Stoß, der ihn bäuchlings im Dreck landen ließ. Seine Verblüffung schlug schnell in ein vergnügtes Grinsen um.

„Mir scheint, da hat sich gerade jemand 'n paar Maiskörner in den Ausschnitt bestellt", sagte er und griff im Aufstehen eine Handvoll Mais.

Marty rannte los, aber obwohl sie eine flinke Läuferin war, hatte Clark sie bald eingeholt.

Beide Arme fingen sie ein und hielten sie fest. Sie wand sich und versuchte verzweifelt, sich loszureißen. Vor lauter Lachen verlor sie an Kraft. Clark wollte ihre Arme mit einer Hand ergreifen, damit er die andere, die den Mais festhielt, freibekam, doch auch er lachte zu sehr, um sein Ziel zu erreichen. Wie zwei Kinder rangen sie miteinander. Marty war sich seiner Nähe in einer nie gekannten Weise bewußt. Seine starken Arme, sein Herzschlag an ihrer Wange, der frische Duft seiner Rasierseife – alles an diesem Mann, der sie umfangen hielt, ließ sie erschauern. Sie war völlig außer Atem gekommen und konnte sich nicht mehr lange verteidigen.

Mit einem Arm hielt Clark sie jetzt fest im Griff, während er mit der freien Hand ihr die Ladung Maiskörner in den Ausschnitt warf. Marty sah auf in ein lachendes Augenpaar dicht über ihr. Der Atem wollte ihr stocken. Ein seltsames Gefühl überkam sie. Sie mußte fliehen, und zwar sofort, warnte sie ihr Empfinden. Der neckende Ausdruck in Clarks Gesicht war einem anderen gewichen. –

Abrupt hob Marty den Kopf.

„Hat Clare nicht eben geschrien?" fragte sie und stemmte die Hände fest gegen Clarks Brustkorb.

Er ließ sie los, und sie lief stolpernd und mit glühenden Wangen auf das Haus zu.

In ihrem kühlen Zimmer lehnte sie sich an die Tür. Das Herz klopfte ihr bis zum Hals. Was war es nur, das sie so aufgewühlt hatte? Sie verstand sich selbst nicht. Nachdem sie ein paar Minuten so dagestanden hatte, bis sie wieder ruhiger geworden war, holte sie tief Luft und ging wieder in den Garten, aber da räumte Clark schon die Geräte weg. Die Arbeit war getan.

Großer Kummer

Wieder vergingen zwei Wochen. Im Garten sproßten überall grüne Blattspitzen aus dem Boden. Marty sah jeden Morgen gespannt zum Fenster hinaus, um festzustellen, wieviel sie über Nacht gewachsen waren.

An der Oberfläche schienen die Dinge ihren gewohnten Lauf zu nehmen, doch tief in ihrem Herzen spürte Marty, daß etwas anders geworden war. Etwas Unbestimmtes, Neues lag in der Luft. Ohne es zu wollen war sie ständig auf der Hut, um nicht unerwartet überrascht zu werden. Nach außen hin tat sie so, als ob nichts geschehen wäre, und ging ihren gewohnten Aufgaben nach.

Sie stand in aller Frühe auf, stillte Clare, machte das Frühstück und zog Missie an. Der Bibellese und dem Morgengebet folgte das Frühstück. Sie saß Clark dabei wie immer gegenüber und besprach gelassen die Tagespläne mit ihm, aber irgend etwas war so anders. Sie wünschte sich nichts sehnlicher, als daß alles wieder wie vorher würde, doch gleichzeitig hatte sie auch Angst davor.

Um ein wenig Abstand von ihrem Grübeln zu gewinnen, ging Marty in den Garten. Das frische Grün draußen hatte sie immer schon aufgemuntert und von ihren Sorgen abgelenkt. Sie unterhielt sich mit den jungen Maispflanzen, häufte lockere Erde um einen Kartoffeltrieb und redete den Zwiebeln und dem Salat gut zu, sich mit dem Wachsen zu beeilen. Nachdem sie auch bei den Bohnen nach dem Rechten gesehen hatte, ging sie auf die Obstbäume zu.

Sie bestaunte jedes grüne Blatt, bis sie plötzlich richtige Blüten an einem der Apfelbäume entdeckte. Ihr Herz machte einen Satz. Äpfel! Dieses Jahr würde es Äpfel geben! Wenn sie es doch gleich Clark zeigen könnte! Aber er arbeitete noch auf dem Feld. – Da sah sie ihn zu ihrem Erstaunen mit großen Schritten auf sich zukommen.

„Clark!“ rief sie ihm entgegen. „Clark, sehen Sie nur!“

Er hatte sie fast erreicht, und mit dem Blick auf einen besonders schönen Zweig langte sie nach seiner Hand, um ihn näher zu ziehen.

„Sehen Sie mal!“ sagte sie fröhlich. „Apfelblüten! Es gibt Äpfel! Hier!“

Clark gab keine Antwort. Sie war so sicher gewesen, daß er ihre Begeisterung teilen würde. Verwirrt sah sie zu ihm auf. Er stand schweigend neben ihr. An seinem Gesicht konnte sie ablesen, daß etwas Furchtbares geschehen sein mußte. Sie wurde bleich.

„Was ... was ist denn los?“

Da legte er ihr die Hände auf die Schultern und sah ihr in die Augen, als ob er ihr damit Kraft zusprechen wollte, um seine Mitteilung zu tragen.

„Laura. Man hat sie drüben am Bach bei den Conners gefunden.“

„Was? Ist sie ... ist sie ...?“

„Ja, sie ist tot.“

„Und Ma?“

„Die braucht Sie.“

Und dann konnte sie nur noch weinen. Sie schluchzte an seiner Brust, und er hielt sie und strich ihr über das Haar. Sie weinte um Laura und aus Mitleid mit Ma, Ben und auch Sally Anne.

„O Gott“, betete sie im stillen, „jetzt mußt du uns helfen. Du bist der einzige, der jetzt helfen kann. Bitte steh uns bei, Herr!“

Lauras Leichnam wurde zu den Grahams gebracht. Marty war da, als die Männer ankamen. Nie würde sie diese schmerzlichen Augenblicke vergessen. Ma nahm den leblosen Körper in ihre Arme und weinte, als ob ihr das Herz im Leib zerbrechen wollte. Immer wieder schluchzte sie: „Mein armes Kind! Mein armes, armes Kind!"

Endlich hatte sie keine Tränen mehr. Sie richtete sich auf und begann, den Leichnam für das Begräbnis vorzubereiten. Ben trauerte wie Ma um Laura, doch als Mann ließ er seinen Gefühlen keinen freien Lauf, sondern vergrub sie tief in seinem Innern. Marty hatte noch nie ein so aschfahles Gesicht gesehen. Sie bangte mehr um Ben als um Ma.

Ben bestand darauf, er wolle zu den Conners reiten. Er wußte nicht, daß Clark schon dort gewesen war. Er hatte Milt völlig betrunken vorgefunden. Von Lauras Tod wußte er nichts. Zugegeben, er hatte sie wohl ein bißchen rauh angefaßt, aber sie war noch ziemlich lebendig gewesen, als er sie das letzte Mal gesehen hatte. Clark hatte ihm geraten, sofort seine Sachen zu packen, weiter in den Westen zu ziehen und sich hier nie wieder blicken zu lassen.

Clark begleitete Ben. Von seiner Begegnung mit Milt sagte er kein Wort. Das armselige Haus schien in aller Eile verlassen worden zu sein. Im stillen atmete Clark auf, daß Milt seinem Rat gefolgt war und sich aus dem Staub gemacht hatte. Er wußte nicht, wie nahe Ben in seiner Verfassung daran war, etwas zu tun, was er später bereuen würde.

Die Nachbarn kamen einer nach dem anderen und machten sich ohne viele Worte an die Arbeit. Die Männer zimmerten einen einfachen Holzsarg und hoben ein Grab aus. Dann wurde der gebrechliche Leichnam des jungen Mädchens in die Erde gesenkt. Clark war gebeten worden, anstelle des Pastors eine kurze Grabrede zu halten. Marty konnte ihm anmerken, wie schwer ihm diese Aufgabe fiel.

Anschließend gingen die Nachbarn still ihrer Wege und überließen Ma und Ben ihrem Schmerz. Es würde nicht einfach für sie sein, den Tod ihrer Tochter zu überwinden, aber Ma hatte ja gesagt, daß die Zeit auch die schlimmsten Wunden heilt.

Das Leben geht weiter

Der Juni brachte frisches Grün und bunte Blumen in Hülle und Fülle mit sich. Die zweite Kuh hatte gekalbt und zu Clarks und Martys großer Überraschung Zwillinge zur Welt gebracht. Clark nannte dieses unerwartete Ereignis ein besonderes Geschenk Gottes. Die andere Sau hatte ebenfalls geworfen. Es war kein übermäßig großer Wurf geworden, aber immerhin waren alle acht Ferkel am Leben geblieben.

Im Hühnergehege stolzierten drei Glucken mit ihrer Kükenschar, die insgesamt siebenundzwanzig Stück zählte, umher.

Marty hatte den Kummer über Lauras tragischen Tod noch immer nicht abschütteln können. Er hing wie eine dunkle Wolke über ihr und erstickte das Glück, nach dem sie sich so sehr sehnte.

Missie hatte die Masern gehabt. Sie war nicht ernsthaft krank gewesen, doch Marty hatte sich vor lauter Angst vor einem neuen Schicksalsschlag keine ruhige Minute gegönnt. Während die Kleine mit Fieber und rotem Ausschlag im Bett lag, kam die Nachricht von dem ersten Treck, der in Richtung Osten ziehen würde. Weitere würden folgen. Das kranke Kind nahm Martys Aufmerksamkeit völlig in Anspruch. Missie war bald wieder auf den Beinen und so munter und gesprächig wie eh und je. Trotzdem war Marty heute, an diesem warmen Junitag, irgendwie bedrückt, und nachdem sie die beiden Kleinen zum Mittagsschlaf in ihre Betten gebracht hatte, beschloß sie, ein wenig nach draußen an die frische Luft zu gehen.

Wie so oft führte ihr Weg sie in den Garten. Wie die Gemüsepflanzen während Missies Krankheit gewachsen waren! Der Apfelbaum hatte seine weißen Blüten inzwischen zur Erde schneien lassen, um sich auf die kommenden Früchte vorzubereiten.

Sie ging am Stall und der Scheune vorbei zum Bach hinunter. Sie fühlte sich zu diesem friedlichen Winkel hingezogen, den sie vor langer Zeit entdeckt hatte, als sie Trost suchte. Damals war es ihr eigener Kummer gewesen, der sie bedrückte; heute war sie um Mas willen traurig.

Sie brauchte Zeit, um einmal in Ruhe nachzudenken. Das Leben war so verworren. Das Schöne war untrennbar mit dem Schmerz verflochten; Freud und Leid schienen stets Hand in Hand zu gehen. Sie lehnte sich an einen Baum und sah zu, wie das klare Wasser stromabwärts plätscherte.

„Ach, mein Herr im Himmel“, betete sie leise, „ich bin so durcheinander. Ich weiß nicht viel über dich, aber ich weiß, daß du ein guter Gott bist. Ich weiß, daß du mich so geliebt hast, daß du für mich gestorben bist, aber ich kann nicht verstehen, warum das Leben manchmal so schwer ist. Das will mir einfach nicht in den Kopf!“

Sie schloß die Augen. Der Wind fuhr flüsternd durch die Blätter und spielte mit ihrem losen Haar. Marty schloß die Augen fester und atmete den stillen Frieden ein. Als sie die Augen wieder öffnete, saß Clark vor ihr, an einen Baum gelehnt, und sah sie an. Sie hatte ihn nicht kommen hören und schrak auf.

„Ich wollt' Sie nicht erschrecken“, entschuldigte er sich. „Ich hab' Sie an den Bach gehen sehen und dachte, vielleicht hätten Sie nichts dagegen, wenn ich dazukäme.“

„'türlich nicht.“

Beide schwiegen eine Zeitlang. Clark nahm sich einen kleinen Zweig und warf die Blätter eins nach dem anderen ins Wasser. Der Bach trug sie wie kleine Boote stromabwärts.

„Das Leben ist doch wie dieser Bach hier", sagte er dann nachdenklich.

„Wie meinen Sie das?"

„Immer wieder passiert was Neues. Blätter fallen ins Wasser; Tiere waten durchs Bachbett; im Frühjahr tritt er übers Ufer." Er machte eine kurze Pause, dann fuhr er fort. „Im Sonnenschein wird er zu einem leuchtenden Spiegel; der Landregen läßt ihn breiter werden. Doch immer fließt er weiter. Derselbe Bach, trotz all der Veränderungen. Er bahnt sich 'nen Weg durch die Blätterhaufen durch; er wird wieder klar, nachdem die Tiere durchgewatet sind; er wird wieder niedrig nach der Überschwemmung. Sonne und Regen nimmt er in sich auf; davon lebt und wächst er, aber im Grunde genommen könnte er auch ohne das auskommen.

Genauso ist's auch mit dem Leben. Schlimme Dinge passieren, aber es geht immer irgendwie weiter und klärt sich allmählich wieder auf. Gutes kommt und geht, und vielleicht brauchten wir's eigentlich gar nicht zum Weiterleben, aber unser Schöpfer kennt uns und weiß, daß wir dadurch stärker werden und die Sonnenstrahlen um so glänzender widerspiegeln.

Wir müssen das Gute und das Böse gleichermaßen annehmen, solange wir leben, und versuchen, das Böse zu ertragen und uns an dem Guten zu freuen."

Marty hatte die Augen wieder geschlossen, als Clark zu sprechen begonnen hatte. Jetzt stand sie still da und sog tief den Duft des Waldes und des Baches tief ein.

Das Leben war wie der Bach vor ihr. Es ging weiter. Nun konnte auch sie endlich weitergehen. Die Natur hatte ihr die Kraft dazu gegeben. Aber nein, so war es nicht. Der Gott, der die Natur geschaffen hatte, hatte ihr neue Kraft gegeben.

Leise kam die Liebe

Martys Hände arbeiteten, so schnell sie konnten. Sie flickte gerade ein Paar von Clarks Arbeitshosen, das letzte Kleidungsstück, das in ihrem Flickkorb gelegen hatte, und sie wollte es noch vor dem Abendessen fertig bekommen. Als sie die Hose kritisch vor sich hielt, um den Flikken zu begutachten, wurde sie wieder daran erinnert, wie groß der Mann war, dem sie gehörte.

„Meine Güte, da würd' ich ja glatt drin versinken!" lachte sie.

Missie versuchte derweil eifrig, ihre Mama bei der Arbeit nachzuahmen. Marty hatte ihr einen kleinen Stoffrest und einen Knopf in die Hand gegeben. Sie fädelte ein Stück Nähgarn durch eine stumpfe Nadel und zeigte dem kleinen Mädchen, wie man einen Knopf annäht.

„So was kann man schließlich nicht früh genug lernen", sagte sie zu der Kleinen.

Missie war mit glühenden Wangen bei der Sache. Marty mußte leise lachen, als der Faden kreuz und quer auf dem Stoff auftauchte, doch Missie war mächtig stolz.

Der kleine Clare lag auf dem Teppich und krähte vergnügt vor sich hin. Er war inzwischen vier Monate alt, ein gesundes, aufgewecktes Kind, das Clarks düstere Voraussage: „Warten Sie's nur ab!" bislang nicht erfüllt hatte. Jeder im Haus verwöhnte ihn nach Kräften, so daß er allen Grund zur Zufriedenheit hatte. Missie plapperte mit ihm, während sie an ihrem Knopf nähte.

„Guck, Baby! Guck hier, große Schwester. Die kann nähen! Sieh, Mama, er lacht! Clare hat gern, wenn ich nähe."

Marty lächelte und wandte sich wieder ihrer Flickerei zu. Ein krachendes Getöse ließ sie auffahren. Missie rief: „Verflixt!“

„Missie, das sollst du nicht sagen.“

„Sagst du doch auch immer.“

„Nein, das sag’ ich jetzt nicht mehr, und du sollst es auch nicht mehr sagen. So, jetzt bückst du dich und hebst die Knöpfe wieder auf, die du hast fallen lassen!“

Missie gehorchte, sammelte die Knöpfe auf und legte sie in die Schachtel zurück. Marty legte die fertig geflickte Hose zusammen und beeilte sich, das Abendessen vorzubereiten. Clark würde bald vom Stall ins Haus kommen, und sie wollte beim Essen mit ihm besprechen, wann die Kinderbetten in dem neuen Schlafzimmer aufgestellt werden sollten. Die beiden Schlafzimmer waren inzwischen fertig geworden. Marty hatte die Vorhänge und Teppiche dafür genäht. Clark hatte das eine Zimmer bezogen, sobald das Dach gedeckt und der Fußboden gelegt war. Das andere Zimmer war für die Kinder bestimmt.

Clare schlief jetzt die Nächte durch, und bei dem warmen Wetter brauchte Marty keine Angst davor zu haben, daß die beiden Kleinen sich von ihren Decken freistrampelten. Sie konnte sie jetzt unbesorgt in einem Zimmer für sich unterbringen. Sie selbst würde es genießen, etwas mehr Platz in ihrem eigenen Zimmer zu haben.

Sie arbeitete gerade hastig an der Anrichte, als Missie in die Küche gestürzt kam.

„Mama, Mama, Clare krank!“

Marty stockte der Atem. „Was ist denn passiert?“

Die Kleine ergriff ihre Hand und zog sie ins Wohnzimmer.

„Er ist krank!“ rief sie.

Marty flog auf das Kleinkind zu, das rasselnd um Atem rang. Seine winzigen Hände fuhren verzweifelt vor seinem Gesicht hin und her.

„Er erstickt ja!“ schrie Marty und hob ihn mit dem Kopf nach unten auf, um ihm auf die Schultern zu klopfen.

„Hol deinen Pa!“ sagte Marty zu Missie, die gleich losrannte.

Marty drehte das Kind um und versuchte, mit dem Finger in seinem Mund vorzufühlen. Tief in seinem Rachen stieß sie auf einen harten Gegenstand, doch sie konnte ihn nicht in den Griff bekommen. Clare schnappte derweil hilflos nach Luft.

Da stürzte Clark schon zur Tür herein. Helle Sorge stand in seinen Augen zu lesen.

„Er kriegt keine Luft!“ rief Marty ihm zu.

„Schlagen Sie ihm auf den Rücken!“

„Hab’ ich doch versucht.“ Marty war den Tränen nahe.

„Stecken Sie Ihren Finger ...“

„Hab’ ich auch schon!“

„Ich hol’ den Doktor.“

„Das dauert zu lang.“

„Packen Sie ihn in eine Decke!“ rief er im Hinausgehen. „Ich hol’ die Pferde!“

Das Baby atmete noch; zwar stoßartig und schwach, doch es atmete.

„O Gott“, betete Marty, „hilf du uns doch! Hilf uns bitte, bitte! Mach, daß er weiteratmet, bis wir beim Doktor sind!“

Sie nahm eine Decke und wickelte Clare darin ein. Missie stand mit weit geöffneten Augen daneben. Vor Entsetzen konnte sie nicht einmal weinen.

„Missie, zieh deine Jacke an!“ befahl Marty ihr, „und hol deine Decke aus dem Bett, damit du dich im Wagen hinlegen kannst.“

Die Kleine rannte los und tat, wie ihr geheißen.

Clark fuhr mit dem Gespann vor. Marty lief mit dem Kleinkind auf dem Arm und Missie an der Hand darauf zu. Ohne ein Wort hob Clark das kleine Mädchen mit ihrer Decke in den Wagen und half Marty mit dem Kind auf den Bock.

Der lange Weg zur Stadt war ein einziger Alptraum. Das gequälte, stoßartige Atmen des Kleinen wurde nur durch gelegentliche Hustenanfälle unterbrochen. Die Pferde rasten. Schweiß bedeckte ihre Hälse und Schenkel. Clark trieb sie unentwegt zur Eile an. Marty hielt Clare umklammert. Der Wagen rumpelte über die unebene Straße dahin, als wollte er ihr jeden Knochen im Leib brechen. Der Schweiß der Pferde spritzte ihr ins Gesicht.

„Wir schaffen's nicht mehr, wir schaffen's nicht mehr!" rief es in ihr, als Clares Atem schwächer wurde und die Pferde nachzulassen schienen. Doch mit ungeahnten Kraftreserven galoppierten sie weiter.

Als sie die ersten Häuser der Stadt endlich erreichten, war Clares Atem noch unregelmäßiger geworden. Clark trieb das Gespann zur letzten, verzweifelten Anstrengung an. Marty konnte nur staunen. Woher nahmen die Pferde nur diese Kraft? Sie mußten zum Umfallen erschöpft sein, doch Clarks Stimme schien sie zum Unmöglichen anzuspornen.

Sie galoppierten bis direkt vor das Haus des Doktors, wo Clark sie anhielt und vom Wagen sprang, bevor die Räder ganz zum Stillstand gekommen waren. Er streckte die Arme nach Clare aus. Kaum hatte Marty ihm das Kind gereicht, da stürzte er auch schon auf die Haustür zu. Marty sah ihm mit Tränen in den Augen nach und wandte sich dann um, um Missie vom Wagen zu heben. Sie drückte das kleine Mädchen an sich. Wie gern hätte sie ihr gesagt, daß ja alles gut werden würde – aber würde es das wirklich?

Als sie den Behandlungsraum des Arztes erreichten, fanden sie das Baby auf einem kleinen Untersuchungstisch in dem grellen Licht einer Lampe vor. Der Doktor stand über den kleinen Körper gebeugt und untersuchte ihn.

„Er hat 'nen winzigen Gegenstand im Hals", sagte er. Als ob das die ganze Welt noch nicht wüßte!

„Wir müssen's rausholen. Ohne 'ne leichte Narkose wird's nicht gehen. Rufen Sie meine Frau, ja? Die geht mir bei solchen Sachen zur Hand."

Clark klopfte energisch an die Tür, die das Behandlungszimmer von der Wohnung des Arztehepaares trennte. Die Frau des Arztes kam gleich. Als sie das Kleinkind auf dem Untersuchungstisch rasselnd um Atem ringen sah, rief sie besorgt: „Das arme Kind! Wo fehlt's denn?"

„Er hat was im Hals. Wir müssen's rausholen. Er braucht 'ne Narkose."

Während er noch sprach, wusch sich der Doktor die Hände, und auch seine Frau machte sich gleich an die Arbeit.

Der Doktor schien Clark, Marty und Missie ganz vergessen zu haben. Dann sah er plötzlich auf.

„Sie setzen sich am besten solange in unser Wohnzimmer. Es wird nicht lange dauern."

Sie nickten. Clark nahm Marty beim Arm und führte sie aus dem Zimmer. Nur widerwillig verließen sie das leidende Kind. Jeder Atemzug konnte der letzte sein.

Clark schob Marty auf einen Sessel zu. Sie hielt Missies Hand noch immer umklammert. Er schlug vor, daß Missie sich in einen Stuhl neben ihn setzte, doch sie schüttelte nur den Kopf. Clark selbst setzte sich nicht. Mit besorgtem Gesicht ging er im Zimmer auf und ab. Marty wußte, daß er im stillen seinen Gott um das Lebens ihres Kindes anflehte. Seine Hand zitterte, als er seinen Hut, den er zuvor vergessen hatte, abnahm. Da wurde Marty klar, wie sehr er den Kleinen lieben mußte. „Er hat ihn so lieb, als ob es sein eigenes Kind wär", dachte sie und war nicht einmal verwundert darüber. Sie hatte Missie nicht weniger lieb und konnte sich kaum vorstellen, daß das kleine Mädchen ihr einmal fremd gewesen war.

Eine Ewigkeit schien zu vergehen, bis der Doktor endlich wieder in der Tür erschien. Clark ging hastig auf Marty zu und legte ihr die Hand auf die Schulter, um sie für eine schlimme Nachricht zu stärken, doch der Doktor strahlte sie förmlich an.

„Also, Herr Davis", sagte er zu Clark, der ihm das Kind gebracht hatte, „Ihrem Jungen geht's prima. Er hatte 'nen Knopf im Hals, aber der war zum Glück seitwärts steckengeblieben, sonst …"

„Glück war's nicht!" unterbrach ihn Clark.

„Nennen Sie's, wie Sie wollen", fuhr der Doktor fort. „Jedenfalls ist er jetzt draußen. Wenn Sie wollen, können Sie zu ihm reingehen."

Marty stand auf. Erst jetzt begriff sie. Es war alles gut.

„O Gott, es geht ihm gut! Danke! Danke!"

Wenn Clark sie nicht festgehalten hätte, wäre sie zu Boden gesunken. Er zog sie an sich, und sie weinten aus Dankbarkeit zusammen.

Der kleine Clare atmete jetzt ruhig und mühelos. Unsagbar erleichtert sahen Clark und Marty auf das bleiche, aber entspannte Gesichtchen hinunter. Marty hielt Clarks Hand noch immer fest, und sein Arm gab ihr Halt.

„Hat 'ne Menge mitgemacht, der arme Kleine", sagte der Doktor mitfühlend. Marty würde ihm ewig dankbar sein, dachte sie.

„Er braucht jetzt viel Schlaf. Er muß das Schlafmittel verarbeiten, das wir ihm gegeben haben. Ich denk', er wird bis morgen früh ohne einen Muckser durchschlafen. Meine Frau und ich wechseln uns ab, bei ihm zu sitzen. Sie gehen am besten ins Hotel gegenüber und ruhen sich selbst erst mal aus. Die haben bestimmt 'n Zimmer frei."

„Aber … aber sollten wir nicht lieber bei ihm bleiben?"

„Nicht nötig, Ma'am", antwortete der Doktor. „Er wird fest schlafen, und mir scheint, Ihnen könnte das auch nicht schaden."

„Er hat recht", sagte Clark. „Sie brauchen jetzt 'n bißchen Ruhe – und was zu essen auch. Kommen Sie! Gehen wir doch gleich rüber zum Hotel."

Mit einem letzten Blick auf das schlafende Baby ließ sie sich aus dem Behandlungszimmer führen. Clark hob die müde und hungrige Missie auf und trug sie über die Straße.

Marty sank erschöpft in einen Sessel in der Empfangshalle und nahm Missie auf den Schoß, während Clark die Zimmer bestellte.

„Sie machen uns was zu essen und bringen Sie und Missie dann auf Ihr Zimmer", erklärte er, als er zurückkam.

„Ja, und Sie?"

„Ich geh' erst mal die Pferde versorgen. Die haben 'ne Extraportion Hafer verdient."

Marty nickte. Sie würde Dan und Charlie ihre Dienste nie vergessen, das wußte sie genau.

„Dann warten wir hier auf Sie."

„Ist nicht nötig ..." wollte Clark protestieren.

„Wollen wir aber gern."

Clark nickte und ging los. Während er draußen bei den Pferden war, strich Marty Missie ein ums andere Mal übers Haar und sagte ihr, was für ein tapferes Mädchen sie gewesen war, daß sie ihre Mama gleich zu dem kleinen Clare gerufen hatte, daß sie sich brav in den Wagen gelegt hatte und beim Doktor so still gewesen war und nicht geweint hatte. Sie war ein großes Mädchen, und ihre Mama hatte sie lieb.

Marty war fassungslos, als große Tränen jetzt Missies Augen füllten und sie zu schluchzen begann.

„Aber Missie, Liebling, was hast du denn nur?"

Da brach es aus der Kleinen hervor.

„Ich ... ich hab' doch ... die Knöpfe ... verstreut."

Marty zog sie an sich und wiegte sie sanft.

„Missie, Missie! Es war doch nicht deine Schuld, daß Clare einen einzigen Knopf gefunden hat, den du übersehen hattest. Das ist halt einfach passiert. Mach dir nur keine Sorgen deswegen! Deine Mama und dein Pa haben dich lieb, und du bist so 'n artiges, liebes Mädchen gewesen. Komm, du brauchst nicht mehr weinen!"

Allmählich beruhigte sie sich. Clark kam zurück. Dan und Charlie waren versorgt und ruhten sich aus.

Zu dritt gingen sie in den Speiseraum. Keiner von ihnen hatte großen Appetit. Missie war zu müde, Marty zu erschöpft und Clark zu erleichtert, um überhaupt ans Essen denken zu können.

Nachdem sie lustlos auf ihren Tellern herumgestochert hatten, baten sie darum, auf ihre Zimmer gebracht zu werden.

Ein Klappbett war in einer Ecke aufgestellt worden. Marty machte Missie notdürftig zum Schlafengehen fertig. Sie hatte kein warmes, weiches Nachthemd für die Kleine dabei, doch das machte Missie nicht das geringste aus. Kaum hatte sie ihr Abendgebet gesprochen, da schlief sie auch schon fest.

Marty saß bei ihr, bis sie sicher war, daß die Kleine eingeschlafen war. Dann küßte sie sie sanft auf die Stirn und ging zu Clark zurück, der sich müde in einem großen Sessel ausgestreckt hatte.

Was sollte sie nur zu diesem Mann hier sagen? Dieser Mann, der sie getröstet hatte, als ihr Kummer so groß und schwer war; der ihr Kraft gegeben hatte, als sie nicht mehr weitergehen konnte; der ihr seinen Gott nahegebracht hatte. Alle diese Gedanken gingen ihr durch den Kopf. Diese lange unverstandene Regung tief in ihrem Innern – auf einmal wußte sie, was sie bedeutete. Es war Sehnsucht nach diesem Mann und seiner Liebe. Ihr Herz schlug für ihn. Endlich wußte sie es. Aber wie, wie sollte sie es ihm nur sagen?

Stumm stand sie da. Sie wollte ihm alles erklären, aber sie fand keine Worte, und da stand er auch schon auf und griff nach seinem Hut.

„Wo … wo wollen Sie denn hin?“ Mühsam hatte sie ihre Stimme wiedergefunden.

„Ich geh’ rüber zum Doktor und bleib’ über Nacht dort. Wenn Clare wach wird, dann soll er wenigstens ’n vertrautes Gesicht sehen.“

„Aber der Doktor hat doch gesagt, daß er vor morgen nicht wach wird.“

„Ja, ich weiß. Ich will aber gern zugucken, wie er so friedlich schläft. Morgen früh komm’ ich dann gleich und seh’ nach, ob Sie alles haben, was Sie brauchen.“

Er wandte sich zur Tür. Sie wußte, daß sie ihn jetzt nicht gehen lassen durfte, ohne es ihm zu sagen.

Ihre Stimme wollte ihr nicht gehorchen. Sie ergriff ihn an seinem Ärmel. Er drehte sich um. Sie konnte ihn nur stumm ansehen. Sie hoffte sehnlichst, daß er in ihren Augen las, was ihre Lippen nicht hervorbringen konnten.

Fragend und forschend schaute er ihr ins Gesicht. Dann kam er einen Schritt näher und faßte sie an ihren Schultern, um sie an sich zu ziehen.

Er mußte es in ihren Augen gelesen haben, doch er zögerte noch.

„Bist du ganz sicher?“ fragte er leise.

Sie nickte nur und sah ihm tief in die Augen, und dann war sie auch schon in seinen Armen, wie sie es sich so lange ersehnt hatte. Sie hörte seinen Herzschlag und hob ihre zitternden Lippen auf zu den seinen.

Wie lange hatte sie sich danach gesehnt? Sie wußte es selbst nicht, aber es erschien ihr wie eine Ewigkeit. Sie liebte ihn so sehr. Später würde sie die Worte finden, um ihm alles zu sagen, doch jetzt wollte sie nichts als nur in seinen Armen zu sein und die zärtlichen Worte zu hören, die er leise in ihr Haar flüsterte.

Wie war es nur gekommen, dieses Wunder der Liebe? Sie wußte es nicht. Unbemerkt hatte die Liebe in ihrem Herzen Einzug gehalten, leise und unbemerkt.

Die Autorin setzt die Geschichte der Familie fort mit dem Buch:

Liebe trägt durch Freud und Leid

Langsam füllt sich das kleine Farmhaus von Clark und Marty immer mehr mit Leben. Vier weitere Kinder werden den glücklichen Eltern geboren, dazu vervollständigen zwei anfangs völlig verschüchterte Pflegekinder die Familie. Aber neben den vielen Aufgaben auf der Farm erwartet die beiden auch manche Arbeit in der Gemeinde: eine Schule und eine Kirche werden gebaut. Allmählich gerät das Leben in der Siedlung in immer geordnetere Bahnen.

Doch neben der vielfältigen Freude gibt es manchen traurigen Tag. Und die Sorgen werden nicht weniger, sie werden nur anders. Wie wird der sonderbare Lehrer mit den halbwilden Kindern fertig werden? Und der so lange gesuchte und erbetene Pastor, ist er tatsächlich der richtige Mann für die kleine Landgemeinde?

Schließlich verlassen die ersten Kinder der Siedler die Farmen ihrer Eltern. Einige gehen in den Osten, um ihre Ausbildung zu vervollständigen, andere heiraten und ziehen weiter nach Westen, um neues Land in Besitz zu nehmen. Als Missy heiratet, mischt sich auch bei Clark und Marty in die Freude über die gute Entwicklung ihrer Kinder der Schmerz einer langen Trennung.

Best.-Nr. 15 365 (Erscheint im März 1985)

Haben Sie auch schon das erste Buch von Janette Oke gelesen:

Janette Oke
Nur einen Sommer lang

Sicher, normal ist es nicht gerade, wenn man eine 18jährige Mutter hat und selbst schon zwölf ist. Aber wenn ich Ihnen sage, daß ich eine Waise bin und sie meine Tante, dann ist das doch klar, oder? Jedenfalls war sie meine Mutter, und alles lief prima bei uns. Gerade deswegen hat es mich so umgehauen, als ich erfahren habe, daß Onkel Charlie und Großvater meine Tante Lou verheiraten wollten. Eigentlich hätte ich ja nicht lauschen dürfen, doch die beiden haben mich zum Glück nicht erwischt.
Aber etwas unternehmen mußte ich, das ist doch wohl klar! Ich konnte doch nicht zusehen, wie unsere Familie auseinandergerissen wurde! Großvater und Onkel Charlie haben sich ja mächtig angestrengt, aber ich war immer ein bißchen besser. Alles lief gut, bis schließlich dieser Prediger auftauchte.
Bevor ich gemerkt habe, was gespielt wird, war schon alles zu spät. Da konnte auch die Situation mit dem Schweinefuttereimer nichts mehr ändern. Was es damit auf sich hat, fragen Sie? Also, um das zu erklären, reicht der Platz auf dieser Seite nicht aus. Aber in dem Buch erkläre ich Ihnen die Geschichte von Anfang an. Und zwar ganz genau. Da erfahren Sie dann auch alles Weitere.
Viel Spaß beim Lesen!
Ihr Josch

240 Seiten
2. Auflage
Best.-Nr. 15 363

Über eine Million Exemplare der Bücher von Janette Oke sind bisher in den USA verkauft worden. Gerade die humorvolle Erzählweise der Autorin macht jedes Buch von ihr zu einem besonderen Lesevergnügen.

Packende Lebensberichte:

Donita Dyer
Strahlende Hoffnung

Chung Syn Yang, zu deutsch „Strahlende Hoffnung", erblickt das Licht der Welt als fünftes Mädchen einer koreanischen Familie. Ein Licht, das sie aber seit ihrem sechsten Lebensjahr nicht mehr sehen kann: Nach einer Krankheit bleibt eine Erblindung zurück. Dank ihrer Energie und ihres Gottvertrauens schafft sie es trotzdem, Schulausbildung und Studium abzuschließen. Ihr Leben wird trotz der Behinderung zu einem Zeugnis der Güte Gottes.
192 Seiten
Best.-Nr. 15356

Joni Eareckson
Joni

Die junge Autorin zog sich beim Baden einen Halswirbelbruch zu. Aus einem sportbegeisterten Mädchen war ein hilfloser Krüppel geworden. Nach bitteren Kämpfen lernte sie ihr Schicksal als eine herrliche Aufgabe annehmen. Sie machte sich mit dem Glauben bekannt, der „mehr Freude schenkt als alle Güter dieser Welt, einschließlich Gesundheit". 240 Seiten.
18. Auflage
Paperback, Best.-Nr. 15289
5. Taschenbuchauflage
Best.-Nr. 15598

Joni Eareckson
Der nächste Schritt

Wer darauf gewartet hat, „wie es weitergeht", ob Jonis Glaubensmut wirklich Bestand hat, erhält nun Antworten einer gereiften Christin. Sie hat ihre Erfahrungen vertieft, und man folgt staunend einem großen Leben, in dem sich Gott offenbart hat. 224 Seiten.
2. Auflage
Paperback, Best.-Nr. 15312
Taschenbuch 224 Seiten + 8 Seiten Bildteil
Best.-Nr. 15511

Doris van Stone
Dorie – ein verwandeltes Leben

Schon als kleines Mädchen macht Dorie eine grausame Entdeckung. Sie ist unerwünscht. Abgeschoben in Heime und zu Pflegeeltern, scheint ihr Leben nur noch aus Katastrophen zu bestehen. Doch eine Gruppe Collegestudenten, die Dorie im Waisenhaus kennenlernt, bringt die große Wende in ihr Leben.
160 Seiten
2. Auflage
Best.-Nr. 15348

C.W. Stafford
Schrei im Wind

Spannend und informativ ist die Bekehrungsgeschichte einer Indianerin. Sie schildert das Elend ihrer Kindheit bis zum Selbstmordversuch, ihre Begegnung mit Christen, die ihr Leben veränderte, aber ebenso die indianische Kultur in ihren Konflikten mit den weißen Amerikanern. Die Autorin ist heute verheiratet und Mutter von vier Kindern.
240 Seiten
5. Auflage
Best.-Nr. 15304

Jonny Cash
Der Mann in Schwarz
mit 46 Abb.

Der Weltstar hat hier sein turbulentes Leben beschrieben. Er läßt in diesem erschütternden Buch den Leser in die Tiefen seines Herzens, seiner grenzenlosen Verzweiflung blicken, aber auch auf den Ursprung jener geheimnisvollen Quellen, aus denen sein neues, sinnerfülltes Leben gespeist wird. Der Country-Sänger beschreibt sich in seiner Autobiographie schonungslos offen. Gerade dadurch wird das Buch zu einem mutmachenden Zeugnis.
272 Seiten
3. Auflage
Best.-Nr. 15595